격동의 산문,
임진왜란기 격문

격동의 산문,
임진왜란기 격문

박정민 지음

보고사
BOGOSA

머리말

　전쟁은 한반도의 지식인들에게 막대한 영향을 끼쳤으며, 한문학에는 그것이 여실히 반영되어 있다. 한문학 작가 중 상당수가 각종 전쟁을 경험한 이력이 있고, 다수의 한문학 작품에 직·간접적으로 전쟁의 흔적이 남아 있다는 사실은 전쟁의 영향력을 다시 한번 환기하게 만든다. 전쟁기 한문학은 자유와 주권을 쟁취해낸 조상들의 의지와 근성, 위기에 대응하는 인간의 저력 등을 살필 수 있는 준거가 되며, 삶에 대한 깊은 통찰과 인식이 여기에서 비롯되기도 한다. 전쟁기 한문학에 대한 연구가 중요한 이유는 그것이 곧 '과거의 우리'에 대한 이해와 '지금의 우리'에 대한 탐색에 조력하기 때문일 것이다.

　한문학 전공자인 필자의 첫 연구는 전쟁 수행과정에서 작성되는 문서인 격문(檄文)의 문학적 특성을 고찰하는 것이었다. 필자가 애초에 격문에 주목한 까닭은 오랜 기간 사료(史料)로만 간주되던 격문에서 상당한 문학성을 발견했기 때문이었다. 대중의 협력 촉구, 전쟁의 선포, 적의 기선 제압 등을 목표로 작성되는 격문은 태생적으로 독자의 격정(激情)을 선동하도록 설계되어 있다. 문자를 통해 인심(人心)을 움직이는 호소력, 그것이 바로 격문의 본질적 특성이기에 격문을 '격동(激動)의 산문'이라 부른다.

한편 격문은 개인이 전쟁의 위기에 적극적으로 대응한 노력의 산물이자, 타인 및 세계와 협력하고 소통하려 한 대인적(對人的) 기록이기도 하다. 이 책에서 다루는 임진왜란기 격문에는 조선조 지식인들이 협력과 연대를 통해 구국의 항쟁을 전개하려 한 양상이 고스란히 드러나 있다. 격문에는 미력한 개인이 유력한 집단으로 거듭나는 과정에서 표출되는 공감·소통·연대·협력에 대한 갈망이 스며들어 있는데, 이러한 덕목은 현대사회에도 격문이 의미와 가치를 지닐 수 있는 가능성을 제시한다.

이 책은 필자의 격문 연구 성과가 집약된 석사학위 논문 「임란기 격문 연구」를 기초하여 펴낸 것이다. 초기 연구라 미진한 부분이 많지만, 기왕에 구축된 한문학 연구의 토대 위에서 개연성 있게 입론하려고 나름 애를 썼다. 그리고 임진왜란기 격문의 원문을 보충하여, 유관 연구의 편의를 돕고자 한다.

필자의 연구는 절차탁마(切磋琢磨)의 지도를 베풀어주신 경북대학교 은사들의 도움으로 진행될 수 있었다. 살뜰히 조언해주신 문우관 동학들, 그리고 내 힘의 원천인 가족에게도 감사의 인사를 전한다.

2020년 6월 12일

저자 박정민

차례

I
서론

　격문(檄文)은 전쟁시에 작성되는 군용(軍用) 문서이다. 격문의 배경이 되는 전쟁 상황은 인간의 생사(生死)와 국가의 존망(存亡)이 갈리는 극단적 위기의 국면이며, 따라서 전쟁의 승리를 궁극적 목표로 삼아 작성되는 격문에는 독자의 마음을 뒤흔들어 소기의 목적을 달성하기 위해 강렬한 표현과 격정(激情)의 수사가 동반되기 마련이다. 한문학의 비조(鼻祖)로 일컬어지는 최치원[崔致遠, 857~?]이 보낸 「격황소서(檄黃巢書)」를 읽고 적장(賊將) 황소(黃巢)가 긴장이 된 탓에 자신도 모르게 침상에서 내려와 앉았다는 고사는, 독자의 마음을 동요케 하는 격문의 강렬한 호소력을 입증하는 대표적 예라 하겠다.

　본고의 초기 기획 의도는 이러한 격문의 호소성에 착안하여 그것의 문학적 장치 혹은 기법에 대해 살펴보고자 한 것이었다. 그러나 선행 연구가 미진하여 한문 격문에 대한 체계적 연구의 필요성을 절감하였기에 격문 자료의 집성(集成)에 착수하게 되었으며, 시간과 지면의 제약상 모든 격문을 다룰 수는 없으므로 수합된 자료 가운데 양적으로 우세한 임진왜란기(1592~1598)[1] 격문으로 연구 대상을 한정하였다.

임진왜란기 격문에 대한 본격적 연구로는 학위논문 1편[2]과 학술논문 2편[3]이 있다. 김시황(1992)은 초유문(招諭文) 관련 용어의 개념 및 초유문 제작 과정을 고찰하고, 김성일의 작품 2편을 분석하였다. 이 논문은 격문에 대한 최초의 연구라는 점에서 의의가 있다. 김영숙(2000)은 영남 의병 격문 11편을 대상으로 격문의 특성을 검증하였다. 이 논문은 격문을 문체론의 시각으로 분석하였다는 점에서 학술적 가치가 높은데, 특히『문심조룡(文心雕龍)』에 제시된 격문의 내용 및 표현 요소를 준거로 활용한 점이 매우 효과적이라고 판단된다. 김정미(2001)는 조선조 격문이 형식면에서는 변려문(騈儷文)의 형식을 대체로 갖추고 있으며, 내용면에서는 '충효(忠孝)의 강조'·'의리(義理)의 천명'·'화이(華夷)의 구분'을 줄거리로 삼고 있다고 분석하였다. 또 구성면에서는 모두(冒頭)의 내용에 따라 '논리형 격문'과 '포고형 격문'으로 분류된다고 설명하였다. 이 연구는 격문을 다각적 방면에서 고찰한 점에서 매우 가치롭지만, 연구 대상이 된 격문이 17편[4]에 불과하다는 점에서 한계를 노정한다. 이 밖에 변려문 연구 분야에서 임진왜란기 격문이 언급되긴 하였으나,[5] 격문에 초점을

---

1) '임진왜란기'란 임진년[1592, 선조 25]에 발발한 임진왜란과 정유년[1597, 선조30]에 발발한 정유재란의 시기를 통칭한다.

2) 김정미, 「조선조 격문 연구-임진왜란기의 격문을 중심으로-」, 충남대학교 석사학위논문, 2001.

3) 김시황, 「학봉초유문연구」, 『교남한문학』 4, 교남한문학회, 1992.
   김영숙, 「영남 의병 관련 임진왜란 격문의 실상과 의의」, 『동방한문학』 18, 동방한문학회, 2000.

4) 김정미(2001)는 조선조 격문 총 17편을 대상으로 논의를 진행하였고, 그중 임진왜란기 격문은 10편이다.

5) 이영휘, 「조선조 변려문 연구」, 충남대학교 박사학위논문, 1994. 이 논문은 '조선조

둔 본격적인 논의는 아니었다.

이상의 연구 성과를 살펴본 결과, 임진왜란기 격문 연구를 위해서는 격문의 문체에 대한 정의적 접근이 선행되어야 하고, 격문 자료의 체계적인 수집과 정리를 거친 후, 내용·형식상의 특징을 다각적으로 분석할 필요가 있다는 결론을 얻었다.

이에 II장에서는 격문의 명칭·기원·작성 요건을 중심으로 격문의 개념과 특성에 대해 살펴보도록 한다. III장에서는 수합된 임진왜란기 격문 자료를 바탕으로 주제를 분류하고 목록을 작성하여, 작자·명칭·출전 등의 제반사항을 점검한다. IV장에서는 임진왜란기 격문의 문학적 특징을 '선동(煽動)의 전략'과 '수사(修辭)의 기술'로 양분하여 내용과 형식의 측면에서 두루 고찰해볼 것이다. V장에서는 임진왜란기 격문의 가치를 살펴본다. 이러한 일련의 검토를 통해 본 연구가 그간 소외되었던 한문 격문 연구의 발전에 조금이나마 조력할 수 있기를 바란다.

변려문'의 하위 항목에 '격서(檄書)'를 설정하고, 격문의 개념과 내용을 개괄하였다. 곽호제, 「임진왜란기 호서 의병 연구」, 충남대학교 박사학위논문, 1999. 이 논문은 임진왜란기 호서 의병의 봉기 과정을 설명하면서 보조 자료로 격문과 통문(通文)을 언급하였다.

Ⅱ

격문의 개념과 특성

    본고의 목적은 임진왜란기 격문의 문학적 면모를 살펴보는 것이므로, 작품 분석에 앞서 격문의 개념과 정의에 대한 논의가 선행되어야 한다. 그리고 그것은 곧 '격문의 출발은 언제인가?'·'격문은 왜 생겨났는가?'·'격문은 어떻게 발전하였는가?'·'격문의 특성은 무엇인가?' 등의 제질문에 대한 답변의 총체로써 입체적인 규명이 이루어질 수 있을 것이다. 본장에서는 상기한 질문들을 차례로 점검해봄으로써 격문의 개념과 특성을 정리하고자 한다.

1. 격문의 명칭 : '격(檄)'과 '이(移)'

    격문은 전통적 한문 문체 분류 방식에서 흔히 '격이(檄移)' 혹은 '격이체(檄移體)'로 불렸다. '격이'는 '격(檄)'과 '이(移)'를 합쳐서 부르는 말로, 이 둘은 격문의 대상과 목적에 따라 구분된다.

    『문심조룡』에서는 "반역자에게는 '격'을 사용하고, 귀순자에게는 '이'를 사용한다."[6]라고 하였고, "'이(移)'란 '역(易)'이다. 민중의 풍속

---

6) 『文心雕龍』, 「檄移」. "逆黨用檄 順衆資移"

을 옮겨 바꾸는 것이니, 가도록 시키면 백성이 그리로 따르는 것이다."[7]라고도 하였다. 진필상은 "둘의 차이는 '격'은 적에 대한 글인데 비하여, '이'는 내부의 일반 신민(臣民)에 대한 글이다. …… '이'의 목적은 인민과 국가에 동심(同心)으로 협력하고 공동으로 대적할 것을 권유하는 데 있다."[8]라고 설명하였다. 이러한 언급들을 종합하면, 외부의 적을 대상으로 하여 상대를 성토하거나 전쟁의 명분을 천명하려는 목적으로 쓰는 것이 '격'이고, 내부 신민을 대상으로 민풍(民風)을 변화시켜 참전을 유도하려는 목적으로 쓰는 것이 '이'임을 알 수 있다.

그러나 『문심조룡』에서 "('이'는 '격'과) 뜻과 쓰임은 조금 다르지만 본질적인 의의는 거의 같다."[9]라고 한 언급과 『경전석문(經典釋文)』에서 "'격'은 군서이다."[10]라고 한 설명을 살펴볼 때, 『문심조룡』에서 '격'과 '이'를 구분한 것은 그 어원에 따른 풀이일 뿐 일반적으로 이 둘을 포괄하는 용어로는 '격'이 사용되었음을 알 수 있다.

다음의 인용문을 살펴보자.

　　"주(州)・군(郡)의 지방 관리를 모집할 때의 포고문 역시 '격'이라고 부르는데, 그 의도는 어떤 취지를 명백하게 나타내기 위함이다."[11]
　　"'격'이라는 것은 …… 징집(徵集)의 목적으로 쓰였다."[12]

---

7) 『文心雕龍』, 「檄移」. "移者 易也 移風易俗 令往而民隨者也"
8) 진필상 저, 심경호 역, 『한문문체론』, 이회, 2001, 333쪽 참조.
9) 『文心雕龍』, 「檄移」. "意用小異 而體義大同"
10) 『經典釋文』. "檄 軍書也"
11) 『文心雕龍』, 「檄移」. "州郡徵吏 亦稱爲檄 故明擧之義也"

위에서 제시된 내용에서 '격'은 '이'와 구분되는 개념으로 쓰이지 않았다. 특히 두 번째 인용문에서 '징집의 목적으로 쓰였다'는 것은 내부 신민을 대상으로 한 것이므로 응당 '이'라 해야 마땅할 것인데, '격'이라 지칭하고 있음을 확인할 수가 있다. 실제로 '이'의 내용이지만 제목을 '격'이라고 붙인 경우가 많다[13]는 사실은 모두 '격'과 '이'를 포괄하는 상위의 개념으로 '격'이 존재함을 의미한다. 이처럼 세부적으로는 그 대상과 목적에 따라 '격'과 '이'로 나눌 수 있으나, 일반적으로 전쟁시 작성된 군용 문서는 모두 '격'이라 통칭하였던 것이다.

요컨대 '격'은 ① '이'와 대칭되는 협의의 '격'과 ② '격'과 '이'를 포함하는 광의의 '격', 이 두 층위의 의미 범주가 존재한다. 의미상으로 협의의 '격'과 광의의 '격'이 구분된다 하더라도 '격'이라는 용어를 무분별하게 사용한다면 개념 혼동의 위험이 있기에, 본고에서는 협의의 '격'은 그대로 '격'으로, 광의의 '격'은 '격문'이라고 바꾸어 지칭하도록 한다. 본고에서 논의하는 대상도 광의의 '격'에 해당하므로 본고에서는 이를 '격문'이라 칭할 것이다.

---

12) 『前漢書』, 「高帝紀」, 10년조. "檄者 …… 用徵召也"

13) 예컨대 박춘무의 「격문(檄文)」과 「재격문(再檄文)」·고경명의 「격제도서(檄諸道書)」·김천일의 「임진의격(壬辰義檄)」·이수준의 「통진이현감수준의병격(通津李縣監壽俊義兵檄)」·김면의 「격강좌열읍문(檄江左列邑文)」·양대박의 「창의격문(倡義檄文)」·정경세의 「모량격(募糧檄)」 등은 내부 신민을 대상으로 제작된 명백한 '이'이지만 '격'으로 그 제목을 삼고 있다. 또한 임계영의 격문 「이장흥사자격(移長興士子檄)」·「이본군격(移本郡檄)」·「이본부격(移本府檄)」·「이본도제의병격(移本道諸義兵檄)」 등의 제목은 내부 신민을 대상으로 한 '이'도 '격'이라는 더 큰 범주에 포함되고 있음을 보여준다.

2. 격문체의 기원과 특성

『문심조룡』에서는 격이(檄移)에 대해 "천둥이 치는 것은 번개로부터 시작되며, 군대의 출진은 위세를 자랑하는 소리로부터 시작된다. 그러므로 사람들은 번개를 보고 천둥의 웅장함을 두려워하며, 소리를 듣고 군대의 위력을 두려워한다."[14)]라고 설명하고, 이어서 "군사 (軍事)에 소리를 앞세우는 것은 그 유래가 이미 오래되었다."라고 언급하였다.[15)] 여기서 말하는 '위세를 자랑하는 소리'와 '군사에 앞세우는' 소리가 문자화된 것이 바로 격문이니, 격문은 고대에 군사의 출정을 앞두고 낸 소리에서 기원하였다고 볼 수 있다.

'격(檄)'이라는 명칭이 처음 문헌에 등장하는 것은 사마천의 『사기 (史記)』「장의열전(張儀列傳)」에서이다. 『문체명변(文體明辯)』에는 관련 내용이 다음과 같이 기록되어 있다.

옛날에는 군사를 운용하면서 군사들에게 맹세할 뿐이었는데, 주 (周) 나라에 이르러 문고(文告)의 말이 있게 되었다. '격(檄)'이란 명칭은 전국 시대에 비로소 나타난다. 『사기』에는 장의(張儀)가 격을 지어 초(楚) 나라 재상에게 고한 내용이 실려 있으니, "처음 내가 너를 따라 술 마실 적에 내 너의 구슬을 훔치지 않았건만 너는 나를 매질하였다. 너는 너의 나라를 잘 지키라. 내 다만 장차 너의 성을 훔칠 것이다."라고 한 것이 이것이다.[16)]

---

14) 『文心雕龍』, 「檄移」. "震雷始於曜電 出師先乎威聲 故觀電而懼雷壯 聽聲而懼兵威"
15) 『文心雕龍』, 「檄移」. "兵先乎聲 其來已久"
16) 『文體明辯』, 「檄」. "古者用兵誓師而已 至周乃有文告之辭 而檄之名則始見於戰國 史記載張儀爲檄以告楚相曰 始吾從若飮 我不盜而璧 若笞我 若善守汝國 我顧且盜而"

이처럼 춘추전국 시대에는 제후가 주(周) 나라 천자의 윤허 없이 군사를 내면서 위신을 높이고 적을 성토하기 위해 격문을 사용하였다. 출정하기에 앞서 대중에게 내리는 포고(布告)는 전쟁의 명분을 대중에게 천명하는 기능, 아군의 사기를 북돋우고 결사의 의지를 다지는 기능, 적군의 기세를 누르고 위압하는 기능 등 여러 측면에서 다양한 효과를 수반하였을 것이다. 요컨대 초기의 격문은 '전쟁의 명분 확보'를 위해 맹세하는 의식에서 출발하였던 것이다.

당시 격문의 제작 형태에 대해 『문심조룡』에서는 "장의가 초(楚) 나라에 격문을 보낼 때 이척(二尺)의 목간(木簡)에 글을 썼다. 명백히 드러내는 글이므로 혹은 노포(露布)라고도 한다."[17]라고 하였다. '노포'는 통상적으로 '글을 봉하지 않고 널리 사람들의 시청(視聽)에 베푸는 글'을 지칭한다. 유협은 내용을 명백히 드러내는 글이기에 격문을 노포라고 칭할 수 있다고 한 반면에, 서사증은 『문체명변』에서 노포를 격문과는 다른 문체로 파악하고 "지금 비록 기록이 남아 있지 않아 실증의 어려움이 있으나, 격문의 이칭이라고 주장하는 유협의 말은 오류"라고 주장하였다. 노포와 격문의 문체적 차이를 규명하는 문제에 있어서는 단정 짓기 어려우나, 장의가 격문을 제작할 당시에 노포의 형식을 취하였다는 점은 분명하다.

아래의 글에는 격문의 특성과 작성 요건이 더욱 잘 드러나 있다.

무릇 격문의 대체는 다음과 같다. 혹은 아군의 아름답고 밝은 덕

城 是也"

17) 『文心雕龍』, 「檄移」. "張儀檄楚 書以尺二 明白之文 或稱露布"

을 기술하고 혹은 적군의 사납고 포악한 악행을 서술한다. 하늘의
시운(時運)을 꼽아보고, 인사(人事)를 자세히 살핀다. 서로의 강약을
계산하고, 피차(彼此)의 세력을 비교한다. 이전의 경험에서 미래를
점치고, 과거의 사례에서 본보기를 삼는다. 비록 국가의 위신(威信)
에 근본을 두고 있으나, 실제로는 병법의 사술(詐術)에 참여한다. 변
화무쌍한 내용으로 주지를 치달리고, 찬란한 수사(修辭)로 말을 퍼뜨
린다. 이 몇 가지 조항은 혹 어길 것이 없다. 그러므로 주장을 세우
고 수사를 드날릴 적에 힘쓸 것은 강건함에 있다. 새 깃털을 꽂아
신속함을 드러내니 완만한 언사를 써서는 안 되고, 글 판을 노출하
여 대중에게 선포하니 모호한 주장을 펴서도 안 된다. 반드시 일이
분명하고 논리가 명쾌해야 하며, 기운이 왕성하고 표현이 단호해야
한다. 이것이 그 요체이니, 뜻을 굽혀 상대의 마음을 사거나 세밀하
게 기교를 부리는 일 같은 것은 재주를 취할 바가 없다.[18]

위의 글은 격문의 특성과 성격 및 격문의 작성 요건을 망라한 유
협의 언급이다. 본절에서는 위의 내용을 바탕으로 격문의 내용 및
표현 요소를 도출하여 각각 살펴보도록 한다.[19]

우선 격문의 내용면에서는, 서로 긴밀한 연관을 맺고 있는 두 개
의 내용 요소가 결합된 4가지 요목으로 축약할 수 있다. 격문에서
활용되는 핵심 내용 요소를 제시하면 아래와 같다.

---

18) 『文心雕龍』, 「檄移」. "凡檄之大體 或述此休明 或敍彼苛虐 指天時 審人事 算彊弱
角權勢 標著龜于前驗 懸鑒鑒于已然 雖本國信 實參兵詐 譎詭以馳旨 煒曄以騰說 凡
此衆條 莫或違[之]者也 故其植義颺辭 務在剛健 揷羽以示迅 不可使辭緩 露板以宣衆
不可使義隱 必事昭而理解 氣盛而辭斷 此其要也 若曲取密巧 無所取才矣"
19) 격문의 내용·표현 요소의 명칭은 김영숙(2000)에서 제시한 내용을 참조하였다.

(a) '아군의 휴명(休明)'과 '적군의 가학(苛虐)'

'혹 아군의 아름답고 밝은 덕을 기술하고, 혹은 적군의 사납고 포악한 악행을 서술한다.[或述此休明 或敍彼苛虐]'라는 것이 여기에 해당한다. 다시 말하면 아군의 덕과 공명정대한 출정(出征)의 명분을 기술하거나, 혹은 적군의 무도함과 참혹한 행태를 열거하는 것이다. 적군의 가학적 면모를 비판함으로써 아군은 그와 상반됨을 말하지 않아도 드러낼 수 있고, 아군의 아름다운 덕을 선양함으로써 상대적으로 적군의 가학성과 부도덕을 강조할 수 있다. 아군의 휴명과 적군의 가학은 동전의 양면처럼 연동되어 있어서, 이쪽을 강조하면 자연스레 저쪽도 강조되는 결과를 야기한다.

(b) '하늘의 시운(時運)'과 '인사(人事)의 작용'

'하늘의 시운(時運)을 꼽아보고, 인사(人事)를 자세히 살핀다.[指天時審人事]'라는 것이 여기에 해당한다. 이것은 사람의 능력으로써는 손 쓸 수 없는 하늘의 운명이나 운수를 점검하거나, 인정(人情)과 민심(民心)의 추이를 헤아려 사태의 전망을 짐작해보는 것이다. 하늘의 시운과 인사의 작용은 일반적으로 함께 제시되는 경우가 많은데, 하늘의 뜻과 사람의 뜻을 아울러 제시함으로써 아군의 유리함과 적군의 불리함에 대한 천인(天人)의 공감을 드러내는 것이다. 이는 곧 아군의 사기를 고취시키고 상대의 기운을 저상시키며, 아군의 승전과 적군의 패배를 예고하는 근거로 활용된다.

(c) '강약의 계산'과 '세력의 비교'

'서로의 강약을 계산하고, 피차의 세력을 비교한다.[算彊弱 角權勢]' 라는 것이 여기에 해당한다. 아군과 적군의 강약과 세력을 비교하는 것은 아군이 승전한다는 예측을 상대에게 주지시키기 위한 전략이 다. 전쟁을 치르는 장소·군대의 성격·병사의 수 등 전쟁에서 영향 력을 행사할 수 있는 전투상의 제반 요소를 비교·제시함으로써 아 군의 유리함을 강조하는 것이다. 일반적으로는 아군의 강성함과 적 군의 유약함을 환기시키는 방식으로 서술되지만, 아군의 세력이 약 한 경우라 할지라도 자신들은 정예병으로 구성되어 있어 결코 수적 인 면에 밀리지 않음을 역설하는 등 아군의 저력을 과시하는 경우가 많다.

(d) '미래의 조짐'과 '역사의 교훈'

'이전의 경험에서 미래를 점치고, 과거의 사례에서 본보기를 삼는 다.[標蓍龜於前驗 懸璧鑑於已然]'라는 것이 여기에 해당한다. 이는 아군 과 적군의 관계를 역사적 경험에 대입하여, 현재와 유사한 과거의 선례를 바탕으로 아군이 승전할 미래를 예고하는 것이다. 과거의 경 험은 앞으로 적군이 겪게 될 비극적 상황의 역사적 귀감으로 작용하 여, 아군의 밝은 미래와 적군의 참혹한 종말을 경고하는 데 유효한 자극을 줄 수 있다.

유협은 상기한 내용들을 제시하면서 "비록 국가의 위신(威信)에 근 본을 두고 있으나, 실제로는 병법의 사술(詐術)에 참여한다.[雖本國信

實參兵詐]"라고 하여 격문의 내용이 완전무결한 진실로 구성될 필요는 없음을 강조한다. 다시 말해 격문에서는 상대의 기선을 제압하기 위해 어느 정도의 과장과 거짓을 허용한다는 것이다. 이것은 격문을 병술(兵術)의 하나로 인식한 데서 비롯된 발상이니, 이 때문에 격문에서는 현란한 말로 자신의 주장을 합리화하거나 상대를 속이는 것이 지극히 자연스러운 일이 된다. 이렇듯 과장·거짓·합리화가 허용된다는 점은 다른 실용문과 대별되는 격문의 일대 특성이다.

표현면에서, 유협의 언급에서는 5가지 요소를 추려낼 수 있다. 아래에 나열한 5가지 항목은 효과적인 내용 전달을 위하여 격문에서 준수해야 할 지침들이다.

(ㄱ) 주장과 사설의 강건성

'주장을 세우고 수사를 드날릴 적에 힘쓸 것은 강건함에 있다.[其植義颺辭 務在剛健]'라는 것이 여기에 해당한다. 격문이 본래 군사를 출정시키기에 앞서 전쟁의 명분을 천명하고 출병의 각오를 다지는 데서 출발한 만큼, 격문에서는 강건한 태도로 그에 걸맞는 언사를 구사하여 확고한 결전 의지를 드러내는 일이 중요하다. 죽음을 불사하고 참전하는 굳은 의지가 강건한 언사로 표현될 때, 적의 기세는 움츠러들고 아군의 사기는 왕성해져서 승전의 분위기를 조성할 수 있게 된다. 격문에서 주장이 애매하지 않고 명백해야 하며, 강렬한 인상을 주는 용어를 취택해야 하는 이유가 바로 여기에 있다.

(ㄴ) 문장의 긴장성

'새 깃털을 꽂아 신속함을 드러내니, 완만한 언사를 써서는 안 된다.[揷羽以示迅 不可使辭緩]'라는 것이 여기에 해당한다. '우서(羽書)' 혹은 '우격(羽檄)'이라는 격문의 별칭이 새의 깃털을 꽂아 사안의 시급성을 알린다는 뜻이니만큼, 격문의 언사 역시 시급한 사안에 걸맞게 표현되어야 한다. 급박한 전시 상황에서 독자로 하여금 판단과 행동의 변화를 신속하게 유발하기 위해서는 긴장감 있는 언사의 구현이 필수적이다. 긴장감 있는 언사는 짧은 글귀의 연속과 반복으로 촉급한 인상을 준다거나 일정하게 흘러가는 평측을 짐짓 교차로 배치하여 긴장을 유발시키는 등, 자수(字數)와 평측(平仄)을 조절하는 방법으로 구현될 수 있다.

(ㄷ) 표현의 명확성

'글 판을 노출하여 대중에게 선포하니, 모호한 주장을 펴서도 안된다.[露板以宣衆 不可使義隱]'라는 것이 여기에 해당한다. 상술하였듯 장의가 격문을 발송할 때 취한 형식인 '노포(露布)'는 글 판을 드러내어 뭇사람들에게 널리 알린다는 뜻이다. 글 판을 드러내는 것은 독자에게 내용을 빠르고 확실하게 전달하기 위함이니, 격문의 내용은 그에 상응하여 읽는 이가 요지를 간파할 수 있도록 명확한 사설의 전달에 만전을 기해야 한다. 격문에서 직설적 화법과 의론이 빈번하게 활용되며, 의도를 숨긴 채 애매하게 돌리는 언사가 지양되는 것은 바로 이 때문이다.

㈃ 문장의 논리성

'일이 분명하고 논리가 명쾌해야 한다.[事昭而理解]'라는 것이 이에 해당한다. 군사적 상황이나 일의 귀추는 반드시 밝게 제시해야 하고, 펼치는 주장은 그 이치와 근거가 정연하게 드러나야 한다. 격문의 배경이 전시 상황이니 정황과 사실의 전달이 중요함은 두 말할 나위가 없고, 격문의 목적이 상대를 설득하고 설복시키는 것이니 충분한 근거와 논리가 반드시 내재해야 한다. 다만 격문에서 과장·궤변·권모술수가 일부 허용되는 점을 감안하면, 격문에서 요구하는 논리란 일관적이고 절대적이어야 한다기보다는 나름의 명분을 갖춘 것이면 충분하다.

㈄ 문장의 간결성

'기운이 왕성하고 표현이 단호해야 한다.[氣盛而辭斷]'라는 것이 여기에 해당한다. 자신의 주장을 읽는 이에게 효과적으로 전달하기 위해서는 보다 왕성한 글의 기운과 단호한 표현의 힘을 빌어야 한다. 격문의 문면에 읽는 이의 마음을 휘어잡을 정도의 기백과 활력이 한껏 드러나야 하며, 구구하게 늘어놓아 어기(語氣)를 저상(沮喪)시켜서는 안 된다. 또 중언부언함으로써 글의 흐름을 분산시키지 않고, 간결한 어조로 다부진 결의를 보이는 것 역시 중요하다.

이상으로 격문의 작성 요건을 살펴보았다. 일반적으로 격문의 특성은 유협이 제시한 내용·표현 요소에서 크게 벗어나지 않으며, 이는 이 책에서 살펴볼 임진왜란기 격문 역시 마찬가지이다. 각각의

격문에 활용된 내용 및 표현 요소의 구성과 배치를 살펴보는 일은
격문 분석에 중요한 기준을 제공할 것이다.

Ⅲ

임진왜란기 격문의 주제와 자료

1. 임진왜란기 격문의 주제

임진왜란기 격문은 내용상 크게 4가지 유형으로 나뉜다.

첫째, 상대의 잘못을 들어 힐책하는 글인 '성토문(聲討文)'이다. 성토문은 적에게 잘못을 지적하고 투항을 권유할 목적으로 작성되는데, 임진왜란기 격문의 경우에는 왜적을 대상으로 하는 대외(對外) 지향의 성토문과 조선민들을 대상으로 하는 대내(對內) 지향의 성토문이 있다.

둘째, 의병을 일으키는 글인 '초유문(招諭文)'이다. 초유문은 위기에 용기 내어 싸우도록 민중을 분발시키는 목적으로 제작된 유형이니, 임진왜란기 격문 가운데 차지하는 비중이 가장 크다.

셋째, 군수품을 모집하는 글인 '모군수문(募軍需文)'이다. 모군수문은 오래도록 지속되는 전쟁으로 군수품의 지원에 어려움을 겪을 때 작성되었다. 여기서 '군수(軍需)'란 군의 활동에 필요한 물품들 즉 군량(軍糧)·군마(軍馬)·병기(兵器) 등을 통칭한다. 임진왜란기 초반에는 병사를 모집하는 초유문이 가장 많이 지어졌지만, 전쟁이 지속될수록 모군수문의 비중이 더욱 커졌다.

넷째, '기타'이다. 기타는 앞의 세 유형에 포함되지 않는 여타(餘他)의 군사 목적으로 작성된 격문이다. 여기에 대한 자세한 내용은 아래 각론에서 다루고자 한다.

1) 성토문(聲討文)

성토문이란 말 그대로 상대의 잘못을 성토하는 글이다. 적의 죄상을 열거함으로써 상대의 의기를 저하시키고, 적군에게 아군의 출병 명분을 천명하는 것이 성토문의 주요 내용이다. 성토문은 수신인과 내용에 따라 대외 지향의 성토문과 대내 지향의 성토문으로 나뉜다.

① 대외 지향(對外指向)의 성토문

국가와 국가 간의 전쟁이라는 측면에서의 '대외(對外)의 적'이란 임진왜란을 도발한 왜국(倭國), 나아가 왜군(倭軍) 혹은 왜장(倭將)까지를 의미한다. 대외 지향의 성토문에서 구사하는 내용은 크게 ① 적군의 역리(逆理)에 대한 의론적 비판 ② 왜적의 잔혹한 행태의 나열과 통탄(痛嘆) ③ 아군의 도덕적·전략적 우월성 ④ 적군에 대한 적개심과 복수에 대한 결의 ⑤ 설득과 회유 등 5가지이다. 그리고 성토의 방법으로는 적군의 비인간성과 비문명성 및 아군의 문화적 우월성을 대비시켜, 적군의 기세를 꺾고 아군의 기세를 드높이는 방식이 주로 사용된다. 즉 전쟁에서 발생하는 적군의 반인륜적 행태를 나열하고, 그것을 하늘의 덕을 거스르고 사람의 도리를 저버린 천인공노(天人共怒)할 행위로 규정함으로써 적군을 압박한다. 적군의 야만적 행태에 대한 나열과 예시는 그에 대한 힐책과 보복의 고지(告

知)로 이어지는데, 이때 중요한 것은 상대의 실책을 꾸짖는 강건한 어투와 명확한 논리이다. 그리고 결국 이러한 방식은 아군의 승리와 적군의 패전을 예측하는 근거로 활용된다.

대외 지향의 성토문에 해당하는 작품은 조헌(趙憲)의「고유일본종행사졸등문(告諭日本從行士卒等文)」과 「유일본적승현소문(諭日本賊僧玄蘇文)」·이노(李魯)의「격왜장청정문(檄倭將淸正文)」·이정(李瀞)의「전격유왜문(傳檄游倭文)」 등이다.

여기서는 조헌[趙憲, 1544~1592]의 「고유일본종행사졸등문(告諭日本從行士卒等文)」을 살펴보기로 한다.

하늘이 만물을 낼 적에 살리기를 좋아하지 않음이 없었으나 너희나라의 도적들은 살육(殺戮)만을 즐기고 있다. 너희가 비록 치우친나라 태생이긴 하지만 오히려 사람의 형상을 하고 있다. 천지(天地)를 닮고서 천지가 만물을 낳은 마음을 배반할 수 있단 말이냐? 너희나라도 윗대에는 사람들이 살육을 좋아하지 않았으니, 그래서 대부분 장수하고 편안하여 오래도록 복록을 누렸다. 그런데 원씨(源氏)와 평씨(平氏)가 서로 공격한 이후로는 사람들이 대부분 살육을 좋아하여 화를 초래하는 일이 더욱 빈번해졌다. …… 지난 고려 말엽에 너희 나라 왜적들이 해마다 우리나라의 세 변방을 침입하여 끝도 없이 살인하고 약탈하니, 그 큰 죄와 극심한 악행에 이르러선 귀신이 은밀한 주벌을 논의하고 하늘이 크나큰 벌을 내렸다. 그러므로 너희가 열 번 이긴 나머지에 한 번 패하여 다시는 일어나지 못하게 되어, 바다 모퉁이의 외로운 성에 너희 나라 백성의 백골이 산더미처럼 쌓인 것이다. 옛날에 이미 그러하였거늘 지금은 벗어날 수 있다고 생각하느냐?[20]

'일본군을 따라 다니는 병졸 등에게 알리는 글'이라는 제목으로 작성된 이 글의 도입부는 인간의 도리를 배반한 왜적의 행태에 대한 비난으로 시작된다. 죽이기보다는 살리기를 좋아하는 호생(好生)의 선한 본성을 지니고 태어난 사람으로서, 어찌 살육을 즐기는 반인륜적 행태를 보이느냐고 비난을 쏟아낸다. 이어 조헌은 살육을 자행하는 왜인들의 풍토가 시작된 시점과 원인을 되새기며, 야만적인 습성으로 수차례 우리나라를 침범했지만 번번이 패전과 죽음으로 귀결되고 말았다는 점을 환기시킨다. 아군의 승리로 귀결되었던 이전의 역사 경험이 미래에도 반복될 것이라는 암시를 주는 것이다. 이는 곧 유협이 제시한 '미래의 조짐'과 '역사의 교훈', '강약의 계산' 등의 내용 요소가 한 데 어우러진 언사라고 볼 수 있다. 가학적인 적군의 참혹한 결말에 대한 예상은 이렇게 해서 상대에게 심리적 압박을 가하는 근거가 된다.

다음 단락에서는 적국의 가학적 면모가 더욱 직접적으로 묘사된다.

> 너희가 우리나라에 대해 유린함이 극심하다. 삼강(三江)과 오관(五關)을 제멋대로 넘어오고 칠도(七道)와 삼도(三都)를 모두 넘보려 하니 너희 왜적의 마음으로는 필시 스스로 더할 나위 없이 호쾌(豪快)하다고 생각할 것이다. 다만 일개 성을 공격하는 즈음에 죽인 사람이 얼마나 되었으며, 한 고을을 불태울 때에 분탕질한 재산이 얼마나 되

---

20) 趙憲, 「告諭日本從行士卒等文」. "天生萬物 莫不好生 而爾國之賊 偏嗜殺戮 爾雖偏邦之産 而尙有人形 肖天侔地 其可逆天地生物之心乎 爾國上世 則人不好殺 故多有壽考康寧 永享福祿 自源平互攻以後 人多好殺 而招禍愈促 …… 頃於高麗之末 爾國爲賊者 歲入三邊 殺掠無窮 而及其罪大惡極 則鬼議陰誅 天降大罰 故什勝之餘 一敗塗地 海曲孤城 莫不有爾邦白骨爛然積堆 在古已然 謂今可免乎"

느냐? 하늘이 우리 백성을 낳았는데 너희가 그들을 다 죽이고, 하늘
이 우리 백성을 길렀는데 너희가 그들을 모두 분탕질하였으니 너희
가 한 짓이란 참으로 천심(天心)에 어긋나는 것이다. 하늘이 돕지 않
으니 너희가 너희 나라로 돌아갈 수 있겠느냐? …… 너희가 우리나
라에서 노인과 아이를 죽인 것이 한량 없으니, 그들의 부자(父子)와
형제들이 이를 갈고 속을 썩이며 어버이를 위해 원수 갚고자 돌아가
는 길의 험한 요새에 서슬 퍼렇게 포진해 있다. …… 악을 쌓음이
극심하면 그 보복이 멀지 않은 법이다. 비록 간사한 현소(玄蘇)와 교
활한 의지(義智)로서도 절로 벗어나지 못할 줄을 알거늘, 하물며 탐
욕스러움과 잔악함이 짐승보다 심한 너희 같은 경우임에랴! 넓고 넓
은 하늘 그물이 성글다 해도 빠뜨리지는 않을 것이니, 어찌 너희들
이 강해(江海)를 순조롭게 건너는 일을 용납하겠느냐?[21]

하늘이 낸 백성과 재산을 모두 분탕(焚蕩)시킨 왜적의 극악무도한
행위는 천심(天心)을 등진 것이므로 하늘의 도움은 받을 수 없을 것
이라 한다. 게다가 왜적이 죽인 조선 백성의 가족들이 복수를 위해
곳곳에서 잠복하고 있음을 알렸으니, '쉽게 귀환하지 못할 것'이라
는 경고는 이국(異國) 땅에 건너와 있는 왜적들의 불안감을 고조시키
기에 충분하다. 격문에서 패전했던 왜국의 역사 경험을 회고하고 그
것이 다시 반복될 것임을 예언함으로써 재차 강조하는 것은 결국 적

---

21) 상게서. "爾於吾邦 蹂躪極矣 三江五關 恣其陵駕 七道三都 欲畢窺覦 爾之賊心 必
自謂雄快無此矣 第於攻一城之際 殺人幾何 焚一邑之時 蕩産幾何 天生我民 而爾盡
殺之 天養我民 而爾悉焚之 爾之所爲 實悖天心 天之不佑 爾可返國乎 …… 爾於我國
殺老幼無量 而其父子兄弟 切齒腐心 成欲爲其親報仇 還途險塞 鋒鋩森列 …… 積惡之
極 其報不遠 雖以蘇僧之姦 義智之猾 知不可自脫 況爾貪婪殘毒 甚於禽獸 恢恢天網
疏而不漏 豈容爾輩之利涉江海乎"

군이 맞게 될 패망의 결과이다.

이 내용을 유협이 제시한 격문의 요건에 비추어보면, '하늘의 시운(時運)을 꼽아본 것[지천시(指天時)]', '인사(人事)를 자세히 살핀 것[심인사(審人事)]'이 여기에 해당한다. 이처럼 적군은 천심(天心)과 민심(民心)을 동시에 저버린 악행을 자행하여, 천운(天運)과 인화(人和) 중 그 무엇도 기대할 수 없는 곤궁한 형편에 처했음을 고지함으로써 적군의 불안한 심리를 더욱 채찍질한다.

> 마침 들으니 제주 목사의 보고에 유구(琉球)가 약속하기를, 비어 있는 틈을 타서 너희 나라를 공격하고 양남(兩南)의 수병사(水兵使)와 함께 군대를 잠입시켜 너희 나라를 멸망시키기로 하였다고 한다. 너희 처자식은 너희를 기다린 지 오래되었다. 너희가 죽지 않고자 한다면 오직 한 가지 방도가 있다. 수길(秀吉)은 패역(悖逆)한 난적으로서 군주를 시해하고 하민(下民)들을 학대하고 있으니, 너희가 그를 따라 정벌에 나선 것이 어찌 모두 평씨(平氏) 족속을 위해서이겠느냐? 아니면 나라를 멸망시키고 어버이를 죽여 강제로 역속(役屬)시키고 협박하였을 뿐이니, 이는 실로 너희의 큰 원수이지 참으로 너희가 심복(心腹)할 자들이 못 된다. 그러니 어찌 오늘에 평씨 족속을 멸망시키고 목을 베어오기를 도모하지 않겠느냐? 내 장차 우리 임금께 고하고 명 나라 천자께 아뢰어 공적의 많고 적음에 따라 길이 너희 나라의 군장(君長)으로 삼아줄 것이다. 원씨(源氏)와 평씨의 살육하는 습성을 깨끗이 제거하고 이어서 우리나라의 예의 바른 풍속을 차츰 익혀나가면 너희 부자(父子)와 자손이 길이 천 년을 누릴 것이며, 멸족 당할 근심도 없을 것이다. 이해(利害)의 극심함은 사람이 쉽게 깨닫는 바이니, 너희는 모름지기 멀리 생각하라.[22]

조헌은 격문의 말미에서 타국에서 종군하는 왜적의 불안감을 최고로 고조시키기 위해 협박과 회유의 수사를 적극적으로 구사한다. 출국한 뒤로 자국의 소식에 어두울 왜적을 대상으로, 그들이 자리를 비운 동안 왜국의 안위가 불안하게 되었으며 그들의 가족 또한 화를 당할 처지에 놓였다고 언급함으로써 전략상·인정상의 압박을 동시에 가한다. 또 왜적들에게 수장(首長)을 목 베어오면 높은 지위를 내려줄 것이라고 회유함으로써 자중지란(自中之亂)을 야기하는 이간(離間)의 계책을 펼친다. 그러면서 '우리나라의 예의와 풍속을 배우게 되면 부자(父子)와 자손이 모두 천 년을 길이 누릴 것이다.'라고 하면서 적군의 비문명과 아군의 문화적 우위를 대비시킨다.

조헌의 성토문에는 유협이 언급한 '적군의 가학(苛虐)'·'역사의 교훈'·'미래의 조짐'·'강약의 계산'·'하늘의 시운(時運)'·'인사의 작용'·'세력의 비교'·'아군의 휴명(休明)' 등의 내용 요소가 고루 배합되어 있다. 이륜(彝倫)을 거스르는 왜적의 만행에 대한 도덕적 비난에서 시작하여, 아군의 세력이 곳곳에 잠복해 있고 적군의 본국 상황이 매우 불리하다는 것으로 전략상 압박을 가하고, 귀국이 쉽지 않을 것이라는 경고와 아군에 협조하는 왜군에게 포상을 내린다는 회유를 차례로 구사한다. 적군의 악행을 성토함으로써 적의 기세를 누르고, 적군의 전세가 불리함을 설명하여 적의 불안 심리를 고조시

---

22) 상게서. "適聞濟牧之報 琉球有約 乘虛擣爾 期與兩南兵水使潛師滅爾 爾之婦子 望爾久矣 爾欲不死 惟有一事 秀吉悖亂 弑君虐下 爾之從征者 豈盡爲平氏之族乎 或有滅國戮親 而强脅役屬耳 實爾大讐 而非固心服也 盍於此日圖滅平氏之族 函首以來乎 吾將告于吾王 奏于天子 隨其功多少 永爲爾國君長 掃除源平殺戮之習 因漸吾邦禮義之俗 則父子與孫 永享天年 無滅族殄種之患矣 利害之極 人所易曉 爾須迴思"

키고, 아군에의 협조를 독려함으로써 적의 항쟁 의지를 저상시키는 이 글의 내용 전개는 대외 지향 성토문의 전형적 구성을 그대로 보여준다.

② 대내 지향(對內指向)의 성토문

대내 지향의 성토문이란 아군 내의 적을 성토의 대상으로 삼는 작품군이다. 즉 여기서 '대내(對內)의 적'이란 체제 내에서의 적, 다시 말해 조선 내부의 적을 의미한다. 임진왜란 당시 왜적과의 항전에 조력하지 않거나 혹 방해하는 인물들은 또다른 적으로 간주되어 성토의 대상이 되었다. 임진왜란의 위기 상황을 맞이하여 대다수 사람들이 국가의 수호를 위해 헌신했지만, 한편에서는 일신(一身)의 보전에만 급급하여 관직을 버리고 도망치거나 심지어는 혼란을 틈타 약탈을 일삼는 자들이 곳곳에서 물의를 일으켰다. 또 관병과 의병 간에 알력 다툼이 벌어지기도 했다. 대내 지향의 성토문에는 이러한 혼란한 국내 정세 속에서 발생된 크고 작은 아군의 분열과 각축의 흔적이 남아 있다.

임진왜란기에 지어진 대내 지향 성토문의 유형은 크게 두 가지로 나뉜다. 그것은 첫째, 관병과 의병의 충돌 과정에서 지어진 일련의 작품들이다. 곽재우의 「격순찰사김수문(檄巡察使金睟文)」과 「통유도내열읍문(通諭道內列邑文)」·김수(金睟)의 「격의병장곽재우문(檄義兵將郭再祐文)」·김경로(金敬老) 등의 「격곽의진중문(檄郭義陣中文)」·윤언례(尹彦禮) 등의 「포백김경로등구함의사지죄문(暴白金敬老等構陷義士之罪文)」 등이 여기에 속한다. 둘째, 전란을 틈타 일어난 역당(逆黨)을 성토하는 작품들이다. 안희(安喜)의 「격호남역당문(檄湖南逆黨文)」과 조헌의 「고유본국인위왜소로군문(告諭本國人爲倭所擄君文)」 등이 여기에 속한다.

여기서는 곽재우[郭再祐, 1552~1617]의 「격순찰사김수문(檄巡察使金睟文)」을 살펴보기로 한다.

> 애통하도다. 우리 도(道)를 무너뜨려 흩어지게 하고 우리 서울을 함락시키며, 우리 성상(聖上)을 파천(播遷)하게 만들고 우리나라 백성의 생명을 무참히 죽게 만든 것은 모두 네가 한 짓이다. 너의 죄와 악행이 가득찼는데도 네가 스스로 알지 못한다면 어리석은 인간이다. 너는 과연 어리석은 인간이냐? 너는 어리석은 인간이 아니다. 재앙과 변란을 만들어낸 것이 이런 극심한 지경에 이르렀으니, 천하의 토끼털을 뽑아서 쓰더라도 너의 죄를 다 기록하기에는 부족하고, 천하의 대나무를 다 뽑아서 쓰더라도 너의 악행을 다 써내기에는 부족하다.[23]

'순찰사 김수에게 보내는 격문'이라는 제목의 성토문이다. 이 글은 상대의 실책을 꾸짖는 호통으로 시작된다. 경상도의 패전과 서울의 함락·어가(御駕)의 몽진(蒙塵)·백성들의 죽음 등 참혹한 현재의 상황은 모두 경사도 순찰사 김수가 야기한 것이라고 지적하며, 그의 죄가 너무 무거워서 이 세상의 모든 토끼털과 대나무를 가져다 붓과

---

23) 郭再祐, 「檄巡察使金睟文」, "痛矣哉 使我一道潰散 使我京師陷沒 使我聖上播遷 使我一國生靈肝腦塗地者 皆汝之爲也 汝之罪惡貫盈 而汝不自知 則是愚人也 汝果愚人乎 汝非愚人也 釀成禍亂 至於此極 禿天下之冤 不足以盡記汝罪 罄天下之竹 不足以盡書汝惡"

종이를 만들어 쓰더라도 다 언급할 수 없을 정도라고 일갈한다.

당시 김수는 경상도 관찰사로 재직하고 있었는데, 곽재우는 그가 안일한 대처로 제대로 된 방비를 수행하지 못했다고 여겼다. 『난중잡록(亂中雜錄)』에 의하면 "애당초 곽재우가 의병을 일으켰을 당시에 군대의 위세가 날로 성대해지고 왜적을 죽인 수가 몹시 많았다. 우병사(右兵使) 조대곤(曺大坤)이 그가 공로를 이루는 것을 꺼려서 장계(狀啓)로 올리는 말에 의심하는 뜻을 써 두었고, 경상도 관찰사 김수 역시 계문(啓文) 가운데 불측(不測)하다는 말을 하였다. 이에 이르러 곽재우 또한 이전의 격문을 일일이 거론하며 상소하였다."[24]라고 하였으니, 이것이 곽재우와 김수의 다툼이 시작된 전말이다.

의병장으로 승승장구하는 곽재우를 경계하여 모함한 김수의 조치에, 곽재우는 격문을 보내 그의 잘못을 성토한다.

> 사람들은 모두 기한을 한정하여 성을 쌓아서 백성들에게 악독한 학정(虐政)을 베푼 것을 너의 죄라 여기며, 군대의 절제(節制)가 마땅함을 잃어 왜적을 난입하게 만든 것을 너의 죄라 여기는데, 이는 모르는 이의 말이다. 내지(內地)에 성을 쌓느라 비록 민심을 잃긴 했어도 의도가 적을 방어하는 데 있었으니 그것은 너의 죄가 아니며, 군대의 절제가 잘못되어 비록 군사(軍事)를 그르치긴 했어도 재주가 변란에 대응하는 데 부족했던 것이니 이 또한 너의 죄가 아니다. 이런 이유로 너를 벌한다면 어떻게 너의 마음을 굴복시키겠느냐.[25]

---

24) 『亂中雜錄』 1, 「壬辰上」. "當初郭再祐起事之時 軍威日盛 殺賊甚多 右兵使曺大坤 忌其成功 置疑於啓辭 監金晬亦做不測之言於啓中 至是再祐 亦枚擧前檄上疏"
25) 상게서. "人皆以刻期築城虐民荼毒 爲汝之罪 節制乖方 使賊闌入 爲汝之罪 是不知

이 단락에서는 세간에서 김수의 죄라 여기는 두 가지의 잘못은 정작 그의 잘못이 아니라고 언급하고 있다. 축성(築城)으로 인한 학정(虐政)은 적을 방어하려는 데 뜻이 있었기에 운영 과정에 잘못이 있었어도 그나마 용서할 수 있으며, 군대를 운용하는 미숙함은 그 능력이 모자란 탓이니 김수의 잘못이 아니라는 것이다. '네 죄가 아니다.'라는 말은 얼핏 김수의 잘못을 면책해주는 것 같지만, 실제로는 작은 잘못을 열거하면서 김수의 관리로서의 자질과 역량을 전면적으로 문제시한 것이다. 또 '네 죄가 아니다.'라고 연이어 말함으로써 '그렇다면 김수에게 이보다 더 큰 잘못이 있는 것인가?'라고 의문을 품게 하여 문장의 몰입도를 고조시킨다.

곽재우의 본격적 성토는 다음 단락에서 거침없이 쏟아진다.

너의 죄가 하나 있으니, 왜적을 맞이한 것이다. 왜적을 맞이하였다는 것이 무슨 말인가? 너는 한 도(道)의 정예 용사 5~6백 명을 뽑아서 데리고 다니려고 생각하여 동래(東萊)가 함락되자 밀양(密陽)으로 먼저 도주하였고, 밀양이 패망하자 또 가야(伽倻)로 도망쳤으며, 왜적이 상주(尙州)를 지나가자 퇴각하여 거창(居昌)으로 숨어들었다. 한 번도 장병(將兵)들을 권면하고 흥기시켜서 왜적을 공격하도록 시킨 적이 없어서, 마침내 왜적으로 하여금 마치 사람이 없는 곳에 들어가듯 만들어 끝내 열흘 안에 수도를 함락시켰다. ……

너의 죄가 둘 있으니, 패전(敗戰)을 기뻐한 것이다. 패전을 기뻐하였다는 것은 무슨 말인가? …… 한 도(道)의 원수로서 이미 김해(金

者之言也 內地築城 雖失人心 而意在於禦賊 則非汝之罪 節制顚倒 雖敗軍機 而才短
於應變 則亦非汝之罪也 以此罪汝 何以服汝之心乎"

海)가 함락되는 것을 구원하지 못한데다 왜적을 미처 보기도 전에 먼저 주진(主鎭)을 버리고 퇴각해서 정진(鼎津)에 진을 쳤다. 정진은 왜적이 있던 곳과 거리가 몇백 리나 되었으나 허망하게 놀라 허물어져선, 회산 서원(晦山書院)으로 숨어 들어가 마침내 여러 진(陣)과 각 고을로 하여금 소문만 듣고 달아나 무너지도록 만들었다. 조대곤의 죄는 주벌하지 않을 수 없거늘 너는 그의 목을 베어 민심을 경계시키지 않았으니, 너는 과연 성(城)을 버리고 군대를 패망시켰을 때의 군율을 모르느냐?

너의 죄가 셋 있으니, 은혜를 잊은 것이다. 은혜를 잊었다는 것은 무슨 말인가? 들으니 너의 선조는 10대 동안 주불(朱紱)의 고관대작을 지내고 7대의 은장(銀章)의 벼슬을 지냈다고 한다. 복록이 이미 두터운데다 총애 역시 융성하였으니, 의리상 마땅히 나라와 고락(苦樂)을 함께하고 생사(生死)를 함께해야 할 것이다. …… 그러나 너는 곧 군주의 파천(播遷)을 기뻐하고 서울의 함락을 달게 여기니, 너는 과연 군주의 어려움을 급하게 여길 줄 모르는 자이냐?

너의 죄가 넷 있으니, 효성스럽지 않은 것이다. 효성스럽지 않다는 것은 무슨 말인가? …… 지하에 들어간 영령이 아마도 필시 저승에서 네가 한 짓을 가슴아파하고 네가 법도를 어긴 것에 분통을 터뜨리면서 "임금을 무시하고 어버이를 잊는 일이 우리 아이한테서 나올 줄이야 어찌 생각이나 했겠는가?"라고 할 것이다.

너의 죄가 다섯 있으니, 세상을 속인 것이다. 세상을 속였다는 것은 무슨 말인가? 네가 한창 조정에서 벼슬할 적에 조정에서는 너를 지목하여 결단력 있고 지조가 곧다고 하였으며, 영남을 다스리게 하였을 적엔 영남에서 너를 일컬어 총명하고 재주 있다고 하였다. 결단력이 있고 지조가 곧으며 총명하고 재주 있는 사람으로서 실로 적을 막고 외부의 침략을 방어할 마음을 가졌다면, 험지(險地)에 거점을 두고 굳게 지켜서 왜적이 길이 치달리는 것을 고리를 굴리듯 쉽게 막았을 것이다. 그러나 팔짱을 끼고 구경만 하면서 한 가지 계책도 계획하지 못하고 한 가지 작전도 설계하지 못한 채 왜적이 도륙하는 대로 내버려두었다. 그러니 예전의 결단력 있고 재주 있는 모습은 좋은 벼슬을 낚으려는 미끼였던 것인데, 오늘날 어리석은 체하고 겁을 내듯 하는 것은 무엇을 하기 위함인가?

너의 죄가 여섯 있으니, 염치가 없는 것이다. 염치가 없다는 것은 무슨 말인가? 너는 왜적에게 영남을 버리고 운봉(雲峯)을 넘어 전라도로 들어가서 근왕군에 자취를 의탁하였다. 그런데 근왕군이 용인(龍仁)에 이르렀을 적에 왜적 6명을 보고는 군량을 버리고 군기(軍器)를 내던지고 금관자(金貫子)도 잃어버린 채 도주했다고 한다. ……목숨을 부지하려는 마음이 평소에 정한 바이니, 구차하게 살려는 계책이 이르지 않는 바가 없도다.

너의 죄가 일곱 있으니, 남의 성공을 꺼린 것이다. 남의 성공을 꺼린다는 것은 무슨 말인가? 네가 도내(道內)에 있을 적에 너에게는 왜적을 토벌할 마음이 없었기 때문에 군사들의 마음이 저상되어서 앞서서 적에게 달려나가는 이가 없었다. 다행히 초유사가 충성심을 격발시키고 의기를 고무시켜 의병을 사방에서 일어나게 만들고 왜적들이 목숨을 바치게 만든 덕에 민심이 조금씩 합쳐지고 위세가 절로 확장되었으니, 전역을 깨끗이 청소하고 어가를 귀환시킬 것을 날을 세며 기다릴 수 있게 되었다. 그런데 너는 곧 수치를 잊고 치욕을 참은 채 낯짝을 들고 다시 와서 호령을 하고 지휘권을 발동하여 의병에게 해산하려는 마음을 갖게 만들고 초유사에게 거의 이루어지려는 공적을 무너지게 만들었으니, 이전의 악행은 이미 지나간 일이라 해도 지금의 죄는 용서할 수가 없다.[26]

이 단락에서는 본격적으로 김수의 죄를 7가지로 설정하여 열거하고 있다. 글의 주된 목적이 성토이니만큼 곽재우의 격문은 성토에 크게 무게를 싣고 있다. 성토의 내용을 정리하면, ① 왜적을 환영한 것 ② 패전을 기뻐한 것 ③ 나라의 은혜를 잊은 것 ④ 효도하지 못한 것 ⑤ 세상을 속인 것 ⑥ 부끄러움이 없는 것 ⑦ 남의 성공을 꺼린 것이다. 곽재우의 격문에 그려진 김수는 무능하고 염치없으며 나약하고 비겁하기 그지없는 벼슬아치이다. 『난중잡록』에 의하면 김수는 왜적에게 패배하여 여기저기를 전전하였고 근왕(勤王)을 핑계삼아 군사를 이끌고 도피성 행보를 하였다고 한다.27) 그러나 그것을

26) 상게서. "汝罪有一曰 迎倭 何謂迎倭 汝抄一道精兵勇士五六百名 以爲帶率 東萊之陷 先走密陽 密陽之敗 又遁伽倻 賊過尙州 退竄居昌 一未嘗勸起將士 使之擊賊 遂令倭賊 如入無人之境 卒陷京師於一旬之內 …… 汝罪有二曰 喜敗 何謂喜敗 …… 以一道元帥 旣不救金海之陷 未及見倭 先棄主鎭 退陣鼎津 鼎津距倭所在 幾百餘里 而虛驚潰散 竄入晦山書院 遂使列陣各邑 望風奔潰 則大坤之罪不可不誅 而汝不梟首以警人心 汝果不知棄城敗軍之律乎 汝罪有三曰 忘恩 何謂忘恩 聞汝祖先 十世朱紱 七代銀章 祿旣厚矣 寵亦隆矣 義當與國同休戚 共死生 …… 汝乃畏君父之遷 甘京都之陷 汝果不知急君父之難者乎 汝罪有四曰 不孝 何謂不孝 …… 入地英靈 想必冥冥之中 痛汝之所爲 憤汝之不軌曰 豈意無君忘親 出於吾兒乎 汝罪有五曰 欺世 何謂欺世 汝之方仕朝廷也 朝廷目之以剛果耿直 按節嶺南也 嶺南稱之以聰明才藝 以剛果耿直聰明才藝之人 誠有折衝禦侮之心 則據險守固 以遏長驅 易如轉環 而袖手傍觀 曾莫能畫一策 設一謀 任倭之屠戮 則前日之剛果才藝 餌好爵也 今日之若愚若怯 欲何爲也 汝罪有六曰 無恥 何謂無恥 汝棄嶺南於倭賊 踰雲峰入全羅 托跡於勤王之師 師到龍仁 見倭六名 棄軍糧 投軍器 失金貫子而走云 …… 偸生之心平日所定 苟活之謀無所不至矣 汝罪有七曰 忌成 何謂忌成 汝在道內 汝無討賊之心 故軍心沮喪 莫先赴敵 幸賴招諭 使激發忠誠 鼓動義氣 使義兵四起 醜類授首 人心稍合 聲勢自張 掃淸區域 奉還鑾輿 指日可待 而汝乃忘羞忍恥 擧顔再來 出號令 發節制 使義兵有渙散之心 使招諭使敗垂成之功 則前惡旣往 今罪固赦"

27) 『난중잡록』1, 「임진상」의 기록에 의거하여 김수의 행적을 요약하면 다음과 같다. 김수가 진주로부터 달려 반성(班城)까지 갔는데, 그곳에서 부산이 이미 함락되었다는 소식을 듣고 함안을 거쳐 칠원에 이르렀다.(4월 15일) → 영산에 이르러 왜적이

두고 김수가 '왜적을 환영'하고 '패전을 기뻐'하였던 것이라 볼 수는 없는데, 곽재우는 김수의 실책을 '왜적을 환영'하고 '패전을 기뻐'한 것으로 과장하면서 힐난의 강도를 높이고 있다. 또 격문 안에서 김수는 문벌가문 출신으로서 벼슬을 차지하고 있으면서도 무능하고 비겁하여 나라의 은혜를 저버리고 훌륭한 가풍을 꺾어버린 인물이자, 근왕을 핑계삼아 일신의 안위만을 도모하는 이기적인 인물로 그려진다. 곽재우는 김수의 죄상을 낱낱이 열거한 뒤에, 김수가 자신의 잘못을 자각하고 죽음으로써 사죄하지 않으면 처단을 내릴 것임을 엄중하게 경고함으로써 글을 끝맺는다. 이처럼 상대의 무능과 비겁함에 대한 실책은 자신의 결백과 항쟁 의지를 상대적으로 부각시키는 절묘한 수단이 되는 것이다.

표현상 주목할 부분은 7가지의 죄를 나열하는 데 첫머리에 '너의 죄가 ○ 있으니, ○○이다. ○○란 무슨 말인가?[汝罪有○曰○○ 何謂○○]'라는 어구를 반복적으로 배치한 점과 부연 설명을 고르게 분배시킨 점이다. 동일한 어구의 반복과 의도적인 의론의 양적 배분은

이미 양산을 통과했다는 소식을 듣고 곧 밀양으로 달려갔는데, 적병이 대거 이르자 바로 영산으로 후퇴하였다가 밤중에 초계를 건너 전라도 관찰사에게 이첩하였다.(4월 16일) → 김수가 합천에서 지례 쪽으로 도망쳤다.(4월 20일) → 영천에 머물러 있던 왜적은 신령으로 진격하여 함락시키고 이어 안동으로 향했는데, 이때 김수는 지례에 머물러 있으면서 다만 도순찰사의 지휘만 받고 있었다. (4월 23일) → 지례로부터 거창으로 돌아와 초계 군수 이유검을 목베었다.(4월 25일) → 남은 병력을 수습하여 거창에서 함양으로 갔다. 그때 영남 60여 고을은 모조리 함락되었다.(4월 29일) → 영남 초유사 김성일은 함양으로 향하고 본도 도순찰사 김수는 함양에서 출발하여 운봉으로 가는데 도중에 초유사를 만났다. 초유사가 지방을 사수하라고 하자, 김수는 함양으로 돌아갔다가 다시 안음으로 갔다.(5월 5일) → 김수가 남원으로부터 전주에 갔는데 이광이 이곳에 군사를 주둔시키고 있었다. 그런데 김수를 패군한 장수라 하여 거절하고 받아주지 않으니 김수 일행의 군대는 흩어지고 말았다.(5월 18일)

산문에 정제미를 발현시켜 성토의 논리를 더욱 돋보이게 만든다.

2) 초유문(招諭文)

초유문은 군사를 일으키기 위하여 백성들을 참전하도록 격발시키는 글을 말한다. 즉 관병이나 향병을 초집(招集)하려는 목적의 글로서, 다소의 의미의 차이가 있긴 하나 '창의문(倡義文)'·'효유문(曉喻文)'·'거병문(擧兵文)'·'권유문(勸喻文)' 등의 명칭으로도 불린다. 해당 유형은 임진왜란기 격문의 절반 이상을 차지할 만큼 다수의 작품이 창작되었다.

다음 글을 살펴보자.

> 어가(御駕)가 서쪽으로 순행(巡行)하고 서울을 지켜내지 못했으니, 나라 일이 이 지경에 이름에 통곡하고 통곡합니다. 오늘의 의거(義擧)는 오직 애통하고 절박한 의리로 격문을 써서 사방의 의로운 동지를 초유(招諭)하고, 즉각 군사를 일으켜 하늘에 사무치는 통분을 씻기를 바라야 합니다. 그런데 격문의 말이 만약 간절하지 않으면 민심을 감동시킬 수가 없으므로 격문은 거칠고 엉성해서는 안 되니, 과감히 붓을 한번 휘둘러 격문을 지으시고 속히 보여주시기 바랍니다. 오장이 찢어지는 듯하여 어찌할 바를 모르겠으니 다만 북쪽을 바라보며 통곡할 뿐입니다. 또 사중[士重, 김천일(金千鎰)] 등 여러 공에게 이러한 뜻을 통지하는 것이 어떻겠습니까?[28]

---

28) 『亂中雜錄』, 「壬辰上·五月三日」. "大駕西狩 京城不守 國事至此 慟哭慟哭 今日之義 惟當以哀痛迫切之義作檄 招諭四方義侶 刻日擧兵 庶雪通天之痛 言若不切 則無

이 글은 전라도 관찰사 이광[李洸, 1541~1607]이 격문을 써서 동지를 불러 모으기를 권면하려고 전(前) 부사 고경명에게 보낸 편지이다. 임금이 서쪽으로 피신하여 처참한 심경을 견딜 수는 없는 때에 사방의 동지들을 모아 병사를 도모하기 위하여 '사람의 마음을 감동시키는' 격문을 짓기를 독려하고, 이러한 뜻을 여러 사람에게 알리자고 하였다. 여기서 말하는 '애통하고 절박한 의리로 격문을 써서 사방 의로운 동지를 초유(招諭)하고, 즉각 군사를 일으'키기 위하여 쓰는 글, 그것이 바로 초유문이다. 이광은 초유문을 지을 때는 두려워하는 민심을 수습하고 참전 의지를 이끌어 내기 위해서 말이 '간절'해야 하고 '거칠고 엉성해서는 안 된다'고 하였다.

김시황의 논문에서 "초유문은 어디까지나 이치를 따지고 인간의 의리와 충성심에 호소하여 스스로 깨우치고 뉘우치며 분발하도록 하는데 목적이 있다. 그러므로 강건하기만 하여서도 안 되고, 때로는 부드럽게 감동을 자아내게 하는 것이다."[29]라고 한 설명은 이러한 초유문의 목적을 잘 말해주고 있다.

대표적인 작품으로는 고경명[高敬命, 1533~1592]의 「격제도서(檄諸道書)」가 있다. 임진년 왜적이 파죽지세로 북상하는 상황에서, 전라도 관찰사 이광이 4만의 군대를 이끌고 왜적에게 대패하자 고경명은 사림과 함께 담양 추성관에 단을 세우고 하늘에 맹세한 다음 창의의 깃발을 들었고, 이윽고 의병대장에 추대되었다. 고경명은 출전

以感動人心, 檄文不可草率 敢煩一揮 幸速示 五內如裂 不知所爲 徒北望慟哭而已 且
通此意于士重諸公 何如"

29) 김시황(1992), 9쪽 참조.

하면서 여러 도(道)에 격문을 띄웠는데, 이 격문은 당시 말에 기대어 급하게 썼다고 해서 '마상격서(馬上檄書)'라고도 불리운다.

> 근래에 나라의 운수가 중도에 막혀서 섬 오랑캐가 밖에서 짖어대니, 처음에는 역적 양(亮)이 맹세를 어긴 일을 본받더니, 끝에는 남쪽 오랑캐 오(吳) 나라가 중국을 빈빈히 삼키러 한 짓을 자행하였다. 우리가 경계하지 않는 때를 틈타서 텅빈 곳을 공격하여 멀리 쳐들어오고, 하늘을 속일 수 있다 여기고는 마음대로 곧장 올라오니, 장수의 도끼를 잡은 자는 갈림길에서 배회하고 고을의 인장(印章)을 매단 자는 깊은 숲속으로 숨어들었다. 오랑캐 때문에 임금과 어버이를 버리니 이것이 차마 할 수 있는 일이냐? 임금께서 사직(社稷)을 근심하도록 만드니 너희들 마음에는 편안하단 말이냐?[30]

고경명은 글의 첫머리에서 왜적의 침입과 그에 항전하지 않는 태도를 비판하면서 답답한 심정을 토로한다. 역적 양(亮)처럼 맹약을 어기고 무도한 오(吳) 나라처럼 상국(上國)을 침입한 왜적의 행태는 용납할 수 없는 일이며, 이러한 일을 거리낌없이 자행하는 왜적은 짐승과 진배없는 무리들이라 한다. 역적 양(亮)은 금(金) 나라의 황족으로서 임금을 죽이고 황제가 된 완안량(完顏亮)을 가리키는데, 그는 평화의 약조를 깨고 남송(南宋)을 침략하다 크게 패하고 부하의 손에 살해당하였다. 여기서 양(亮)은 오(吳) 나라와 마찬가지로 중화(中華)

---

30) 高敬命, 「檄諸道書」. "頃緣國運中否 島吏外訌 始效逆亮之渝盟 終逞勾吳之荐食 乘我不戒 擣虛長驅 謂天可欺 肆意直上 秉將鉞者徘徊歧路 累郡印者投竄林幽 以賊虜遺君親 是可忍也 使至尊憂社稷 於汝安乎"

의 영역을 수시로 넘보고 침략하는 오랑캐이다. 그리고 양에 비견되는 왜적 역시 평화를 깨뜨리고 조선 왕조의 신성한 영역을 침범한 오랑캐에 지나지 않으니, '섬 오랑캐가 밖에서 짖어댄다'라는 표현에서 왜적에 대한 멸시의 시선과 적개심이 직접적으로 노출된다.

왜적의 만행에 대한 분개는 곧 그들의 침략에 항전하지 않는 장수와 관리에 대한 분노로 이어진다. 치안과 통치를 맡은 벼슬아치가 통치 지역의 방비를 위해 애쓰기는커녕 자신의 안전만 도모하는 한심한 작태를 보이니, 군친(君親)을 버린 그들의 비겁한 행동에 격분을 금치 못한 것이다.

> 백 년 동안 길러온 백성 가운데 일찍이 의기(義氣) 있는 남자가 한 사람도 없을 줄을 어찌 생각이나 했겠느냐? …… 그래서 우리 성상께서는 태왕[太王, 주(周) 나라 고공단보(古公亶父)]이 빈(邠) 땅을 떠나던 마음으로 명황[明皇, 당(唐) 나라 현종(玄宗)]이 촉(蜀)으로 행차한 일을 행하셨으니, 이는 또한 종묘사직을 위한 지극한 계책에서 나온 것이기에, 사방의 산악(山岳)을 전전하는 잠시 동안의 노고는 꺼리지 않으신다. …… 무릇 혈기를 가지고 생명을 지닌 이라면 누군들 분개하여 죽고자 하지 않겠는가?[31]

위의 단락에서 고경명은 왜적에 대항할 조선의 남아가 없는 줄 어찌 알았겠느냐고 물음으로써, 독자로 하여금 의기(義氣)를 떨치고 일

---

31) 상게서. "何圖百年休養之生靈 曾無一介義氣之男子 …… 肆我聖上 以太王去邠之心 爲明皇幸蜀之擧 蓋亦出於宗社之至計 玆不憚於方岳之暫勞 …… 凡有血氣而含生 孰不憤惋而欲死"

어나도록 독려한다. 또 주(周) 나라의 고공단보(古公亶父)가 적인(狄人)
의 침략에 백성을 해치지 않기 위해서 빈(邠) 땅을 버리고 기산(岐山)
아래로 옮겨 갔다는 '거빈(去邠)'의 고사, 그리고 당(唐) 나라 현종(玄
宗)이 안녹산(安祿山)의 난을 피하여 파촉(巴蜀)으로 파천하였다가 수
복한 뒤에 환도한 '행촉(幸蜀)'의 고사를 언급함으로써 어가(御駕)가
파천(播遷)한 일은 역사적으로 반복되는 부득이한 처사임을 피력한
다. 또한 어가가 귀환하지 못하는 불리한 상황을 제시하여, 성상의
귀환과 조선의 수호를 위해 독자들이 결사의 의지를 가지고 참전해
주기를 적극적으로 권면한 것이다.

경명은 일편단심과 만년의 절개를 지닌 백발의 진부한 선비이다.
그러나 한밤중에 닭이 우는 소리를 듣고 다난한 심정을 견디지 못하
여 강 한복판에서 노를 쳐서 나만의 충성을 바칠 것을 스스로 허락
하였으니, 주인을 사모하는 견마(犬馬)의 정성만을 품은 채로 산을
등에 지려는 모기와 등에의 미약한 힘은 헤아리지 않았다. 이에 의
병을 규합하여 서울로 곧장 향하고자 옷소매를 떨치고 단에 올라 눈
물을 뿌리며 대중에게 맹세하였으니, 곰을 때려잡고 표범을 이기는
용사들이 우레 같이 떨쳐 일어나 바람처럼 날아왔으며, 수레에 뛰어
오르고 관문을 건너뛰는 무리가 구름 같이 합세하고 비 같이 모여들
었다. 이는 대개 협박한 뒤에 응하거나 강요하여 나오게 한 것이 아
니어서, 오직 신하로서 가지는 충의(忠義)의 마음이 지극한 본성에서
함께 나온 것이니, 위급하여 존망(存亡)이 걸린 날에 미천한 몸을 감
히 아끼겠는가? 군사를 '의(義)'라고 이름 붙이니 애초부터 직책에 관
계된 것이 아니었으며, 군대는 곧음에서 말미암아 장성(壯盛)해지니
약하고 견고함은 논할 바가 아니다. 크고 작은 사람이 함께 모의하

지 않았는데도 같은 말을 하고, 멀고 가까이 있는 백성들이 소식을
듣고 일제히 떨쳐 일어났다.[32]

고경명은 자신을 충심만 간직한 일개 선비라고 소개하면서, 국가
의 위난에 자신의 미약한 힘이나마 보태기 위해 의병을 규합하였음
을 알린다. 동진(東晉) 때 조적(祖逖)이 강 한복판에서 노를 들어 뱃전
을 치며 "중원을 평정하지 않고서는 이 강을 다시 건너지 않겠다."라
고 맹세했다는 '고즙(叩楫)'의 고사에 자신을 빗대어, 국난 극복의 사
명감을 지니고 군대를 모집하는 의병장의 비장한 심정을 서술한다.
그러면서 모집한 군사를 '의(義)'라고 하는 것은 벼슬이나 이익이 아
닌 의리로써 결성하였기 때문에 이름 붙인 것이며, 올곧은 명분과
절개를 바탕삼기에 군대의 강약은 논외의 문제라고 한다. '곰을 때
려잡고 표범을 이기는' 용맹함과 '수레에 뛰어오르고 관문을 건너뛰
는' 민첩함을 지닌 용사들이 의병 모집에 응해준 것은 그들이 충의
(忠義)의 마음을 지녔기 때문이라고 하는데, 자발적 참전의 가치를
칭송하고 의병의 성격을 존숭하는 이러한 고경명의 언사는 독자들
에게 자발적 참여 의지를 더욱 고무시킨다.

아! 우리 여러 고을의 수령과 여러 도(道)의 백성들은 그 충심이

---

32) 상게서. "敬命 丹心晚節 白首腐儒 聞半夜之鷄 未堪多難 擊中流之楫 自許孤忠 徒
懷犬馬戀主之誠 不量蚊蝱負山之力 玆乃糾合義旅 直指京都 奮袂登壇 洒泣誓衆 批
熊拉豹之士 雷厲風飛 超乘跳關之徒 雲合雨集 蓋非迫而後應 强之使趨 惟臣子忠義
之心 同出至性 在危急存亡之日 敢愛微軀 兵以義名 初不係於職守 師由直壯 非所論
於脆堅 大小不謀而同辭 遠近聞風而齊奮"

어찌 임금을 잊었겠는가? 의리상 응당 나라를 위해 목숨을 바쳐야 할 것이다. 혹은 병장기(兵仗器)를 협찬해주고 혹은 군량(軍糧)을 이루어주며, 혹은 군대의 대오에서 말에 뛰어올라 앞장서서 몰며 혹은 농토에서 쟁기를 손에서 놓고 떨쳐 일어나, 미칠 수 있는 힘을 헤아려 오직 의(義)로 돌린다면 고난에서 임금을 지켜낼 수 있을 것이니 가만히 바라건대 그대들과 함께 일어나고자 한다. …… 호걸이 시세를 바로잡으면 신정(新亭)에서 마주보며 우는 일은 하지 않게 될 것이고, 부로(父老)가 임금을 기다리면 옛 도읍으로 돌아오는 어가(御街)를 가만히 보게 될 것이다. 아마도 마땅히 기력(氣力)을 내어 먼저 나서야 할 것이니, 이에 가슴속을 펼쳐서 널리 고한다.[33]

백성의 도리상 국가와 임금에 대한 충성을 다해야 한다는 고경명의 주장은 마지막까지도 거듭 강조된다. 물질로건 참전(參戰)으로건 간에 자신이 처한 상황과 역량에 따라 의병진에 실질적인 도움을 제공하는 것이 조선의 백성으로서 의리를 지키는 일이며, 이러한 노력들이 모이면 파천한 어가(御駕)를 되돌릴 수 있는 힘이 모일 것이라 한다. 임금을 환난에서 구제하고 잘못 되어가는 시대의 흐름을 바로잡는다면 조선에는 곧 밝은 미래가 도래할 것이라고 하면서, 희망찬 미래에 대한 기대를 북돋우며 여러 사람의 분발을 독려하며 끝을 맺는다.

---

33) 상게서. "咨我列郡守宰 諸路士民 忠豈忘君 義當死國 或藉以器仗 或濟以糇糧 或躍馬先驅於戎行 或釋耒奮起於農畝 量力可及 惟義之歸 有能捍王于艱 竊願與子偕作 …… 豪俊匡時 不作新亭之對泣 父老徯后 佇見舊都之回鑾 想宜出氣力以先登 是用敷心腹而誕告"

3) 모군수문(募軍需文)

초유문의 목적이 군사를 모집하는 것인데 비해, 모군수문의 목적은 전쟁에 요구되는 군수품을 모집하는 것이다. 참전군은 군사 작전 중 고립되어 군수 수송이 막히거나 지원이 끊어지면, 군량·군마·병기 등의 군수품을 향토민에게 직접 원조받아야 했다. 의병의 경우에 군수품의 조달은 ① 관부의 지원 ② 군량 유사를 통한 재지사족의 지원 ③ 초유사의 전향(轉餉)이 수집한 군량 지원 ④ 지방민의 사저(私儲) 조달 ⑤ 자체 조달 등의 방식으로 이루어졌다.[34] 이 가운데 ①을 제외한 나머지 방법은 모두 민간에서 자체적으로 조달하는 방식이었으니, 이러한 당시 상황은 모군수문이 활발하게 창작되는 배경이 되었다.

아래의 글은 정경세[鄭經世, 1563~1633]의 「모량격(募糧檄)」이다.

추악한 오랑캐가 시랑(豺狼)과 멧돼지의 악독함을 자행하니 살아 있는 이들은 같은 하늘 아래 사는 것을 분통스러워하는데, 피로한 군사들이 경계(庚癸)의 호소를 다급히 외치니 목숨 바쳐 돕는 이들이 동지들에게 구호(救護)를 감히 바랍니다.[35]

이 글은 왜적의 악독함과 그에 대한 분노를 피력하는 것으로 시작한다. 위에서 언급하는 '경계(庚癸)'란 군량을 의미하는 용어이니, 오

---

34) 최효식, 『임진왜란기 경상좌도의 의병항쟁』, 국학자료원, 2004, 559쪽 참조.
35) 鄭經世, 「募糧檄」. "醜虜逞豺豕之毒 有生方憤於共天 疲兵急庚癸之呼 相死敢望於同志"

(吳) 나라 신숙의(申叔儀)가 공손유산씨(公孫有山氏)에게 양식을 구걸하
자 "좋은 곡식은 없어도 거친 곡식은 있으니, 만약 수산에 올라가
'경계'라고 외치면 바로 가져다 주겠다."라고 대답한 데서 유래한 말
이다.36) '군량을 모집하는 격문'이라는 제목답게 군사들의 피로와
식량 부족을 호소하면서 구호(救護) 요청의 목적을 구체적으로 명시
하는 모두(冒頭)가 인상적이다.

　이어지는 단락에서는 구호 요청의 절실함을 피력하기 위하여 나
라의 위급한 실정에 대해 진술한다.

　　사직(社稷)의 깊은 수치를 말하노라니, 신민(臣民)의 기나긴 애통함
　이 끝이 없습니다. 비릿한 연기가 종거(鍾簴)에 스며들어 11개 사당
　의 영령들을 떠돌아다니게 하였으며, 검붉은 피가 의관(衣冠)을 더럽
　혀 200년 문물이 모두 분탕질되었습니다. 금성(金城)은 천 길 높이의
　웅장함과 견고함을 잃었고, 옥련(玉輦)은 한쪽 모퉁이의 풍상(風霜)에
　곤욕을 치렀습니다. …… 다만 생각건대 천하 백성은 본래 어느 왕
　가의 적자(赤子)입니까? 눈물을 뿌리며 행재소에 계실 성상(聖上)을
　그리워하니 비록 소릉[少陵, 두보(杜甫)]의 충성이 절실하지만, 칼을
　차고 온 군대 출정시키려 하나 승상[丞相, 제갈량(諸葛亮)]의 권력이 없
　는 것을 어찌합니까? 산을 무너뜨릴 건장한 병사를 규합하여도 인
　원이 천 명을 못 채우고, 날뛰는 흉악한 무리를 사로잡아 목을 베어
　도 참수한 자가 겨우 쉰 명입니다. 비록 기울어진 하늘을 붙들고 군
　주의 치욕을 씻어내지는 못 한다 해도, 또한 전진하여 죽는 일이 있
　을지언정 후퇴하여 사는 일은 없기를 바랍니다. 다만 이제 전란의

---

36) 『春秋左氏傳』, 「哀公 十三年」. "梁則無矣 麤則有之 若登首山以呼曰 庚癸乎則諾"

재앙이 해를 넘겨 백성들의 생산이 탕진되는 때를 만났습니다. 이리
저리 끌어모아서 식량을 대니, 남아 있는 이들에게 곡물 창고가 있
고 떠나는 이들에게 싸가는 양식이 있다고 감히 말하겠습니까? 길
에서 걸식하며 취사를 하니, 군대에는 군량이 없고 군사에게는 생기
가 없음을 어찌한단 말입니까? 초(楚) 나라 군사의 반숙(半菽)을 보기
가 시름겨우니, 주유(周瑜)의 한 곳간을 빌려주시기 바랍니다.[37]

지금 종묘사직은 수치를 당하여 백성들의 선혈이 낭자하고 억울
한 생령들은 한을 씻지 못하고 있으며, 백성들의 성은 무너지고 임
금의 수레는 몽진하였다. 총체적인 난국을 벗어나려고 병사를 모으
고 군대를 일으키려 애쓰지만 상황은 여의치 않다. 정경세는 국가의
위급한 형상을 이렇게 기술한 뒤에, 제갈량처럼 승상의 권력을 가지
지는 못했지만 두보에 비길 만한 충성을 지닌 사람이라고 자신을 소
개하면서, 충의를 다해 싸우다 죽을 각오를 독자들 앞에 맹세한다.
비록 자신의 노력이 나라의 수치를 씻는 데 큰 힘이 되지는 못하더
라도 구차하게 살다 죽지는 않겠다는 말이다. 그러나 자신의 충심이
이렇듯 간절해도 군량이 없다면 나라를 위해 싸울 군대도 유지될 수
가 없고, 게다가 해를 넘도록 계속되는 전쟁통에 생업에 종사하지
못한 백성들의 물산(物産)이 모조리 소진되어 곡물 창고를 보존하기

---

37) 상게서. "興言社稷之深羞 罔極臣民之長痛 腥煙燻染於鍾簾 漂泊十一廟英靈 殷血
濺污於衣冠 板蕩二百年文物 金城失千雄之壯固 玉輦困一隅之風霜 …… 顧惟環海蒼
生 本是誰家赤子 揮涕戀行在 雖切少陵之忠誠 仗劍出全師 奈無丞相之權力 糾合摧
山之健卒 額不滿千 捕斬陸梁之兇徒 鹹纔半百 縱不能扶天傾而雪主辱 亦庶幾有進死
而無退生 第此兵燹之彌年 正值民産之掃地 箕斂給餉 敢言居有積倉行有裹糧 道乞
而炊 其奈軍無見糧士無生氣 愁看楚卒之半菽 願借周瑜之一囷"

는커녕 군량을 대기에도 여의치 않은 상황임을 호소한다. 마침내 정
경세는 격문을 읽는 이들에게 '주유(周瑜)의 한 곳간'을 빌려주기를
요청한다. 여기서 주유는 오(吳) 나라의 장수이니, 그는 군량(軍糧)이
필요하여 노숙(魯肅)의 집에 찾아가 도움을 청하였다. 노숙은 소유하
고 있던 곳간 두 군데 중 한 곳을 주었고, 그곳에는 3000곡(斛)의 식
량이 보관되어 있었다고 한다. 도움이 절실한 지금의 상황을 과거
주유가 처했던 상황에 견주면서, 노숙처럼 지원을 아끼지 않는 이가
나타나 생기를 잃은 병사들을 소생시켜주기를 바라는 정경세의 언
사에서 간절함이 느껴진다.

> 가만히 들으니 그대들은 의리가 임금을 뒷전으로 여기지 않고 충
> 심이 나라에 보탬이 되기를 생각한다고 하니, 진(秦) 나라의 굶주림
> 을 떠올리되 월(越) 나라 보듯 하지 말기를 바랍니다. 오랑캐의 목숨
> 이 어찌 길게 이어질 수 있겠습니까? 그들의 깊은 죄악은 주륙(誅戮)
> 을 당할 때이며, 부유한 사람이 돈을 아끼지 않는 것은 곧 반란을
> 다스리고 재앙을 평정하는 계책입니다.
> 아! 한 조각 해바라기 같은 정성은 국록을 먹느냐 먹지 않느냐에
> 따라 깊이가 달라지는 것이 아니며, 칠 척 초개(草芥)와 같은 몸은
> 응당 왜적을 제거하느냐 못하느냐를 보고 생사를 정해야 할 것입니
> 다. 공사(公私) 간에 쌓인 통분을 씻지 못한다면 다시 천지간에 선들
> 무슨 면목이 있겠습니까? 한쪽 무릎도 원수의 조정에는 굽히기가
> 어려우니, 이미 동해를 편안히 밟는 것을 분수로 여깁니다. 만 마리
> 물고기가 바야흐로 수레바퀴 자국에 고인 물에서 곤경을 당하고 있
> 으니, 오직 서강(西江)의 물을 급히 끌어 대 주기를 바랍니다.[38]

위의 단락에서는 의로운 일에 다소의 도움을 준다면 그들의 충절과 의리를 높이 살 수 있을 것이라 치켜세우면서, 독자들의 참여와 협력을 더욱 적극적으로 유도한다. 또 왜적은 곧 평정될 것이라 하면서 물자를 원조하는 이에게 던지는 희망의 메시지도 잊지 않는다. 나라와 군주를 향한 충성은 조선의 백성이라면 누구나가 한뜻으로 발휘해야 하는 충의임을 호소하면서, 수레바퀴 자국의 얕은 물에서 겨우 숨쉬고 있는 물고기 같은 군사들의 처량한 신세를 헤아려달라고 구호를 거듭 요청하는 것으로 격문은 끝을 맺는다. 글 중간에 삽입된 '오호(嗚呼)'라는 탄사는 고조되는 감정을 폭발시키는 전환점이되어, 왜적에 대한 복수와 설욕을 다짐하고 군량 제공에 대한 협조를 재차 강조하는 결미의 내용으로 독자를 인도한다. 이에 격문은 독자로 하여금 충심의 격발과 적극적인 구호를 요청하는 절실한 호소로 마무리된다.

이상에서 보았듯 정경세의 격문은 군수품 원조의 절실함을 피력하기 위하여 조선의 종묘사직이 당한 치욕과 통분의 심정을 토로함으로써 독자의 공감과 동조를 불러일으킨다. 정경세는 결사의 의지로 나라를 위해 싸우고 있는 자신의 충심을 강조하고, 역사적 경험에 빗대어 군대에 협력하는 이의 의기와 충절을 높이 평가하면서, 동시에 군량의 원조가 결국은 '우리'의 문제를 함께 해결해나가기 위한 절실한 문제임을 간곡히 호소한다. 사리(私利)가 아니라 공의(公

---

38) 상게서. "竊聞諸君 義不後君 忠思益國 玆念秦飢 幸勿越視 胡命其能久 是稔惡就誅之辰 富人不愛錢 乃撥亂戡禍之策 嗚呼 一片葵藿誠悃 非緣食祿不食祿而有淺深 七尺草芥身軀 當看除賊未除賊而爲生死 未洩公私之積痛 更立天地而何顔 一膝難屈於讎庭 已分寧蹈東海 萬鱗方困於涸轍 惟願急激西江"

義)를 위한 일이라는 명분의 천명, 상대의 충의심을 격발시키는 호
소력 짙은 표현 등에서 격문의 남다른 설득력을 살필 수 있다.

4) 기타

기타 작품은 대체로 짧은 내용의 작품들이 많고, 군사 작전이나
행동 강령 등을 여러 사람에게 전달하거나 군대의 기강을 다잡기를
강조하는 내용이 주를 이룬다. 이 유형은 앞에 제시된 성토문·초유
문·모군수문의 세 유형에 편입되지 않는 내용의 격문이니, 특정한
주제로 유형화하기에 어려움이 따른다. 기타 유형에 해당하는 작품
으로는 고경명(高敬命)의 「격해남강진양사군서(檄海南康津兩使君書)」·
정인홍(鄭仁弘)의 「호남의병문(湖南義兵文)」·상의대장(尙義大將)의 「위
합세사문(爲合勢事文)」·이순신(李舜臣)의 「약속각영장사문(約束各營將
士文)」·강항(姜沆)의 「고부인격(告俘人檄)」 등이 있다.

여기서는 강항[姜沆, 1567~1618]의 「고부인격(告俘人檄)」을 살펴보
기로 한다.

> 아! 나는 일개 미망인으로서 함께 맹세한 뜻 있는 선비인 그대들
> 에게 알린다. 슬프게도 이렇게 떠돌아다니는 신세가 된 미약한 무리
> 는 모두 문명 있는 추로(鄒魯)의 나라에서 출생하였다. …… 너희 할
> 아버지와 너희 아버지 이상 세대에서는 예닐곱 번 일어나신 성군(聖
> 君)을 직접 만났고, 너희 아들과 너희 손자의 몸에 이르러선 다시 30
> 년의 은육(恩育)을 받았다. 대개 2백 년이라는 오랜 세월이 흘렀으나
> 비록 천만 대(代)라 할지라도 잊을 수 있겠는가?[39]

　이 글의 제목을 풀이하면 '포로들에게 알리는 격문'이다. 강항은 정유재란으로 분호조판서의 종사관이 되었으나, 남원에서 패배한 뒤 배를 타고 이순신에게 합류하러 가다가 왜적에게 피랍되었고, 그 후 4년 뒤인 1600년에 조선으로 귀국하였다. 그는 함께 왜국으로 잡혀 온 조선인 포로들에게 지금은 슬프게도 떠돌아다니는 신세가 되었지만, 문명의 나라에서 출생하여 공맹(孔孟)의 교화를 입은 문화민족임을 강조함으로써 타국 땅에서도 조선인으로서의 정체성을 잊지 않도록 경계한다. 또 그는 조선조 대대로 성군(聖君)을 만나 국가의 은혜를 입은 사실을 상기시키며, 멀리서도 고국의 은덕을 잊어서는 안 된다고 강조한다. 타국의 포로가 된 시점에도 조선인으로서의 자긍심과 자존감을 잊지 않도록 단속하는 모두(冒頭)가 인상적이다.

　　돌아보건대 이 칠치(漆齒)의 누추한 나라는 실로 다른 인종으로서, 우(禹) 임금의 자취가 미치지 못한 곳이며 주(周) 나라의 궤도(軌道)와 같지 않은 곳이다. …… 외적의 우두머리 수길(秀吉)은 여우처럼 재앙을 일으킬 마음을 품고 전갈 같이 추한 종자로서, 자신을 길러주던 옛 주인에게 의지하여 이미 뱁새가 날아오르는 모양을 지었으며 당랑(螳螂)이 큰 수레에 항거하듯이 감히 해를 향해 독한 화살을 퍼부었다. …… 우리나라가 백 년 동안 태평하여 장정들이 전쟁의 일을 익히지 못한 때를 틈타고 우리나라가 여러 해 동안 흉년이 들어 백성이 대부분 거리에 전전하게 된 상황을 다행으로 여겨서, 먼저

---

39) 姜沆, 「告俘人檄」. "嗟我一介未亡之人 告爾同盟有志之士 哀此流離瑣尾之屬 盡出文明鄒魯之鄉 …… 自乃祖乃父以上 親逢六七作聖君 於若子若孫之身 更承三十年之恩宥 蓋二百歲之久 雖千萬世可忘."

완(阮) 나라를 침공하러 공(共) 땅으로 가는 군대를 일으키고 괵(虢)
나라를 멸망시키고 우(虞) 나라를 취하는 계책을 감히 행하니, 닭·
개·돼지는 씨가 마르고 초목과 곤충도 아울러 극심한 피해를 입었
다. 대개 국가의 원수로 말하자면, 우리의 사직(社稷)을 불태우고 우
리의 강토(疆土)를 더럽혔으며, 우리 궁궐의 계단을 무너뜨리고 우리
의 남쪽 궁전과 북쪽 내전(內殿)을 점거하였다. …… 일신(一身)상의
원수로 말하자면, 우리의 가묘(家廟)를 불사르고 우리의 선영(先塋)을
파헤쳤으며, 노인과 아이를 빼앗아가고 자제를 잡아갔다. …… 명
문세족 아이들은 절반이 원수의 일꾼이 되었고 문벌귀족 여인들은
모두 오랑캐 집안의 여종이 되었다. …… 원통한 호소는 하늘에 사
무치고 바른 기운은 땅을 쓴 듯 사라졌다.[40]

위의 글 전면에는 왜적의 침략에 처참하게 상처 입은 조선 백성의
울분이 토로되어 있다. 왜적에 대한 서술은 더럽고 무도한 오랑캐의
습속에 대한 비난 일색이다. 즉 왜적은 문명의 혜택을 입지 못한 야
만족으로서 문화적으로 미천하고 조선 땅의 생명을 짓밟는 악독한
마음을 지녔으며, 왜적의 수장 평수길(平秀吉)은 황새인 척 하는 뱁새
와 수레에 대항하는 사마귀 마냥 무모한 도발을 일삼는 어리석은 별
종으로 폄하된다. 격문 속에서 왜적의 조선 침략은 밀(密) 땅 사람이

---

40) 상게서. "顧玆漆齒之陋邦 實是橫目之異類 禹迹之所未訖 周軌之所不同 …… 賊魁
　　秀吉 豺狼禍心 蜑蟲醜種 依僣率之舊主 旣作桃蟲之拚飛 抗螳螂之大車 敢注射日之
　　毒矢 …… 乘我家百年昇平 白丁不習兵革 幸我家累歲飢饉 蒼生多轉街衢 先擧侵沉徂
　　共之師 敢爲滅虢取虞之計 雞豚狗彘靡有孑遺 草木昆蟲並被荼毒 蓋以國家之讐言
　　之 則焚燒我社稷 汚穢我郊畿 夷我左城右平 據我南宮北內 …… 以一身之讐言之 則
　　燒夷我家廟 撥掘我先塋 劫掠其耆倪 係果其子弟 …… 崔盧王謝之兒 半屬讎人之役
　　欒郤范韓之女 盡作胡家之婢 …… 冤號徹天 正氣掃地"

원(沅) 땅의 길을 빌려 공(共) 땅으로 들어간 일, 진(晉) 나라가 우(虞)
나라의 길을 빌려 괵(虢)을 멸하겠다고 한 고사에 비견되니, 이는 명
나라를 정벌하러 가기 위해 조선의 길을 빌린다고 주장하는 왜국의
'정명가도(征明假道)'의 논리에 실은 교활한 술수가 도사리고 있음을
통찰하고 조소한 것이다. 왜적의 불경(不敬)하고 협잡한 술수를 훤히
꿰뚫어본 강항은 왜적을 처단할 의지를 굳게 다진다. 왜적이 조선의
백성들에게 저지른 참혹한 짓을 살펴보면 손에 꼽을 수 없을 정도이
다. 예를 들면 국가적 차원에서는 궁궐·강토·왕릉을 훼손시켜 왕
실에 수치를 안겼으며, 개인적 차원에서는 재산상의 막대한 손실을
끼치고 조상을 욕보이고 가족들을 해치는 상처를 안겨주었다. 왜적
의 악행은 끝도 없어서 조선의 백성들을 죽이지 않으면 납치해가 자
신들의 하수인으로 삼았다. 이에 강항은 왜적의 만행에 유린당한 조
선 백성들의 분노와 원통함을 표출한다.

'나는 신복(臣僕)이 되지 않겠다.'라고 한 송(宋) 나라 미자(微子)의
아름다운 말을 마땅히 생각해야지, '죽어서 만이(蠻夷)에 장사지내겠
다.'라고 한 이소경[李小卿, 이릉(李陵)]의 오랑캐 귀신을 어찌 차마 자
처하겠는가? …… 하물며 우리는 인(仁)을 체득한 사람으로서 본국
으로 돌아갈 뜻이 어찌 없겠는가? 저 산 저 봉우리에선 부모가 올려
다보신 일을 모름지기 추억할 것이며, 무슨 강 무슨 언덕에선 아이
가 낚시질하고 놀던 곳이 어찌 기억나지 않겠는가? 찬 비와 쇠잔한
연기 어느 것인들 상심스러운 광경이 아니겠는가? 우는 닭과 짖어
대는 개는 모두 애간장을 끊는 소리를 낸다. …… 털끝 하나도 다
나라의 은혜이고, 머리끝부터 발끝까지 모두 결국은 하늘이 만든 것

이다. …… 나라를 알 뿐 집은 잊었고 임금을 알 뿐 자신은 잊었으니 독사를 손으로 잡고 범을 타는 일도 꺼리지 않을 것이며, 삶도 원하고 의(義)도 원하니 물고기를 버리고 곰 발바닥을 취함을 스스로의 분수로 여길 것이다. …… 생각지도 못하게 강 한복판에서 노를 친 조적(祖逖)처럼 의병을 일으켰다가, 문득 오파령(五坡嶺)에서 붙잡힌 문천상(文天祥)의 신세가 되었다. …… 다만 죽지 않은 것은 장차 할 일이 있어서이니, 육신을 죽이는 것으로는 족히 치욕을 씻지 못한다. 예양(豫讓)처럼 다리 아래 비수를 품고 엎드려 조맹(趙孟)의 원수를 갚기를 기약하고, 창해(滄海)의 역사(力士)처럼 박랑사(博浪沙)에서 철퇴를 들고 장량(張良)의 분원(忿怨)을 씻기를 맹세한다.[41]

위의 글에서 강항은 자신이 비록 왜적의 포로가 되었지만 여기에서 주저앉을 결심으로 조선에 대한 충절을 저버리지는 않겠다는 의지를 역설한다. 조선에서 유학(儒學)을 익힌 문명인으로서 본국에 돌아갈 마음을 늘 품고 있으니, 두고 온 고향과 가족들에 대한 그리움은 수시로 뇌리에 떠오른다. 피랍된 처지에서 바라보는 타국의 정경에 어느것 하나 상심스럽지 않은 것이 없다는 강항의 언사는, 조선인 포로들이 느끼고 있을 고국과 가족에 대한 향수를 자극하며 조선을 잊지 말 것을 절절히 주지시킨다. 그리고 국가의 은택을 입은 조

---

41) 상게서. "我罔爲臣僕 宜念宋微子之徽言 死則葬蠻夷 豈忍李少卿之胡鬼 …… 況我體仁之人 豈無反本之志 彼岵彼屺 須憶父母之瞻望 某水某丘 盍記童子所釣遊 冷雨殘烟 孰非傷心之色 鳴鷄吠犬 盡作斷腸之聲 …… 毫髮盡是國恩 頂踵皆歸天造 …… 國耳忘君耳忘 不憚握蛇騎虎 生所欲義所欲 自分捨魚取熊 …… 不意中流之擊楫 遽成五坡之就擒 …… 顧不死欲將以有爲而殺身未足以滅恥 伏匕首於橋下 期復趙孟之讎 奉鐵椎於沙中 誓雪張良之憤"

선인은 도의상 사리(私利)를 잊고 국가와 군주를 위해야 함을 덧붙인다. 그러면서 강항 자신이 목숨을 부지한 것은 장차 나라를 위해 할 일이 있어서이니, 목숨을 바쳐 국가와 군주의 치욕을 씻을 것이라 맹세한다. 강항이 언급한 미자(微子)·조적(祖逖)·문천상(文天祥)·예양(豫讓)·창해(滄海)의 역사(力士) 등은 모두 국가와 군주에 대해 의리와 절개를 지킨 인물들이니, 그 이면에 포로들로 하여금 그들 같은 충성을 지키도록 종용하는 뜻이 담겨 있음은 물론이다.

목숨은 닭·돼지와 같지만, 몸은 목석이 아니다. 해외에서 청구[靑丘, 조선]를 가리키니 산천이 아득하고, 하늘 가에서 흰 구름을 바라보니 마음이 산란하다. …… 하늘에 물으려 고개를 들고 땅을 치려 주먹을 쥐었으니, 다행히 의승(義勝)의 계책이 이루어지고 대중의 힘이 달성되었다. 돈이 있으면 귀신도 부릴 수 있으니 동해에 다리가 없음을 어찌 걱정하겠으며, 파도를 통과하는 일은 도모하기 어렵지 않으니 서풍(西風)이 아마도 필시 힘을 빌려줄 것이다. 배 부리기를 말 부리듯이 하는 사람, 그런 사람이 어찌 없겠는가? …… 성패는 하늘에 달린 것이니 비록 미리 볼 수는 없지만, 정성이 해를 뚫을 정도이니 분명히 성공할 것이다. 내 두 말 않겠으니, 너희는 힘을 하나로 모으라.
아! 무왕(武王)은 인(仁)으로써 포악한 자를 쳤건만 백이(伯夷)는 오히려 서산(西山)에서 굶어죽었고, 진제(秦帝)가 예(禮)를 버리고 공(功)만 숭상하니 노중련(魯仲連)은 동해를 밟으려 하였다. 해바라기도 오히려 밝은 해에게 기울어지는데 사람으로서 풀보다 못해서야 되겠는가? 길료새가 만이(蠻夷)의 산에 들어가지 않은 것은 중화(中華) 문명을 익히고서 오랑캐로 변하는 것을 부끄러워한 것이다. 말은 뜻을

다하지 못하니, 격문대로 시행하라.[42]

강항은 머나먼 조선으로 과연 돌아갈 수 있을지 마음이 산란한 가운데서도, 주먹을 불끈 쥐고 고개를 들어 귀국의 계책을 도모한다. 다행히 사람들이 협력하여 의병을 결집하게 되었으니, 조선인 포로들의 단결된 충심이라면 귀국은 성공할 수 있을 것이라 희망을 던진다. 그러면서 해바라기의 충심을 지니고 왜인들의 회유나 억압에 굴복하여 문명인으로서의 정체성을 잃어서는 안 된다고 재차 강조한다. 해바라기 같은 초목(草木)·길료새 같은 금수(禽獸)보다 나은 사람이라면, 오랑캐로 변하는 행동은 절대 해서는 안 됨을 포로들에게 거듭 경계하면서 격문은 마무리된다.

2. 임진왜란기 격문 자료

임진왜란기 격문은 따로 정리된 목록이나 신뢰할 만한 통계자료가 존재하지 않기 때문에 그 수집은 출발부터 상당한 난항이었다. 필자는 ① 당시 활동한 관·의병장을 중심으로 그들의 문집에 소재한 격문을 찾고 ② 임진왜란 관련 실기류에 소재한 격문을 색출하고

---

42) 상게서. "命如雞豚 身非木石 指靑丘於海外 山川渺然 望白雲於天涯 方寸亂矣 …… 問天矯首 擊地奮拳 幸義勝之謀成 而人衆之力濟 有錢可使鬼 東海豈患無梁 通波非難圖 西風想必借力 使船如使馬 豈無其人 …… 成敗由天 縱未逆覩 精誠貫日 定有功成 吾無二言 爾可一力 嗚呼 武王以仁而伐暴 伯夷猶餓西山 嬴秦棄禮而上功 仲連欲蹈東海 葵藿猶傾白日 可以人而不如草乎 吉了不入蠻山 恥用夏而變於夷者 詞不盡意 檄到如章"

③ 각종 임진왜란 관련 서적에 등장하는 격문을 추려 역추적하는 세
가지의 방식을 병행하여 격문을 일일이 수집하였다. 그리하여 임진왜
란 관련 실기류 가운데 가장 많은 수의 격문을 수록하고 있는 조경남
의 『난중잡록(亂中雜錄)』에서 발췌한 52편의 격문과 문집류에서 색출한
34편의 격문을 더하여 총 86편의 작품을 가지고 논의를 진행하였다.

　　필자가 수집한 격문의 목록을 제시하면 〈표 1〉과 같다.[43] 제시된
표의 각 항목을 간단히 고찰해보자.

〈표 1〉 연구 격문 자료 목록

no.	제작 년도	제　　목	所　載	작자	비　고
1	1592	「통유도내부로군민등사(通諭道內父老軍民等事)」	『난중잡록』 1, 임진 상	고경 명	
2	1592	「격영남장사문(檄嶺南將士文)」	『난중잡록』 1, 임진 상	이광	
3	1592	「초유일도사민문(招諭一道士民文)」	『난중잡록』 1, 임진 상 『학봉집』 3, 초유문 『낙재선생일기』 2	김성일	1592. 5. 5. 『난중잡록』에 실린 것은 초고(草稿)임.
4	1592	「모병통문(募兵通文)」	『난중잡록』 1, 임진 상 『대소헌일고』 1, 잡저 『송암집』 2, 격문 『낙재선생일기』 2	조종도 -이노 등	1592. 5. 9. 『대소헌일고』: '창의 문(倡義文)' 『송암집』: '유열읍창 기의려문(諭列邑倡 起義旅文)' 『낙재선생일기』: '소 모의병통문(召募義 兵通文)'

---

43) 목록의 작품 제시 순서는 『난중잡록』 → 개인문집 순이다. 『난중잡록』의 격문은
　　조경남이 시간의 흐름에 따라 기술한 것이기 때문에 그 순서를 그대로 따랐고(1~52),
　　개인문집은 문집 제목의 가나다순을 따라 배열하였다(53~86). 격문의 제목은 출전에
　　따라 상이한 경우가 많은데, 격문 작자의 문집에 실린 제목 형태를 최우선으로 따르
　　고 상이한 제목은 비고 란에 첨기하였다.

5	1592	「이본부사자서(移本府士子書)」	『난중잡록』1, 임진 상	윤안성	(남원 부사)
6	1592	「격도내서(檄道內書)(1)」	『난중잡록』1, 임진 상 『정기록』	고경명	1592. 6. 1.
7	1592	「좌의병진중회문(左義兵陣中回文)」	『난중잡록』1, 임진 상	박천정 등	1592. 6. 3.
8	1592	「격제도서(檄諸道書)」	『난중잡록』1, 임진 상 『정기록』 『제봉집유집』, 격문	고경명	1592. 6. 6. '마상격문(馬上檄文)'
9	1592	「격제주절제사양대수서(檄濟州節制使楊 大樹書)」	『난중잡록』1, 임진 상 『정기록』	고경명 -고종후	고종후 지음.
10	1592	「통제도문(通諸道文)」	『난중잡록』1, 임진 상 『정기록』	장하사 -고종후 -유팽로 등	
11	1592	「이관본도열읍(移關本道列邑)」	『난중잡록』1, 임진 상	고경명	1592. 6. 15.
12	1592	「전팔도격문(傳八道檄文)」	『난중잡록』1, 임진 상	도원수 (都元帥)	
13	1592	「격순찰사김수문(檄巡察使金睟文)」	『난중잡록』1, 임진 상	곽재우	1592. 6. 19
14	1592	「통유도내열읍문(通諭道內列邑文)」	『난중잡록』1, 임진 상 『망우집』1, 잡저	곽재우	
15	1592	「격의병장곽재우문(檄義兵將郭再祐文)」	『난중잡록』1, 임진 상	김수	
16	1592	「격곽의진중문(檄郭義陣中文)」	『난중잡록』1, 임진 상	김경로 등	
17	1592	「포백김경로등구함의사지죄문(暴白金 敬老等構陷義士之罪文)」	『난중잡록』1, 임진 상	윤언례 -박사제 등	
18	1592	「격전라순찰사서(檄全羅巡察使書)」	『난중잡록』1, 임진 상 『정기록』	고경명 -고종후	1592. 6. 23. 고종후 지음.
19	1592	「격해남강진양사군서(檄海南康津兩使 君書)」	『난중잡록』1, 임진 상 『정기록』	고경명 -고종후	1592. 6. 고종후 지음.
20	1592	「통유현풍사민문(通諭玄風士民文)」	『난중잡록』1, 임진 상 『학봉집』3, 초유문 『낙재선생일기』2	김성일	『낙재선생일기』: '초유사위통유대구 사민사(招諭使爲通 諭大丘士民事)'
21	1592	「기의토왜적격(起義討倭賊檄)」	『난중잡록』1, 임진 상 『중봉집』13, 격	조헌	1592. 7. 4.
22	1592	「격문(檄文)」	『난중잡록』1, 임진 상	김각 -이준	

23	1592	「포고열읍사민문(布告列邑士民文)」	『난중잡록』 1, 임진 상 『매암집』 2	이숙량	1592. 6. 11. 『난중잡록』에 원문 결락.
24	1592	「격열읍제우문(檄列邑諸友文)」	『난중잡록』 1, 임진 상	임계영 -박광전 -김익복 등	
25	1592	「모병호남의병문(募兵湖南義兵文)」	『난중잡록』 1, 임진 상	송제민	
26	1592	「통문(通文)」	『난중잡록』 1, 임진 하	정염	1592. 8. 4.
27	1592	「이장흥사자격(移長興士子檄)」	『난중잡록』 1, 임진 하	임계영 -정사제	정사제 지음
28	1592	「이본군격(移本郡檄)」	『난중잡록』 1, 임진 하	임계영 -정사제	정사제 지음
29	1592	「이본부격(移本府檄)」	『난중잡록』 1, 임진 하	임계영 -정사제	정사제 지음
30	1592	「이격열읍(移檄列邑)」	『난중잡록』 1, 임진 하	임계영 -정사제	정사제 지음
31	1592	「통문(通文)」	『난중잡록』 1, 임진 하	한명윤	
32	1592	「경상감사위복수사(慶尙監司爲復讐事)」	『난중잡록』 1, 임진 하	경상감사	
33	1592	「통강우모량문(通江右募糧文)」	『난중잡록』 1, 임진 하 『송암집』 2, 격문	이노	난중잡록에 원문 결락.
34	1592	「효유군민서(曉諭軍民書)」	『난중잡록』 1, 임진 하 『낙재선생일기』 2	광해군	
35	1592	「통유강우사우(通諭江右士友)」	『난중잡록』 1, 임진 하	정인홍 등	
36	1592	「이본도제의병격(移本道諸義兵檄)」	『난중잡록』 1, 임진 하	임계영 -정사제	
37	1592	「위복수사문(爲復讐事文)」	『난중잡록』 1, 임진 하	홍계남	1592. 11.
38	1592	「격도내서(檄道內書)(2)」	『난중잡록』 1, 임진 하 『정기록』, 복수문	고종후	
39	1592	「격의병청제공서(檄義兵廳諸公書)」	『난중잡록』 1, 임진 하	고종후	
40	1592	「청호남의병문(請湖南義兵文)」	『난중잡록』 1, 임진 하	정인홍 등	
41	1592	「좌의병통문(左義兵通文)」	『난중잡록』 1, 임진 하	미상	
42	1592	「위합세사문(爲合勢事文)」	『난중잡록』 1, 임진 하	상의대장	

43	1592	「통문(通文)」	『난중잡록』 1, 임진 하	오운	
44	1592	「격고우좌도열읍수재급사림제군자(檄告于左道列邑守宰及士林諸君子)」	『난중잡록』 1, 임진 하	정경세	
45	1592	「모병통문(募兵通文)」	『난중잡록』 1, 임진 하 『운천집』 3, 잡저	김용	
46	1593	「통문(通文)」	『난중잡록』 2, 계사 상	호남사자	1593. 5.
47	1593	「통문(通文)」	『난중잡록』 2, 계사 하	김복억	
48	1593	「경고우도내열읍제군자(敬告于道內列邑諸君子)」	『난중잡록』 2, 계사 하	김덕령	
49	1593	「통문(通文)」	『난중잡록』 2, 계사 하	기효증 등	
50	1594	「이격영남문(移檄嶺南文)」	『난중잡록』 3, 갑오	김덕령	1594. 1. 6.
51	1594	「격호남역당문(檄湖南逆黨文)」	『난중잡록』 3, 갑오	안희	
52	1598	「위수합사문(爲收合事文)」	『난중잡록』 3, 무술	정염 등	
53		「고부인격(告俘人檄)」	『간양록』	강항	
54		「통진이현감수준의병격(通津李縣監壽俊義兵檄)」	『간이집』 1, 격	이수준 -최립	
55		「임진의격(壬辰義檄)」	『건재집』 4, 격	김천일	
56	1592	「초유문(招諭文)」	『동엄실기』 상	김득복	1592. 4.
57		「격강좌열읍문(檄江左列邑文)」	『낙재선생일기』 2	김면	
58		「감사도회관문(監司道回關文)」	『낙재선생일기』 2	이시발	
59	1592	「초집향병통문(抄集鄕兵通文)」	『낙재선생일기』 2 『낙재집』 6, 잡저	서사원	1592. 7. 29.
60	1596	「격권본현급속현부로자제소모향병문(激勸本縣及屬縣父老子弟召募鄕兵文)」	『낙재집』 6, 잡저	서사원	
61	1597	「승차걸속문(承差乞粟文)」	『낙재집』 6, 잡저	서사원	
62	1597	「대찬획사격문(代贊畫使檄文)」	『낙재집』 6, 잡저	서사원	
63	1592	「논고일향사민문(論告一鄕士民文)」	『매암집』 2	이숙량	1592. 7. 21.
64		「전격유왜문(傳檄游倭文)」	『모촌집』 2, 잡저	이정	
65	1592	「초모문(招募文)」	『백암집』 6, 잡저	김륵	
66	1593	「격왜장청정문(檄倭將淸正文)」	『송암집』 2, 격문	이노	

67	1592	「서중문(誓衆文)」	『우복집』 14, 잡저	정경세	
68		「여진잠일향문(與鎭岑一鄕文)」	『우복집』 14, 잡저	정경세	
69	1598	「모속문(募粟文)」	『우복집』 14, 잡저	정경세	
70		「모량격(募糧檄)」	『우복집』 16, 격	정경세	
71	1592	「격도내서(檄道內書)(3)」	『정기록』, 복수문	고종후	1592. 12.
72		「재격도내서(再檄道內書)」	『정기록』, 복수문	고종후	
73		「통제사승도문(通諸寺僧徒文)」	『정기록』, 복수문	고종후	
74		「격제주서(檄濟州書)」	『정기록』, 복수문	고종후	
75		「통제주삼가문(通濟州三家文)」	『정기록』, 복수문	고종후	
76		「고유본국인위왜소로군문(告諭本國人爲倭所擄君文)」	『중봉집』 13, 고유문	조헌	1592. 8. 1.
77		「고유일본종행사졸등문(告諭日本從行士卒等文)」	『중봉집』 13, 고유문	조헌	1592. 8. 1.
78		「유일본적승현소문(諭日本賊僧玄蘇文)」	『중봉집』 13, 고유문	조헌	1592. 8. 10.
79		「통유석도문(通諭釋徒文)」	『중봉집』 13, 고유문	조헌	1592. 8. 10.
80		「창의격문(倡義檄文)」	『청계집』 3, 문	양대박	
81		「대호소사황정욱격삼도문(代號召使黃廷彧檄三道文)」	『추포집』 2, 격문	황신	
82		「약속각영장사문(約束各營將士文)」	『충무공전서』 1, 잡저	이순신	
83		「방유각읍문(榜諭各邑文)」	『학봉속집』 3, 습유	김성일	
84		「전령열읍장령등(傳令列邑將領等)」	『학봉속집』 3, 습유	김성일	
85	1592	「격문(檄文)」	『화천당집』 1, 격문 『벽오유고』 6, 잡저	박춘무 -이시발	『벽오유고』: '인의진격(仁義陣檄)'
86		「재격문(再檄文)」	『화천당집』 1, 격문	박춘무	

1) 제작년도

『난중잡록』에는 임진년(1592)부터 무술년(1598)까지 작성된 격문 53편이 수록되어 있으며 그 이후 시기의 격문은 존재하지 않는다.

〈표 1〉에서도 확인할 수 있듯이 격문의 제작은 임진왜란 발생 시점
인 1592년에 가장 왕성하였고 시간이 흐를수록 줄어드는 양상을 보
인다. 이는 임진왜란의 발생 시점에서부터 시간이 경과함에 따라 여
러 가지 전시 상황이 변화되었기 때문으로 보인다. 제작년도를 격문
의 주제와 관련지어 고찰해보면, 임진왜란 초반에는 군사 모집을 주
제로 하는 격문이 주로 지어졌으며 전쟁이 장기화될수록 군량과 군
수품을 모집하는 격문이 많이 제작되었음을 알 수 있다. 초반에 군
사를 모집하는 격문이 많이 지어진 이유는 임진왜란 발발 당시, 조
선의 관군의 허술한 방어 체계로 인해 관군이 연속적으로 패배함에
따라 향토민들의 자체적인 방어 체계의 구축이 요구되었기 때문이
다. 또 후반으로 갈수록 군수품을 모집하는 격문이 많이 지어진 까
닭은 군인들에게 제공되는 군수 물자가 나라에서 지급되는 양으로
는 턱없이 부족하였고, 게다가 전쟁이 장기화되고 명 나라 군대가
조선에 주둔함에 따라 군수를 민간에서 조달할 필요성이 더욱 절실
해졌기 때문이다.

2) 제목

본고에서 다루는 임진왜란기 격문의 제목을 유형화해보면 다음과
같다.

① '격(檄)' : 격문(檄文)
　　　　　 격○○문(檄○○文)
　　　　　 격○○서(檄○○書)

○ ○ 격(○○檄)

격 ○ ○(檄○○)

이 ○ ○ 격(移○○檄)

② '통(通)' : 통문(通文)

통 ○ ○(通○○)

통 ○ ○ 문(通○○文)

○ ○ 통문(○○通文)

③ '유(諭)' : 유 ○ ○ 문(諭○○文)

통유 ○ ○(通諭○○)

고유 ○ ○ 문(告諭○○文)

방유 ○ ○ 문(榜諭○○文)

초유 ○ ○ 문(招諭○○文)

효유 ○ ○ 서(曉諭○○書)

④ '이(移)' : 이 ○ ○(移○○)

이 ○ ○ 서(移○○書)

이 ○ ○ 문(移○○文)

⑤ '고(告)' : 논고 ○ ○ 문(論告○○文)

경고우 ○ ○(敬告于○○)

포고 ○ ○ 문 (布告○○文)

⑥ '회문(回文)' : ○ ○ 회문(○○回文)

⑦ '관문(關文)' : ○ ○ 관문(○○關文)

⑧ '전령(傳令)' : 전령 ○ ○(傳令○○)

① '격(檄)'은 '격발시킨다'는 뜻인 '격(激)'과 의미가 통한다. 그러
므로 '격(檄)'으로 제목을 삼는 것은 독자의 마음을 격발시키려는 의
도가 내포되어 있다고 볼 수 있다. 여기서는 대내외 적의 성토·군

사의 모집·군수의 모집 등 여러 목적을 망라하고 모두 '격'으로 제목을 삼고 있는 점이 눈에 띈다. 이는 앞서 언급한 바와 같이 당시 '격'이란 용어가 '이'와 구분되는 의미인 협의의 '격'으로 쓰이기보다는 '격'과 '이' 모두를 포함하는 큰 범주로서의 '격문'을 지칭하기 때문일 것이다.

② '통(通)'은 '통지한다'는 의미이다, 통문은 서원·향교·향청(鄕廳)·문중·유생·결사(結社) 등에서 동류의 기관·관계 기관·관계 인원 등에게 공동의 관계사를 통고하는 문서를 지칭한다. '통○○(通○○)'·'통○○문(通○○文)'처럼 통지를 받는 수신처를 제시하는 경우도 있고, '모병통문(募兵通文)'·'초집향병통문(抄集鄕兵通文)' 등과 같이 통문을 발급하는 목적을 제시하는 경우도 있다. 임진왜란기 격문 가운데 '통문'이라는 제목을 취한 작품은 주로 군사를 모집하거나 군수품을 요청하는 목적으로 지어진 것이 대부분이다.

③ '유(諭)'는 본래 조령류의 일종이다. 천자가 제후에게 유고(諭告)하는 것을 '상유(上諭)'·'성유(聖諭)'라고 하고 신하가 쓴 것은 '유(諭)'라고 하였는데, 그 의미는 곧 '깨닫게 하다'·'타이르다'·'권유하다' 등의 뜻이다. 임진왜란기 격문에는 위에서 보이는 바와 같이 '통지하여 유시함[통유(通諭)]'[44]·'고하여 유시함[고유(告諭)]'·'방을 붙여 유시함[방유(榜諭)]'·'불러서 유시함[초유(招諭)]'·'밝게 유시함[효유(曉諭)]' 등의 제목이 쓰였으며, 뒤의 '○○' 부분에서 수신처를 제시하고 있다. 이 책에서 다루는 격문 중 '유(諭)'를 제목으로 삼는 글은

---

44) 통유(通諭)는 본래 관부 문서의 일종으로, 상부에서 하부로 내리는 지시서(指示書)·훈령서(訓令書)를 가리키는 용어로도 쓰인다.

군사를 모집하거나 적을 성토하는 목적의 글이 많고, 군수를 모집하는 글은 없다.

④ '이(移)'는 앞서 살펴보았듯 아군이나 백성을 대상으로 작성되는 글이며, 민풍이나 여론을 '옮긴다'는 의미를 지닌다. 이 유형은 '격'을 제목으로 삼는 유형에 비해 작품량이 현격히 적은데, 이것은 앞서 언급한대로 '격'과 '이'를 흔히 '격'으로 통칭했기 때문으로 보인다.

⑤ '고(告)'는 말 그대로 '고하다'·'알리다'라는 의미이다. 작품명에서 제시하고 있는 바와 같이 '논하여 고함[논고(論告)]'·'공경히 고함[경고(敬告)]'·'널리 고함[포고(布告)]' 등의 제목이 쓰였으며, 역시 뒤의 'ㅇㅇ' 부분에 수신처를 명시하고 있다. 이 책에서 다루는 격문 가운데 '이(移)'와 '고(告)'를 제목으로 하는 글은 모두 군사 모집을 주제로 하는 초유문이다.

⑥ '회문(回文)'은 결사(結社)에서 계원(稧員)·회원(會員) 등의 개인에게 회람(回覽)시키는 문서로서 결사에서 발행하는 통문의 다른 이름이다. 이 책에서 다루는 회문은 군수를 모집하는 내용이다.

⑦ '관문(關文)'은 관부(官府) 간에 주고 받는 관용(官用) 문서로서, 동등한 관부 간에 왕래하는 문서 혹은 상급 관청에서 하급 관청으로 보내는 문서를 지칭한다. 관문의 내용은 대개 두 관청 간의 관련 있는 사무를 상고(相考)하여 시행하기 위한 것이다. 이 책에서 다루는 관문은 모두 수령과 향로(鄕老)들에게 의병을 규합하기를 촉구하는 내용이다.

⑧ '전령(傳令)'은 명령을 전하는 공문서로서, 관부에서 관하(管下)

의 관리·면임(面任)·민(民) 등에게 명령을 내리거나 결사에서 유사가 결사원에게 명령을 전달하는 문서를 뜻한다. 이 책에서 다루는 전령은 도망자가 발생하지 않도록 군사와 장수의 명단을 정확히 작성하여 제출하라는 명령을 전달하는 내용이다.

'회문(回文)'·'관문(關文)'·'전령(傳令)'은 명령이나 군사 사항의 전달을 주된 목적으로 삼는 문서이기에, 전달할 사실 이외의 내용이 언급되거나 별다른 문학적 장치가 동원되는 경우가 극히 드물다. 이 책에서 다루고 있는 해당 격문에서도 별다른 문학적 면모는 발견되지 않는다.

위의 유형 이외에도 '여ㅇㅇ문(與○○文)'처럼 수신처를 제목으로 삼은 경우가 있고, '곡식을 모집하는 글[모속문(募粟文)]'처럼 글의 주지(主旨)를 제목으로 삼은 경우도 있다.

문집에 편입되는 과정에서 제목이 일부 변경되거나 필사 과정에서 오류가 생기는 경우가 더러 있긴 하지만, 제목을 통해 격문의 수신처·작성 목적·성격 등을 드러내고 있다는 점은 공통적이다.

3) 편제(編制)

임진왜란기 격문은 『난중잡록(亂中雜錄)』·『동엄실기(東广實記)』·『낙재선생일기(樂齋先生日記)』 등의 실기류 및 개인의 문집류에 두루 실려 있다. 기록의 성격적 차이라면 실기류에서는 시간의 순차에 따라, 문집류에서는 문체의 종류에 따라 실려 있다는 점을 들 수 있다. 그중 문집류에서 격문의 편제를 살펴보면, '문(文)'·'잡저(雜著)'·'습유(拾遺)' 등 잡저류 산문과 함께 편입되어 있기도 하고, '격(檄)'

·‘격문(檄文)’·‘초유문(招諭文)’·‘고유문(告諭文)’등처럼 별도로 분류되어 작자의 행적을 특기하기도 하였다. 고경명·고종후 부자의 글과 행적을 기록한『정기록』같은 경우에는 아들 고종후의 격문을 부친 고경명의 격문과 구별하기 위하여 그의 활동조직 ‘복수의병군(復讎義兵軍)’의 이름을 따 ‘복수문(復讎文)’이란 장을 설정하여 눈길을 끈다.

4) 작자

임진왜란기 격문의 작자는 대체로 군사 업무를 주관하는 각 도(道)의 수령·초유사(招諭使)·일반인의 신분으로서 의기하여 의병장이 된 재지 사족·그들을 도와 실제 문서 작성에 참여한 인물 등이다. 그중에서도 임진왜란 격문의 주 작자층인 의병장의 출신성분은 대개 유림이었으며, 전·현직 관료로서 각 지방의 명망 있고 영향력이 지대한 인물이 대부분이었다.

한 가지 주의를 요하는 대목은 임진왜란기 격문의 작자와 발송인이 대부분 일치하기는 하지만, 그렇지 않은 경우가 더러 존재한다는 사실이다. 격문은 작자가 누구건 간에 향병장(鄕兵長)·기관장(機關長)·도원수(都元帥)·초유사(招諭使)의 이름으로 발송되었다. 예를 들면「격전라순찰사서(檄全羅巡察使書)」의 경우, 실제 작자는 고종후이지만 의병장 고경명의 이름을 발송인으로 삼고 그 아래에 고종후의 이름을 연명(連名)하는 방식을 취하였다. 이는 격문이 아군의 사기 촉발, 왜적에 대한 경고, 향병 혹은 관병 간의 군사적 소통 등 공적인 목적으로 발송되는 공문서의 성격을 지니기 때문에, 특정 부서・단체의 대표 이름으로 발송될 수밖에 없었던 이유에서 발생한 결과이다. 그리고 종사관이 기초한 격문이 의병장의 승인을 받아 발송되는 등, 공동제작의 형식으로 작성되는 경우가 많은 격문의 특성 역시 격문 작자를 한 사람으로 특정하는 데 어려움을 겪게 하는 요소가 된다.

Ⅳ

임진왜란기 격문의 문학적 특징

1. 선동(煽動)의 전략

1) 비분강개의 토로와 적개심의 고취

격문은 진실한 감정의 문학적 표출이다. 전시(戰時)라는 상황부터가 허구적 설정이 아닌 실제 상황이며, 분노·염려·애국충정 등을 막론하고 전쟁을 겪으면서 느끼는 여러 가지 정회(情懷) 역시 그 자체가 꾸밈없는 절실한 감정의 발로이다. 격문에는 전시 상황에서 느끼는 진실한 감정이 그대로 투영되어 있다. 특히 왜군에 의해 유린당한 조선 곳곳의 참상을 목도하면서 느끼는 울분과 통탄의 감정은 격문을 통해 여러 사람에게 전이되고 공감되어, 읽는 이로 하여금 왜적에 대한 적개심을 불러일으키도록 만든다. 이것이 곧 격문의 첫번째 선동의 전략이다.

울분과 토로의 심정을 드러내는 데 무엇보다도 많이 사용된 방법은 바로 탄사(歎辭)를 활용하는 것이다. 임진왜란기 격문에서는 탄사를 의도적으로 배치하여 울분과 비분의 심회가 고조되는 부분에서 격앙된 감정을 폭발시키거나, 혹은 앞부분과 다른 내용이 시작되는 부분에서 내용의 전환을 고지한다. 임진왜란기 격문에 활용된 탄사

는 '희(噫)'·'차(嗟)'·'우(吁)'·'오호(嗚呼)'·'차호(嗟呼)' 등인데, 일
반적으로 '오호(嗚呼)'가 가장 많이 사용되었다.

다음은 탄사(誕辭)의 활용이 특히 눈에 띄는 송제민[宋濟民, 1549~
1602]의 「모병호남의병문(募兵湖南義兵文)」이다.

> 아![오호(嗚呼)] 사람이 누군들 죽음이 없겠는가마는 제자리를 얻어
> 죽기란 어려운 일이다. 섬 오랑캐가 몹시도 극성을 부리는 날을 당
> 하여 날랜 장수와 용맹한 장수도 모두 바라보다가 달아나 목숨을 부
> 지한 채 구차하게 살았다. 그러나 고 제봉[高霽峰, 고경명(高敬命)]은 학
> 식을 갖춘 문신(文臣)으로서 본래 군대의 일을 알지 못하였으나 하루
> 아침에 뭇사람들에게 추대되어 문득 장수의 단(壇)에 올랐는데, 나
> 라를 위해 목숨을 바치고 자신을 버려 죽음으로써 임금께 보답하였
> 다. 그리고 그 아들도 아버지를 따라 죽어서 충효(忠孝)가 한 가문에
> 서 함께 생겨났으니 목숨을 잃음에 넉넉한 영광이 열렬하게 빛나게
> 되었다. 사람에게 각자 주어진 한 번의 죽음이 제봉에게 있어서는
> 그 도(道)를 다했고 제자리를 얻었으니 어찌 눈물을 뿌릴 것이 있겠
> 는가? ……
> 아! 저 완악하고 패역한 군졸은 공(功)을 좋아하고 이익을 탐내는
> 무리로서, 이로움을 보면 나아가고 해로움을 보면 피하는 것이 본인을
> 위하는 보통의 행태이니 무엇을 책망하고 무엇을 주벌하겠는가? 그러
> 나 일찍이 호남은 예의의 고을로서 보살펴주시려는 선왕의 뜻에 무젖
> 은 지가 수백여 년이건만, 평소에는 선비라 자칭하며 인의(仁義)를
> 자랑하던 자들이 이미 모두 공명(功名)만 탐내면서 도피하고 말았으
> 니, 수천 명의 강한 군사가 일시에 허물어져서 그 장수의 죽음을 막는
> 이가 한 사람도 없게 되었다. 이 어찌 용렬하고 속된 자들의 비웃음거
> 리만 될 뿐이겠는가? 실로 흉악한 오랑캐에게 부끄러울 일이다.

아! 피를 마시고 장수에게 절하니 담양(潭陽) 감영의 뜰이 저기에 있고, 천지에 마음을 맹세하니 밝은 해가 저와 같이 내리비치는데, 이 면목으로 어떻게 천지간에 절로 용납받을 것인가?

아! 인의(仁義)가 마음에 뿌리내린 것은 실로 처음부터 하늘에게 품부받은 것이라 남과 내가 동일하여 실로 피차의 차이가 없지만, 물욕에 가려져 막히고 구속되어 잃어버려서 그 본심을 상실한 자가 더러 있게 되었다. 그러한즉 형상은 사람인데 마음이 짐승인 자가 또 있게 되었으니, 충(忠)과 효(孝)를 어찌 모든 사람에게 책망할 수 있겠는가? 그러나 이 왜적을 토벌하는 일은 또한 충성스럽지 않고 효성스럽지 않은 자들도 함께 근심하는 바이니, 어찌 충의(忠義)를 지닌 이들만의 사사로운 원수일 뿐이겠는가?

아! 옛사람은 천하 백성을 우리 동포로 삼았으며 더구나 우리 도(道)의 선비들은 선조 때부터 이곳에서 태어나고 자랐으니, 여기는 선인들의 혼백이 깃든 곳이요, 부모와 처자가 편안히 기른 곳이요, 형제 자손이 살아 숨쉰 곳이요, 이웃 친구가 교유한 곳이다. …… 만약 혹시라도 한번 싸우기를 결심하여 죽음을 두려워하지 않는다면 또한 죽을 이치가 없어서, 끝내 참혹한 재앙을 면하고 무궁한 복을 길이 받게 될 것이다. 이는 모두 절실하여 그만둘 수 없는 일이니, 어찌 반드시 임금을 사랑하고 나라를 근심하는 마음이 정성에서 일어난 후에야 그러하겠는가?

아! 같은 배를 타고 가다 물에 빠지면 건져주는 것은 호(胡)와 월(越)도 한 마음이거늘, …… 무릇 우리 도내 각 고을의 부로(父老)들은 부모가 자식을 장려하고 형이 아우를 권면하여 의지와 절조를 가다듬게 하라. 그리하여 다시 의병을 일으키고 흉악한 왜적의 예봉(銳鋒)을 막아서, 위로 임금의 원수를 갚고 귀신과 사람의 분원(忿怨)을 씻으며 아래로 부모에게 효도하고 처자를 보호하고 가업을 길이 편

안하게 한다면 천만다행일 것이다.[45]

이 글은 '호남 의병을 모집하는 글'이다. 그의 글 곳곳에는 '아![오호(嗚呼)]'라는 탄사가 배치되었다. 송제민은 위급한 현재의 상황을 언급하고 의병으로 나서야 할 필요를 근심스럽고 개탄스러운 어조로 토로한다. 그 과정에서 연발되는 탄사는 송제민의 다급하고 답답한 심회의 발로이다. 슬픔·탄식·답답함 등 꽉 막힌 심사로 인해 절로 토하게 되는 한 마디 탄사는 극심한 우국(憂國)의 심회를 드러내는 데 열 마디 말보다 효과적이다. 그런데 이 탄사의 역할은 비단 울분의 심정을 드러내는 데 그치지 않고, 내용의 전환을 예고하는 발어사로도 기능한다.

송제민의 격문의 내용을 요약하면 아래와 같다.

---

45) 宋濟民,「募兵湖南義兵文」. "嗚呼 人孰無死 得其所者爲難 當島夷孔棘之日 驍帥悍將 亦皆觀望奔走 偸生苟活 而高壽峰 以儒雅文臣 素不知軍旅之事 一朝爲衆所推 奄登將壇 殉國亡身 以死報君 而子從父死 忠孝並生於一家 死有餘榮 烈烈有光 人各一死 在壽峰 爲盡其道得其所矣 何屑揮泣 …… 嗚呼 惟彼頑夫悖卒 喜功貪利之徒 窺利而趨 見害而避 自是謀身之常態 何貴何誅 曾以湖南禮義之鄉 而沐祖宗休養之思 數百餘年 在平時以士自名 而矜仁誇義者 旣皆功名謀避 而數千勁卒 一時潰散 無一人救其將之死 此豈但庸人俗夫之所共嗤哉 實有愧於兒夷者矣 嗚呼 歃血拜將 秋城之府庭在彼 誓心天地 白日之照臨如彼 不知將此面目 何以自容於天地耶 嗚呼 仁義之根心 實稟於天賦之初 人我之所同 固無彼此之殊 茅塞梏亡 失其本心者庸或有之 則形人而心獸者亦有之矣 惟忠與孝 豈可責之於人人乎 然此討倭之事 抑亦不忠不孝者之所共懲也 豈但忠義者之私讐哉 …… 嗚呼 古之人 以天下之民爲吾同胞 況我一道士子 自祖先來 生於斯 長於斯 先人魂魄之所綏妥也 父母妻子之所安養也 兄弟兒孫之所生息也 隣里朋友之所交遊也 …… 若或決一戰 不畏其死 則亦無可死之理 而終免慘酷之禍 永受無窮之福矣 此皆切迫 而不得已之擧也 豈必愛君憂國 發於誠而後然哉 嗚呼 同舟而濟 胡越一心 …… 凡我道內列邑父老 父勖其子 兄勉其弟 礪志砥節 更擧義旅 以遏兇鋒 上以復君父之讐 雪神人之憤 下以孝父母保妻子 永安其家業 千萬幸甚"

① "嗚呼 人孰無死 …… 何屑揮泣": 명예로운 죽음을 맞이한 고경
명 부자의 선례와 칭송.
② "嗚呼 惟彼頑夫悖卒 …… 實有愧於兇夷者矣": 선왕의 은혜를 입
어 온 예의의 고을 호남의 도민(道民)으로서 의기(義起)해야 함.
③ "嗚呼 歃血拜將 …… 何以自容於天地耶": 개탄한 심정의 토로.
④ "嗚呼 仁義之根心 …… 豈但忠義者之私讐哉": 인의의 본성을
타고난 사람은 모두 왜적의 환난을 근심함.
⑤ "嗚呼 古之人 …… 發於誠而後然哉": 우리의 터전인 도(道)의
안보는 우리 스스로가 지켜야 함.
⑥ "嗚呼 同舟而濟 …… 千萬幸甚": 서로 권면하여 왜적을 물리치
기를 독려함.

위에서 보여지듯 '오호(嗚呼)'라는 탄사는 각 단락의 첫머리에 위
치하면서 화제의 전환을 예고한다. 탄사를 반복적으로 삽입하여 개
탄한 감정의 고조를 효과적으로 형성하는 동시에, 내용의 전환과 결
속을 유기적으로 이루고 있는 것이다. 결국 탄사는 격문에서 작자가
지닌 우국충정(憂國衷情)을 표출하고, 독자의 감정을 자극하여 호소
력을 증강시키며, 논리의 전개와 유기적 구조 형성을 돕는 역할 등
을 수행하고 있음을 알 수 있다.

임진왜란기 격문에서 울분의 감정은 곧 그 대상인 왜적에 대한 분
노와 적개심의 분출로 연결된다. 적개심을 격발하는 데에 효과적인
방식 중 하나는 왜적의 만행을 낱낱이 열거하고 묘사하는 것이다.

그 예시로 고경명[高敬命, 1533~1592]의 「통유도내부로군민등사(通
諭道內父老軍民等事)」에서 악독한 왜인들의 악행들을 열거하는 대목을
살펴본다.

　　아! 하찮은 왜적들이 독하기론 벌과 전갈을 모은 듯하고, 천성은 뱀과 이무기를 기른 것 같다. 중국을 어지럽힐 마음을 몰래 품고서 조선을 유린하는 환란을 감히 자행하여, 성지(城池) 수십여 군데를 함락시키고 군사 몇천만 명을 도륙하였다. …… 영남의 산천은 모두 승냥이와 범의 굴혈로 들어갔고, 호서의 초목은 절반이 개와 양의 비린내로 물들었다. 석륵(石勒) 같은 왜적이 곧장 서울로 향하니 종묘 사직의 수치가 끝이 없고, 말갈(靺鞨)의 군사가 강가에 행차하려 하니 조정의 근심이 다함이 없다. 생각이 여기에 미치니 차라리 잠들어 깨지 않았으면 한다.[46]

　　위에 제시된 글은 '도내의 부로(父老)와 군민(軍民) 등에게 알리는 통문'이라는 제목의 격문인데, 여기서는 왜적을 벌과 전갈처럼 악독하고 뱀과 이무기처럼 흉악한 습성을 지닌 흉물로 형상화한다. 그들은 음흉하고 교활한 계략을 품고 대륙 진출을 빙자하여 조선의 터전을 훼손하고 무고한 백성들을 수없이 희생시켰다. 왜적의 만행에 조선의 종묘사직은 치욕을 입었으니, 그것을 떠올릴 때면 치밀어오르는 근심과 울분 때문에 맨정신으로 버티기가 힘들다고 한다. 행간마다 스며든 왜적에 대한 멸시와 적대감이 '차라리 잠들어 깨지 않'으면 좋겠다는 마지막 언사에 농축되는 마지막 대목이 인상적이다.

　　다음은 의병을 일으켜 왜적을 토벌하자는 격문인 조헌[趙憲, 1544 ~1592]의 「기의토왜적격(起義討倭賊檄)」이다.

---

46) 高敬命, 「通諭道內父老軍民等事」. "嗚呼 最爾倭賊 毒鍾蜂蠆 性毓蛇虺 陰懷猾夏之心 敢肆跳梁之患 陷城池數十餘處 屠士卒幾千萬人 …… 嶺南山河 盡入豺虎之窟穴 湖西草木 半染犬羊之腥膻 石勒之寇 直向神州 宗社之羞罔極 沒喝[靺鞨]之師 將次河上 廟堂之憂無窮 言念及此 欲寐無覺"

　　돌아보건대 이 섬 오랑캐의 도적질은 묘민(苗民)의 불경한 짓보다 심하다. 백성을 죽이기를 풀을 베듯 쉽게 하여 원망이 온 나라에 가득찼고, 군장(君長)을 시해하기를 여우와 토끼를 사냥하듯 하니 그 죄악이 하늘에 뻗쳤다. 한착[寒浞, 은(殷) 나라의 역적]처럼 스스로 넘어질 줄 모르고, 역량[逆亮, 금(金) 나라 임금]처럼 멀리 정벌하려 움직인다. 달콤한 말과 속임수로 처음에는 이익을 가지고 사람을 속이려 들더니, 자취를 감추고 군대를 잠복시켜 끝내 바다를 넘어와 육지를 차지하려 든다. …… 남의 자식을 고아로 만들고 남의 아내를 과부로 만든 것으로도 오히려 화기(和氣)를 손상시켜 이변(異變)을 이루었다 여기거늘, 민족을 도륙하고 백성의 살림을 불태웠으니 어찌 악이 쌓여 주벌을 초래하지 않겠느냐? 날마다 서민의 원한이 쌓이고 달마다 의사(義士)의 기운이 더해진다. 게다가 죄짓고 도망간 남의 신하를 받아주는 행태가 짐승의 탐욕과 음란함보다 심함에랴! 사람의 형상을 하였으면 사람의 마음도 지녔을 텐데 측은해하고 부끄러워하는 생각이 전혀 없으니, 천명(天命)을 받듦에 반드시 천벌을 받을 것이다.[47]

　　윗글에서는 왜적의 만행이 더욱 잘 드러난다. 불경(不敬)하게 함부로 남의 나라를 침략한 일, 풀 베고 사냥하듯 거리낌없이 무고한 백성들을 살생한 일, 감언이설과 이익으로 조선을 기만하면서 속으로는 흉계를 꾸민 일, 민족을 무참히 도륙하고 유린하여 만백성의 원

---

47) 趙憲, 「起義討倭賊檄」. "顧玆島夷之爲寇 甚於苗民之不恭 殺人民如刈草芥 怨盈一國 弑君長如獵狐兔 罪通于天 昧寒浞之自顚 動逆亮之遠伐 甘言詐計 初要啗利而囮人 匿跡潛師 終欲越海而有地 …… 孤人子寡人妻 猶謂傷和而致異 屠民族焚民産 寧不稔惡而速辜 日積黎民之冤 月增義士之氣 矧容妾臣之逋逃 甚於禽獸之婪淫 有人形斯有人心 不思惻隱與羞恥 奉天命必奉天討"

한을 산 일, 도망간 죄인들을 끌어들여 침략에 이용한 일 등이다. 왜적의 행태는 탐욕스럽고 무도하고 양심이 없으니 짐승만도 못하다고 하면서, 조헌은 왜적의 만행을 하늘이 결코 좌시하지 않고 징치(懲治)할 것이라고 예고한다.

왜적에 대한 적개심은 또한 인종에 대한 원색적인 표현을 통해서도 드러난다. 여기서 원색적 표현이란 '비난이나 표현 따위가 노골적으로 드러난 표현'이라는 뜻이니, 예컨대 조헌의 「유일본적승현소문(諭日本賊僧玄蘇文)」에서 왜인들의 피를 '비린내 나는 피[성혈(腥血)]'라고 묘사한 것, 강항의 「고부인격(告俘人檄)」에서 '칠치(漆齒)의 더러운 나라'·'횡목(橫目)의 이류(異類)'·'시랑(豺狼) 같은 화심(禍心)'·'쐐기 같은 추한 종자'·'견마(犬馬)의 마음만 같지 못하면서'라고 한 표현 등이 그 예이다. 격문에서 행해지는 왜적에 대한 비하는 외모·습속·행태를 망라하여 표현되고 있다.

2) 충효 사상과 근왕(勤王) 정신 강조

성토문은 적에게 보내어 출병(出兵)의 명분을 천명하고 잘못을 성토(聲討)하여 투항(投降)을 권유하는 글이며, 특히 임진왜란기의 초유문이나 모군수문은 민족 단결을 기치로 내걸고 민중을 설득하는 글이므로 임진왜란기 격문에서 제시하는 권유와 설득의 근거는 격문의 성패(成敗)를 좌우하는 관건이 된다. 그중 빈번히 제기되는 설득의 근거 중 하나는 바로 충효(忠孝)와 근왕(勤王)의 정신이다.

충효의 의리와 근왕의 정신은 유교 논리에서 비롯된 덕목이다. 유교적 질서 체계 안에서 부자간의 도리는 곧 군신 간의 도리와 통하니, '군부(君父)'·'신자(臣子)'라는 말이 성립하는 것은 바로 이 때문이다. 자식이 부모를 위하여 효성을 다하듯 신하와 군민들이 임금을 위해 충성을 다해야 한다는 유교적 논리는, 왕을 위하는 마음으로 단결하여 국난 극복을 이루려 한 근왕 정신을 항쟁 이념으로 제공하였다.

다음 글을 살펴보자.

> 군신 간의 큰 의리는 하늘의 법도요 땅의 도리이니, 이른바 백성의 떳떳한 윤리이다. 이 땅에서 혈기를 머금고 곡식을 먹는 우리들이 임금이 몽진(蒙塵)하고 종묘사직이 전복되며 만백성이 어육처럼 문드러지는 것을 좌시하면서, 근심을 전혀 발동시키지 않는다면 하늘의 법도와 땅의 도리에 어떠하겠는가? 더구나 부모가 왜적의 칼날에 죽고 친족이 서로 지켜주지 못하여 개인적인 집안의 재앙 또한 참혹한데, 자제가 되어서 머리를 움켜쥔 채 쥐처럼 숨어서 만 번이고 목숨을 바칠 것은 생각지 않고 제 한 몸 온전하기만을 구한다면 자식된 도리에 어떠하겠는가? …… 평소에 숱하게 성현의 글을 읽던 자들은 스스로 인정하는 것이 어떠하였던가? 그러나 하루아침에 변란을 만나자 살아남으려 애쓰고 죽음을 피하는 것에만 급급하여 임금을 버리고 어버이를 뒷전으로 하는 죄악에 절로 빠졌으니, 세상에서 구차하게 살아서는 장차 한 하늘 아래에서 어찌 살아가겠으며 죽은 뒤 지하에서는 또 우리 선현들을 어찌 뵐 것인가?[48]

---

48) 金誠一, 「招諭一道士民文」, "君臣大義 天之經地之義 所謂民彝也 凡我含血食毛於此土者 坐見君父之蒙塵, 宗社之將顚, 萬姓之魚爛 而慔然不爲之動念 則其於天經地義何 況父母罹鋒刃 骨肉不相保 私門之禍亦慘 而爲子弟者捧頭鼠竄 不思出萬死而求全 則其於人子之道何如哉 …… 平日讀許多聖賢書 其自許如何 而一朝遭變 惟貪生避死

위에 소개한 글은 경상도 사민(士民)을 대상으로 쓴 김성일[金誠一, 1538~1593]의 「초유일도사민문(招諭一道士民文)」 중 일부이다. 제시된 인용문에서 김성일은 군신과 부자간의 의리를 중시하는 자신의 생각을 직접적으로 드러낸다. '임금을 버리'는 일과 '어버이를 뒷전으로 하는' 일은 결코 별개의 문제가 아니다. 그것은 유교적 질서 내에서 가문과 국가는 범주가 다를 뿐 유지와 존숭의 대상이라는 점에서는 동일하기 때문이다. 왜적의 만행으로 작게는 개인의 가문에, 크게는 나라의 안위에 막대한 손상을 입었으니, 충군(忠君)과 효친(孝親)의 도리를 지켜 떳떳한 인륜을 실천하고 회복을 도모해야 함을 역설한다.

아래에 제시된 격문을 살펴보자.

> 아! 명(明) 나라 군대가 만 리의 먼 길을 떠나와 몇 년째 주둔하며 조선을 지켜주는데 …… 먹고 남은 곡식을 아껴 명 나라 군대에 제공하지 않는다면, 사리(事理)를 헤아려 볼 때 어찌 이와 같아서야 되겠는가? 하물며 군량을 계속 대주지 않으면 병사들은 난병(亂兵)이 될 것이다. …… 그러나 이것도 오히려 그 피해가 얕은 것이다. 식량이 소진되면 군대가 머무를 수 없고, 군대가 철수하면 왜적이 필시 다시 설칠 것이고, 왜적이 다시 설치면 그 모아둔 식량이 큰 도적을 위하여 쌓아둔 셈이 되지 않겠는가? …… (그러나) 더욱이 이보다 심한 것이 있다. 군신 간의 큰 윤리는 하늘의 법도요 땅의 의리이니, 임금이 근심하면 신하가 치욕을 당하고 임금이 치욕을 당하면 신하가 죽는 것은 곧 고금(古今)에 통하여 바꿀 수 없는 큰 도(道)이다.

之是急 自陷於遺君後親之惡 則偸生世間 將何以頭戴一天 之死地下 亦何以見我先正"

만일 이를 하찮게 여기는 자가 있다면, 곧 사람의 윤리가 끊어진 것
이다. 강토가 날마다 줄어들고 국가의 기세가 위급해지니 근심은 오
늘날의 근심보다 심한 것이 없고, 사직(社稷)이 재가 되고 왕릉(王陵)
이 보전되지 못하니 치욕은 오늘날의 치욕보다 심한 것이 없다. 무
릇 우리 백성들 가운데 용기 있는 이는 변방에서 목숨을 바치고 재
물 있는 이는 관아에 물자를 수송하라. 그것으로써 우리 선왕과 성
상께서 베풀어준 깊고 두터운 인(仁)과 은택에 보답하는 일이 바로
오늘에 달려 있으니, 어찌 또한 소홀히 할 수 있겠는가?[49]

이 격문은 정경세[鄭經世, 1563~1633]의 「모속문(募粟文)」 중 일부이
다. 제목에서 고지한 대로 이 글은 곡식을 모집하는 글인데, 명 나라
군대에게 제공할 군량을 모집해야 하는 이유와 모집이 안 될 경우에
예상되는 피해를 점층적으로 설명한다. 군량을 모집하는 이유는 첫
째, 조선 백성을 위해 멀리까지 정벌에 나선 명 나라 군대에 대한
의리 때문이다. 둘째, 군량을 제공하지 못하면 명 나라 군대가 난적
으로 돌변할 수 있기 때문이다. 군량이 떨어져 명 나라 군대가 더이
상 주둔할 수 없게 되면 왜적이 더욱 기승을 부릴 것이고, 명나라
군사 역시 우리를 괴롭히는 난적으로 돌변하여 조선 백성들의 피해
가 더 심해질 것이라는 설명이다. 이렇듯 실리적 측면에서의 피해를

---

49) 鄭經世, 「募粟文」. "嗚呼 天兵萬里遠來 連年戍守 …… 愛食餘之粟 不以供天兵 則
揆之事理 豈宜如此 矧惟糧餉不繼 則兵爲亂兵 …… 然此猶淺之爲害矣 食盡則兵不可
留 兵撤則賊必更肆 更肆則其所聚有不爲大盜積者耶 …… 尤有甚於此者 君臣大倫 天
經地義 主憂臣辱 主辱臣死 乃亘古亘今不易之大方 苟有恝於此者 卽人理絕矣 土疆
日蹙 國勢危急 憂莫有如今日之憂 社稷成灰 國陵不保 辱莫有如今日之辱 凡我人民
有勇者死於邊 有財者輸之官 以報我先王我聖上深仁厚澤 正在今日 其又可忽耶"

예상하면서도, 격문의 말미에서는 '군신 간의 의리'가 무엇보다 중요하다고 강조한다. 군량 모집에 실패할 경우에 입게 될 피해를 차례로 열거함으로써 압박을 가하고, 충의(忠義)라는 인륜과 도덕의 문제로 자극함으로써 읽는 이의 자발적 참여를 유도한 설득의 기술이 돋보인다.

다음은 대중에게 맹세하는 내용으로 구성된 정경세의 「서중문(誓衆文)」 가운데 한 대목이다.

> 생각건대 우리들 중에 누군들 이씨의 신민(臣民)이 아니겠는가? 성대한 덕화(德化)에 무젖어서 향리에서 각자 편안히 살아온 것이 선대에서부터 지금까지 모두 몇 해가 지났는가? …… 이렇게 위급하고 어려운 때를 당하여 몸을 떨치고 충의를 분발시켜, 군부(君父)의 위급함에 달려가 만분의 일이나마 설욕하기를 생각하는 것은 곧 사람의 지극한 정이니, 힘의 강약과 일의 길흉(吉凶)은 모두 따질 겨를이 없다. 아! 쇠잔한 군대의 병사 한 명이 ▢▢ 해서 강하게 날뛰는 적을 토벌하여, 설령 왜적 한 놈을 제거하고 왜적의 목 하나를 얻더라도 또한 국가의 성패에는 아무런 보탬이 없을 것이다. 그렇지만 오히려 이렇게 하는 것은 실로 임금을 사랑하고 나라를 근심하는 떳떳한 마음을 사람마다 고르게 지녔기 때문이며, 피눈물 흘리고 창을 베고 자려는 분노를 모의하지 않아도 함께 지녔기 때문이다. 억지로 시킨 것이 아니고 공을 이루려는 것도 아니니, 우리들이 함께 맹세한 뜻은 실로 여기에서 나온 것이다.[50]

---

50) 鄭經世, 「誓衆文」. "念惟吾黨孰非李氏臣民 涵濡盛化 各安閭井 自祖父以來凡幾年于玆 …… 當此危難之際 挺身奮義 思赴君父之急 以圖雪羞於萬一者 乃人之至情 而力之彊弱 事之利鈍 皆有所不暇計者矣 嗚呼 殘兵單卒 ▢▢以討强梁之賊 設令除一零

'국가의 성패에는 아무런 보탬이 없'더라도 결사의 의지로 싸우려는 이유는 조상 때부터 받은 국가의 은덕에 보답하기 위해서라고 한다. 결전을 결심한 것은 강요나 공명심 때문이 아니기에, 군대의 세력과 일의 길흉은 중요한 사안이 아니다. 비록 미력하지만 왜적의 척결과 종묘사직의 설욕에 조금이라도 보탬이 되고픈 심정에서 항쟁을 불사하였으니, 이는 바로 순수한 우국충정에 다름 아닌 것이다.

이처럼 다수의 임진왜란기 격문에서는 충효와 근왕의 정신을 강조하는 데 주력한다. 임진왜란기 격문의 작자 대부분이 유교 논리로 무장된 사대부들임을 생각하면 이러한 경향은 매우 자연스러운 현상이다. 유교적 사고 안에서 군신 간의 충의는 결코 놓을 수 없는 중요한 문제이기 때문이다.

한편 유교 논리를 앞세운 격문이 과연 설득력을 가졌을까 하는 문제에 대해서는 재고의 여지가 있다. 조선 백성들이 학정과 민생고로 적지 않은 불만을 품고 있던 차에 임진왜란으로 민심은 더욱 흉흉해졌고, 어가(御駕)의 몽진에 통치 세력에 대한 백성들의 불신과 배신감은 깊어져 갔다. 난이 발발하자 많은 관리들이 자신의 안위를 도모하느라 민생의 안위는 관심 밖의 일이 되었고, 심지어는 근왕 수행 도중에 도망하는 사람까지 발생한 터였다. 사지에 몰린 백성들에게 국가와 군주를 위해 목숨을 건 항쟁을 하자고 외치는 것이 과연 설득력이 있을까? 평소 충신을 자처하던 관리부터 앞장서서 도망치는 판에, 근왕의 논리가 과연 백성들에게 수용될 수 있었을까 하는

賊 得一兇首 亦無益於國家之成敗 而猶且爲此者 誠以愛君憂國之彝 人所均秉 而沫血枕戈之憤 不謀而同 非強而使之 非有爲而爲之也 吾黨同盟之意 實出於此"

의문이 자연스레 떠오른다. 여기에서 간과하지 말아야 할 점은, 바로 조선사회가 상층의 사대부와 하층의 일반 백성으로 구성된 봉건적 사회구조를 구축하고 있다는 사실이다. 격문이 한문으로 발송되고 군주에 대한 충성과 애국이 그토록 강조된 이유는, 바로 유교의 질서 윤리로 무장된 사대부층이 인적·물적 자원을 움직일 수 있는 주체 세력이자 설득 대상이었기 때문인 것이다.

또한 김천일·고경명·임계영 등 많은 의병장들의 격문에 충효의 논리와 국가 방위의 당위성이 강조된 데에는 기축옥사(己丑獄事)가 미친 영향도 크다. 기축옥사는 임진왜란이 발발하기 3년 전인 기축년[1589년, 선조22]에 발생한 사건으로서, 정여립이 모반을 꾀했다 하여 3년여에 걸쳐 약 1천여 명의 동인계 인사들이 서인에 의해 피해를 입었던 사건을 가리킨다. 정여립 사건이 던진 '반역'이라는 화두는 국왕을 중심으로 운영되는 왕조 국가에서는 지극히 민감한 사안이었다. 그로 인한 엄청난 사회적 파장이 채 가시지도 않은 시점에 임진왜란이 발생했음을 생각해보면, 전시(戰時)의 비상 시국에도 '반역'의 혐의에 대한 경계는 매우 컸을 것으로 예상된다. 개인의 거병(擧兵) 활동은 자칫 반역으로 오해받을 여지가 컸기 때문에, 의병 모집은 혐의의 요소를 사전에 배제하는 것으로부터 시작해야 했고, 사람들이 안심하고 의병진에 협력하도록 배려해야 했다. 조정의 입장에서는 국가적 위난을 방어함과 동시에 사회 체제의 유지와 통제에도 신경을 써야 했으니, 거병의 성격과 의병 활동의 추이를 예의주시할 수밖에 없었다. 요컨대 향토와 지역민을 수호하기 위하여 이루어진 모병 활동이라 할지라도, 국가의 통제를 벗어난 사병의 결집

이라는 혐의를 받아서는 곤란하기에 근왕의 구호는 더욱더 강조될
수밖에 없었던 것이다.

3) 민족 단합과 양이(攘夷)의 의지 격발

임진왜란의 대위기를 맞이하여 가장 절실히 요구된 것은 외세의
침략에 대한 민족적 단합과 대항이었다. 민족의 생사와 국가의 존망
이 달린 상황에 야기된 '향토 수호 의지'는 백성들로부터 참전과 협
조를 이끌어 낼 수 있었던 가장 기초적인 응전 논리로 작용하였다.
아래에 제시된 격문은 송제민[宋濟民, 1549~1602]의 「모병호남의
병문(募兵湖南義兵文)」이다.

> 아! 옛사람은 천하의 백성을 우리 동포로 삼았는데 게다가 우리
> 도의 선비들은 선조 때부터 이곳에서 태어나 이곳에서 자랐으니, 여
> 기는 선인들의 혼백이 깃든 곳이요, 부모와 처자가 편안히 기른 곳
> 이요, 형제 자손이 살아 숨쉰 곳이요, 이웃 친구가 교유한 곳이다.
> …… 만약 혹시라도 한번 싸우기를 결심하여 죽음을 두려워하지 않
> 는다면 또한 죽을 이치가 없어서, 끝내 참혹한 재앙을 면하고 무궁
> 한 복을 길이 받게 될 것이다. 이는 모두 절실하여 그만둘 수 없는
> 일이니, 어찌 반드시 임금을 사랑하고 나라를 근심하는 마음이 정성
> 에서 일어난 후에야 그러하겠는가?
> 아! 같은 배를 타고 가다 물에 빠지면 건져주는 것은 호(胡)와 월
> (越)도 한 마음이다. 한 도(道)에서 함께 사는 우리로서는 실로 같은
> 배를 탄 형세가 있고, 구재(樞載)의 근심에 서로 빠질 일이 조석(朝夕)
> 에 가까워졌으니 비록 호와 월이라도 심력(心力)을 한 데 모아 어려

움을 구제하지 않을 수 없다. 하물며 산천에서 받은 기운이 서로 가깝고 놀고 배우며 책을 물려받아 익힌 방법이 같아서 실로 형제의 의리가 있으니, 옛사람이 이른바 '모두가 동포'라는 말에 그칠 뿐만이 아니다.[51]

윗글에서는 동포애를 자극하여 민족적 단합을 부추긴다. '어찌 반드시 임금을 사랑하고 나라를 근심하여 정성에서 우러난 후에야 그러하겠는가?'라는 송제민의 언급은 임금에 대한 충성과 나라에 대한 염려가 아니어도, 왜적을 물리쳐야 하는 이유가 충분히 존재할 수 있음을 말한 것이다. 격문에서는 전라도를 '태어나고 자란 곳', '선인들의 혼백이 깃든 곳', '부모와 처자가 편안히 기른 곳', '형제 자손이 살아숨쉰 곳', '이웃 친구가 교유한 곳'이라고 언급하면서, 한 도(道)에서 함께 사는 것을 '실로 같은 배를 탄 형세'라고 비유하였다. 생활 터전이자 자신들의 과거와 미래가 공존하는 고향임을 강조하는 격문의 언사는 자신의 땅은 자신이 지키자는 향토 수호 의지를 격발시키기 위한 것이다.

조선의 강토를 지켜내는 것은 곧 민족의 생사와 직결된 문제이니 민족의 단합은 필수적이었는데, 여기에 윤활제 역할을 한 것이 바로

---

51) 宋濟民, 「募兵湖南義兵文」, "嗚呼 古之人 以天下之民爲吾同胞 況我一道士子 自祖先來 生於斯 長於斯 先人魂魄之所綏妥也 父母妻子之所安養也 兄弟兒孫之所生息也 隣里朋友之所交遊也 …… 若或決一戰 不畏其死 則亦無可死之理 而終免慘酷之禍 永受無窮之福矣 此皆切迫 而不得已之擧也 豈必愛君憂國 發於誠而後然哉 嗚呼 同舟而濟 胡越一心 凡我同生於一道者 實有同舟之勢 而胥沈糢載之患 迫在朝夕 雖胡越之人 不得不一心力 以濟艱難 況山川稟氣之相近 遊學連業之同術 實有兄弟之義 則非但古人所謂泛然同胞之云也"

'오랑캐를 물리치자'는 '양이(攘夷)'의 구호이다. 원래 '오랑캐'란 용어는 중국의 화이론(華夷論)에서 비롯된 것인데, 화이론이란 조동일에 의하면 '한문을 공동 문어로 삼고 유학을 보편적 이념으로 삼으면서 거기 포함되는 문명권을 화(華)라고 하는 중세보편주의의 표현'[52]을 말한다. 중국의 문명을 존숭하여 '화(華)'라 하고 나머지 중국에 미치지 못하는 미개한 족속은 '이(夷)'로 설정한 화이론적 발상에 의하여, 격문 안에서 상대적으로 앞선 문명의 조선은 '화'가 되고 왜적은 '이'가 된다. '야만스러운 종족'이라는 뜻의 '오랑캐'는 주로 침략자를 업신여겨 이르던 말로서, 흔히 중원의 질서를 어지럽히거나 백성들을 미혹시키는 세력을 가리킨다. 송제민의 격문에서는 왜적을 '오랑캐'로 설정하여 침략자에 대한 적개심을 더욱 고조시켰으며, 소중화(小中華)로 자처하는 조선은 미개한 오랑캐를 우리 강토에서 밀어내야 할 '양이(攘夷)'의 의무가 있음을 환기시켰다.

아래에 제시된 이광[李洸, 1541~1607]의 「격영남장사문(檄嶺南將士文)」을 살펴보자.

지난번 추한 오랑캐가 성의를 표해 왔기에 성군(聖君)의 포용력을 조금 보였으니, 조정은 회유할 심산으로 드디어 덕을 경시한 소식을 허여하였는데 오랑캐의 마음은 흉악하여 끝내 의리를 배반하는 음모를 자행하였다. 독사와 이무기의 마음을 다투어 발동시키고 벌과 전갈의 독을 함부로 쏘니, 살해된 우리 장병이 만 명 천 명에 그치지 않았으며 무너뜨린 우리 성지(城池)가 어찌 다만 십수 군데에 그치겠

---

52) 조동일, 『한국문학통사』 3, 지식산업사, 1994 참조.

는가? …… 죄악이 이미 하늘에 가득차서 귀신이 몰래 주벌하기를 이미 논의하였으며, 패하면 반드시 일어나지 못할 것이니 우리나라 군대가 응당 공개처형해야 할 것이다.[53]

야만적인 왜적이 성의를 보여 받아주었더니 더러운 음모를 드러내고 배신하였다고 한다. 왜적의 행태는 마치 독사와 벌·전갈처럼 흉악하기 그지없다. 이처럼 왜적에 대한 적개심은 그들 종족 전체에 대한 멸시와 폄하의 표현으로 드러나는데, 극력히 폄하하고 멸시할수록 우리 민족의 우월성은 더욱 격상되고 항쟁 의지는 분발된다.

　김성일[金誠一, 1538~1593]의 「초유일도사민문(招諭一道士民文)」에서는 왜적의 습속이 더욱 자세히 드러난다.

　　의관을 차려 입고 예악을 숭상하던 몸을 욕되게 할 수 있겠으며, 머리를 깎고 몸에 문신하는 습속을 따를 수 있겠는가? 이백 년의 종묘사직을 차마 왜적의 손에 넘겨줄 수 있겠으며, 수천 리 산천을 차마 왜적의 소굴로 버릴 수 있겠는가? 중화(中華)가 변하여 이적(夷狄)이 되고 사람이 변하여 짐승이 되는 일, 이것을 참을 수 있겠는가? 이것을 할 수 있겠는가? 적의 목을 바치는 공을 가장 높이 쳤던 진(秦) 나라도 처음부터 순수한 이적(夷狄)이 아니었건만, 노중련(魯仲連)은 오히려 바다에 빠져 죽는 것을 달게 여겼다. 꿈틀거리는 풀 옷 입은 오랑캐들이 얼마나 추잡한 종족인데, 그들이 우리 토지를 훔쳐서 차지하고 우리 백성들을 죽이고 욕보이는 것을 내버려 둔 채로

---

53) 李洸, 「檄嶺南將士文」. "頃因醜虜之納款 稍示聖度之包容 廟算懷柔 遂許輕德之信 虜情凶桀 終逞背義之謀 競發虺螫之心 妄肆蜂蠆之毒 虔劉我將士 非止萬千 陷沒我城池 豈特十數 …… 罪旣滔天 鬼神之陰誅已議 敗必塗地 王師之顯戮當加"

그들을 쫓아내고 목 베어 죽일 방도를 생각하지 않는단 말인가?[54]

머리를 깎고 몸에 문신하는 습속을 가진 오랑캐로 형용되는 왜적은 마치 짐승처럼 풀 옷을 입고 꿈틀거리는 추잡한 종족이라 한다. 우리 땅을 훔쳐 차지하고 우리 백성들을 죽이고 욕보이는 몹쓸 섬오랑캐이니, 그들을 쫓아내고 목 베어 죽일 방도를 생각해야 한다고 주장한다. 반면에 우리는 의관을 차려 입고 예악을 숭상하던 몸으로서 이백 년의 종묘사직을 지켜온 문화 민족이다. 중화의 문명과 사람의 떳떳한 본성을 저버리지 않은 고결한 존재로 형용되는 것이다. 왜적을 민족적으로 폄하하고, 비교를 통해 우리 민족의 상대적 우월성을 도출하는 방식은 민족적 단합을 유도하는데 매우 유용하고 효과적이다.

민족 단합을 이루기 위해 사용한 또다른 방법은 혈연·지연·동포애에 호소하는 방식이다. 예컨대 고종후[高從厚, 1554~1593]의 「통제주삼가문(通濟州三家文)」에서는 전마(戰馬)의 협력을 요청하기 위해 공의(公義)에 호소할 뿐만 아니라 혈연과 인척의 인연을 강조하며 사정(私情)에 호소한다.

복수의병장 전 임피 현령 고종후는 피눈물을 흘리며 이마를 조아려 두 번 절하고, 제주(濟州)·정의(旌義)·대정(大靜) 세 고을에 사는

---

54) 金誠一, 「招諭一道士民文」. "衣冠禮樂之身其可辱乎 斷髮文身之俗其可從乎 二百年之宗社 其忍輪之於賊手乎 數千里之山河 其忍委之於賊窟乎 中華變爲夷狄 人類化成禽獸 是可忍乎 是可爲乎 上首功之秦 初非純乎夷狄 魯連猶甘蹈海之死 蠢玆卉服此何等醜種 而任其盜據我土地 戮辱我民庶 不思所以驅逐之斬殄之乎"

고씨(高氏) · 양씨(梁氏) · 문씨(文氏) 세 가문의 어른들께 삼가 아룁니다. 옛날 상세(上世)에 인(人)과 물(物)이 형성되지 않았을 초기에 하늘이 세 신인(神人)을 한라산 아래로 내려보냈으니 바로 고씨 · 양씨 · 부씨였습니다. 또 그들에게 미녀와 망아지 · 송아지의 종자를 내려주어 한 지방에서 기틀을 연 시조(始祖)로 삼았습니다. 지금까지 이룬 생명과 재산의 번성 및 목마(牧馬)의 발달은 대개 이 세 신인의 아름다운 덕에 힘입지 않은 것이 없습니다. 그 후세 자손들은 혹 바다를 건너 이사하여 여러 곳에 흩어져 살았으니 세상에서 이른바 제주 고씨 · 제주 양씨가 다 그 후예입니다. 저의 선조는 일찍이 고려대에 장흥(長興)으로 관향(貫鄕)을 받아 드디어 장흥 고씨가 되었고, 부씨의 후예는 지금 또한 문씨(文氏)가 되었는데 애초 이른바 부씨란 성씨는 세상에 알려지지 않았습니다. 지금 비록 파가 나뉘고 세대가 멀어져서 경조사를 통하지는 않지만, 그 애초에 세 신인이 탄생한 상서로움과 형제간의 화락한 의리는 지금까지도 사람의 이목을 비추어 세상의 말하는 이들이 모두 기뻐하고 칭찬합니다. 하물며 그 자손된 이로서 어찌 차마 옛일을 생각하지 않고 문득 행인처럼 보아 넘길 수 있겠습니까?[55]

　글의 첫머리는 제주도의 고씨 · 양씨 · 문씨 세 가문의 근원에 대한 언급으로 출발한다. 지금은 비록 많은 세월이 흘렀지만, 세 가문

---

55) 高從厚, 「通濟州三家文」, "復讐義兵長前臨陂縣令高從厚 泣血稽顙再拜謹奉告于濟州旌義大靜三邑 高姓梁姓文姓三家門戶諸丈 在昔上世 人物未形之初 天降三神人於漢挐山下 曰高曰梁曰夫 又申之以美女駒犢之種 以爲一方開基之祖 至今生聚之盛 畜馬之蕃 蓋莫非三神人之休也 其後世子孫 或浮海轉徒 散居諸處 世所謂濟州之高濟州之梁 皆其裔也 孤子之先 曾於麗代 賜貫長興 遂爲長興之高 夫姓之後 今亦爲文而初所謂夫者 世無聞焉 今雖派分世疎 慶弔不通 而厥初三神人降生之祥 壎篪之義至今照人耳目 世之言者 皆喜稱之 況爲其子孫者 何忍不念其舊 而遽以路人視之"

의 내력을 상세(上世)까지 더듬어보면 하늘에서 내린 신인(神人)이라는 설화에까지 닿게 된다. 세 집안 선조들이 정착한 이래로 제주도의 인구와 물산이 번영하게 되었다고 하면서, 그들의 선구적인 역할과 세상에 베푼 의리를 칭송한다. 고종후의 선조가 장흥 고씨이니 세 가문 사이가 멀지 않다고 한 점, 선대의 의리와 대대로 깊은 정의(情誼)를 강조한 점 등은 요청의 설득력을 제고시키기 위해 동원된 하나의 장치라고 볼 수 있다. 모두(冒頭)에서 밝힌 제주도 세 집안과의 멀지 않은 관계 설정이 의도된 것이었음은 다음에 이어지는 본론에서 짐작할 수 있다.

　　지난날 선친께서는 왜적이 도성으로 들어와 칠도(七道)가 무너지던 초기에 맨먼저 의병을 일으켜 왜적의 예봉(銳鋒)을 몸소 막다가 어느날 부자(父子)가 함께 국가의 대사(大事)에 목숨을 잃었습니다. 조정에서는 애도하여 포상과 증직을 더해주었고 길 가는 사람들도 듣고 또한 눈물을 흘렸는데, 하물며 근원이 같은 우리같은 사람이야 어찌 서글피 회포를 일으키지 않겠습니까?

　　못난 저는 비록 지혜와 술수가 부족하여 선친의 사업을 계승할 수가 없지만, 세상에 다시 없을 극심한 애통함은 한번 씻지 않을 수 없기에 감히 사노(寺奴)의 병사를 거느리고 복수의 거사를 도모하였습니다. 그러나 본도(本道)에는 공사(公私) 간에 남은 것이 없어서 병기와 전투마를 모집할 길이 없습니다. 개인적으로 생각하기를 제주의 세 고을은 물력이 유독 온전하니 이에 관문(關文)과 격서(檄書)를 올려 사노(寺奴) 및 대소(大小) 사민(士民)에게 알려야겠다고 여겼습니다. 그리고 거듭 생각하기를 동성(同姓)의 친족은 실로 만세토록 잊지 못할 의리가 있고, 양씨·문씨 두 집안 또한 그 시초가 같아 한 마디 말이 서로 미치지 않을 수 없다고 여겼으니, 그래서 감히 이에 가슴속 혈성(血誠)을 드러내보이며 소문을 듣고 의리를 사모해주기를 바란 것입니다.

　삼가 바라건대 세 가문의 어른들께서는 개연히 잠 못드는 탄식을 하시고 연민과 관용을 함께 베풀어주십시오. 자신의 재력에 따라 혹은 사람마다 전투마를 내놓거나 혹은 힘을 합쳐 서로 도와서, 크면 큰 대로 작으면 작은 대로 물력을 이루어 위로는 신인(神人)이 도우며 왕래했던 뜻에 부응하고 아래로는 저희 일가의 유명(幽明) 간의 소망을 위무해주시는 것이 어떻겠습니까? 정은 넘치고 말은 궁하니 어찌할 바를 모르겠습니다.[56)]

고종후는 선친 고경명이 의병을 일으켜 금산 전투에서 아들 고인후와 함께 전장에서 목숨을 잃은 사건을 언급하며 본론의 포문을 연다. 고경명의 결전과 순국에 대해서는 조정이나 백성들이 모두 가슴 아파하는 일인데, 더구나 고씨 일가와 각별한 인연이 있는 제주의 세 가문에서는 슬픔이 더욱 특별할 것이라 한다. 그러면서 못난 아들이지만 선친의 유지를 받들어 왜적과의 항전에 나서고자 하는 굳

---

56) 상게서. "頃者 亡親當敵入都城 七路崩潰之初 首擧義旅 身蔽兇鋒 一日 父子同死王事 朝廷悼惜 褒贈有加 行路聞之 亦且涕洟 況我同源之人 豈不惕然興懷 不肖孤子 雖智術淺短 不足以嗣事亡父 而終天之痛 不可不一洒焉 敢領寺奴之兵 圖爲復讐之擧 而本道 公私掃地 軍器戰馬 措辦無路 私念貴州三邑 物力獨全 爰奉關檄 開諭寺奴及大小士民 而重念同姓之親 固有萬世不忘之義 梁姓文姓兩家 亦同厥初 不可無一語相及 故敢玆剖肝瀝血 冀其聞風慕義 伏乞三姓諸丈 慨然寤歎 共垂矜恕 隨其財力 或人出戰馬 或合力相扶 大以成大 小以成小 上以副神人左右陟降之意 下以慰孤子一家幽明之望 何如 情溢辭蹙 不知所裁"

은 의지를 품었지만, 전라도에는 물자가 부족하여 실행에 어려움을
겪고 있다고 호소한다. 이에 제주도에서 물적 자원을 원조해주기를
요청하였으니, 전쟁에 협력의 손길을 뻗는 것은 대대로의 정의(情誼)
를 계승하는 일이며 고종후 가문의 염원을 이루어주는 숭고한 일이
라고 강조한다. 지속되는 전쟁으로 물자가 부족했던 전시 상황에서,
물자의 지원과 협력을 이끌어내기 위하여 인정에 호소한 설득의 수
사가 인상적이다.

　이렇듯 동포애·민족애를 자극하여 단합을 도모하는 글은 보통
우선 민족적 위기를 먼저 환기시킨 후 향토 의식과 혈연의 유대를
강조하는 방식으로 전개된다. 이때 왜적에 대한 폄하는 적군에 대한
적개심을 자연스레 유발시키고 동포로서의 연대와 단합을 유도하기
위해 의도적으로 설계된다. 이러한 설득 방식은 지역적 향토의식과
혈연적 유대가 강하게 작용하던 당시 사회에는 유효하게 작용하였
으니, "임진왜란에 발휘된 응전력은 주체의식 및 국제적 지위 등 대
외적 요소보다 국민의 화합이라는 대내적 요인에 의해서 좌우되었
다. 이는 대내적 총화가 이루어지고 나서야 그것이 곧 대외적 자존
력으로 전환될 수 있다는 교훈을 안겨주었다."[57]라는 이동근의 언급
은 이러한 맥락에서 참고할 만하다.

　그러나 임진왜란기 격문에서 강조되는 '민족 단합'이란 단순히 향
토적 유대와 혈연·학연 관계를 강조한 정도였으며, 인본 중심 사상
·원초적 인간애 혹은 더 나아가 반전적 평화주의에까지 나아간 수

---

57) 이동근(1983).

준은 아니었다. 중국을 상층(上層)으로 떠받들고 왜국을 하층(下層)으로 폄하하는 발상은 우리에게 '양이'의 구호를 제공하여 왜적에 대한 적개심을 야기시켰지만, 중화민족 우월론의 굴레 안에서 벗어나지 못하는 중세인의 의식적 한계 또한 노정한다. 물론 국제 사회에서의 힘의 원리에 따라 사대의 외교를 행하는 것이 합리적인 일이며, 당시 명 나라 군대의 원조를 요청한 입장이라 양이(攘夷)의 구호가 더욱 강조될 수밖에 없었다 할지라도, 이는 문명의 위계의식에서 벗어나지 못하고 중화의 속국으로 자처했던 조선인의 의식적 한계를 드러낸다.

4) 올바른 행동 전범(典範)의 제시

전고를 인용하고 역사적 인물을 언급한 것은 다수의 격문에서 빈번하게 발견된다. 그러나 격문에서 활용되는 전고는 화려한 수식을 통해 문학적 재능을 뽐내거나 외국과의 교린에서 우위를 점하려는 목적에서 출발한 것이 아니다. 생사와 존망이 걸린 비상시국에 생명을 걸고 싸우자는 초유문이나 식량과 물자를 나누어달라는 모군수문에, 설득을 위한 전고 인용은 있을지언정 과시를 위한 췌언(贅言)은 있을 수 없다. 격문은 특히 민심을 움직여 참여를 유도하는 글이기 때문에, 과거의 인물을 이상형으로 제시하거나 유사한 사건을 선험적으로 예시하는 방식이 주로 활용되었으며, 이는 대중을 설득하고 요청을 강조하는 호소력을 제고시켰다.

다음은 이광[李光, 1541~1607]의 「격영남장사문(檄嶺南將士文)」 가운데 한 대목이다.

조사아[祖士雅, 조적(祖逖)]가 중원(中原)을 숙청할 것을 맹세하니 강개(慷慨)함을 상상할 수 있고, 장숙야(張叔夜)가 포위된 도성에 들어가 임금을 지키니 충의(忠義)가 옮겨간 것이다. 평탄하건 험하건 마땅히 그렇게 하여 함께 사력을 다하고 목숨을 바쳐야 할 것이니, 위태로움과 치욕이 이 지경에 이르렀는데 차마 한 하늘 아래에서 구차하게 편히 지낼 수 있겠는가? …… 설경선(薛景仙)은 나룻가를 취해서 먼저 공물을 상납하고 이에 의병을 일으켰고, 한세충(韓世忠)은 바닷길을 경유해서 장차 행영(行營)으로 가 경기지방을 회복하고자 하였으니, 바람에 날리는 깃발과 부르짖는 호령에는 산악 같은 위엄이 서렸으며 강남에서 번개 같이 출발하여 한수 북쪽을 매섭게 바라보았다.[58]

윗글에서 언급하는 인물들을 열거해보면, 중원 회복을 맹세했던 진(晉) 나라의 조적(祖逖) · 포위된 도성으로 들어가 임금을 지킨 송(宋) 나라의 장숙야(張叔夜) · 용맹한 당(唐) 나라의 이성(李晟) · 황소(黃巢)의 난을 수습한 당 나라의 정전(鄭畋) · 안녹산의 난에 의병을 일으킨 당 나라의 설경선(薛景仙) · 금(金) 나라 군사와 싸운 송 나라의 한세충(韓世忠) 등이 있다. 이들은 모두 나라를 위해 목숨 바쳐 싸운 충의와 용맹을 갖춘 명장(名將)들이다. 임진왜란기 격문에서는 이 장수들의 위용과 당시의 상황을 현재와 결부시켜 비유함으로써, 그들의 충의를 본받아 독자가 의기를 분발해야 할 것 같은 분위기를 조성한다. 그리하여 선대의 훌륭한 인물을 나열하여 그들의 충의를 기리

---

58) 李洸, 「檄嶺南將士文」, "祖士雅之誓淸 慷慨可想 張叔夜之入衛 忠義所輪 夷險當以之 擬與戮力而效死 危辱至於是 忍共戴天而偸安 …… 薛景仙取津上 先通貢獻 爰擧義兵 韓世忠由海途 將赴行營 欲復畿甸 風旌號令 山岳威稜 電發江南 虎視漢北"

고, 후대의 호평을 제시함으로써 난시(亂時)의 귀감으로 삼고자 한다.

행동의 전범으로 제시된 인물과 고사는 위에서 언급한 사례 외에도 다수 등장한다. 중국의 고사로는 자국에 원병을 보내달라고 진(秦) 나라로 건너간 초(楚) 나라의 신포서(申包胥)·안녹산의 난 때 싸우다 전사한 당(唐) 나라의 장순(張巡) 등의 인물이 언급되고, 한반도의 인물로는 난리에 임해 개인의 양곡을 군에 보급한 고려의 유차달(柳車達)·필부(匹夫)로 의병을 일으킨 고려조의 원충갑(元冲甲)이 언급된다. 그리고 조선조 인물 가운데 먼저 의병을 일으켜 왕성한 활약을 보인 조선의 김면(金沔)·곽재우(郭再祐)·고경명(高敬命) 등도 행동의 모범으로 제시된다.

이렇듯 허다하게 제시된 고금의 인물들은 모두 전장에서 나라와 군주를 위해 결사의 각오로 투쟁한 인물들이다. 고사의 활용은 이상적 인물형의 제시와 그 충의(忠義)에 대한 칭송을 통해 '긍정적 이미지'를 생성하고, 동시에 무능하고 비겁한 행동을 한 인물을 비판함으로써 '부정적 이미지'도 만들어낸다. 과거의 역사 경험이 제공하는 이러한 긍정과 부정의 이미지는 곧 선과 악의 대비적 구도를 형성하여, 부정과 악을 배격하고 긍정과 선을 좇아야 하는 올바른 행동 전범을 제시한다.

2. 수사(修辭)의 기술

1) 변려체(駢驪體)와 고문체(古文體)의 활용

운자(韻字)의 사용 여부에 따라 한문의 양식을 분류할 때 일반적으로 운자를 사용하여 리듬감을 부여한 경우를 '운문'이라 하고, 운자를 사용치 않고 자유롭게 줄글로 써내려간 문장을 '산문'이라 한다. '변려문'이란 위진(魏晉) 시대에 형성되어 남북조와 당 나라 때 성행한 문체로, 문장 전체가 대구로 이루어지고 평측을 준수하는 등 극도의 형식미를 추구하는 문체 양식이다. 보통 4자구와 6자구를 많이 배열하기에 '사륙문(四六文)'이라고도 불리우기도 하고, 평측을 활용한다는 점에서 일반 산문과는 구별되기에 '율문(律文)'이라 불리기도 한다.

우리나라의 경우 일반적으로 격문을 변려체의 하위 갈래로 인식해 왔다.[59] 그것은 아마 변려체로 지어진 격문이 많고, 각종 선집류에 격문이 변려문의 하위 문체로 예시되어 문장 학습의 바탕을 이루었기 때문일 것이다.[60] 그러나 격문의 문체가 시작부터 변려체였던 것은 아니다. 왜냐하면 격문은 변려체가 유행되기 이전부터 사용되었고, 격문이 발전하는 과정에서 일정 시기 변려체 사조에 영향을 받아 변려체 격문이 많이 작성되었을 뿐이기 때문이다.[61] 실제로 임

---

59) 예컨대 이영휘(1994) 18쪽에서 "고문만으로 또는 변려문만으로 이루어진 문체들이 사용됨을 알 수 있다. 여기에서 변려문으로만 구성된 문체는 표전(表箋)·옥책(玉册)·격서(檄書)·상량문(上樑文)·불소(佛疏)·청사(靑詞) 등이며"라고 하였고, 88쪽에서 "표전, 책문, 상량문, 격서, 불소, 청사 등은 간혹 보이는 변격(變格)의 한 두 작품을 제외하고는 모두가 변려문으로 창작되었다."라고 하여 격문을 변려체로 파악했음을 알 수 있다. 또 김정미(2002) 2쪽에서는 "비록 격문은 변려문의 하위 문체 가운데 일부에 지나지 않으며"라고 하고, 16쪽에서는 "격문은 변려문의 일종이다."라고 하여 격문을 변려체의 하위 갈래로 인식하였다.

60) 예컨대 고려 말 최해[崔瀣, 1287~1340]가 신라의 최치원으로부터 고려 충렬왕 무렵까지 명가의 작품들을 선별하여 편찬한 시문선집인 『동인지문(東人之文)』 중 변려문을 다룬 『동인지문사륙(東人之文四六)』에서는 변려문의 하위 갈래로 '격'을 설정하고 작품을 예시하였다.

진왜란기 격문에도 대구·평측과 무관하게 줄글로 전개되는 산문도 있고, 처음부터 끝까지 완정한 대구를 이루고 있는 변려문도 있다. 본절에서는 이를 각각 '고문체 격문'과 '변려체 격문'으로 명명하고 각각의 문체 유형과 특징을 고찰해 보고자 한다.

유협은 『문심조룡』에서 다음과 같이 말하였다.

> 외효(隗囂)가 왕망(王莽)에게 보낸 격문을 보면 세 가지 악역(惡逆)을 나열하였는데, 문장은 수식을 더하지 않았으나 언사가 간절하고 사리가 분명하였으니 농서(隴西) 지역의 문사(文士)가 격문의 체제를 터득하였음을 알 수 있다.[62]

수식을 더하지 않았으나 간절한 언사와 밝은 사리가 담겨 있는 문장을 두고 격문의 체제를 터득하였다고 평가한 유협의 이 말은, 곧 수식보다는 충실한 내용 전달에 주력하는 격문의 문체적 특성을 제시한 것으로 이해할 수 있다.

오늘 역시 『문장변체』에서,

> 당 나라 이전에는 대개 사륙(四六)을 사용하지 않았으니, 그래서 표현이 직접적이고 의미가 분명하였다.[63]

---

61) 『文心雕龍』,「檄移」. "後人倣之 代有著作 而其詞有散文有儷語 儷語始於唐人 蓋唐人之文皆然 不專爲檄也"

62) 『文心雕龍』,「檄移」. "觀隗囂之檄亡新 布其三逆 文不雕飾 而辭切事明 隴右文士 得檄之體矣"

63) 『文章辨體』,「檄」. "唐以前不用四六 故辭直義顯"

라고 하여, 당 나라 변려체 사용 이전에 고문체 격문이 지어졌음을 설명하였다. '표현이 직접적이고 의미가 분명하였다'는 평가에서는 고문체 격문이 내용 전달에 주력하는 격문의 문체적 특성에 더욱 걸맞다고 인식했던 오늘의 생각을 읽을 수 있다. 곧 변려체의 의도된 정형미에 비해 형식적으로 자유로운 고문체 양식이 유리하다는 것이다.

격문을 지을 때 고문체 양식을 활용할 경우, 장점은 ① 명백한 내용의 직접적인 전달에 용이하다 ② 감정의 고조를 효과적으로 부각시킬 수 있다는 점이다. 급박한 상황을 대중에게 알리고 선동하기 위해 작성되는 격문에는 형식적 제약이 적은 자유로운 줄글 형식이 더욱 유리할 수 있다. 왜냐하면 고문체 양식은 대우를 맞추기 위하여 애를 쓰지 않아도 되며, 필요없는 군더더기 말을 붙이지 않아 글이 난삽하게 흐를 염려가 적기 때문이다.

임진왜란기의 고문체 격문의 예로 서사원[徐思遠, 1550~1615]의 「초집향병통문(招集鄕兵通文)」의 일부를 살펴보자.

(원문)	(글자수)
獨奈何江左列邑	7
寂然䫨然	4
一切竄伏	4
皇皇上帝降衷 秉彝之天 陸陸乎無所驗哉	6·4·7
此日偷生則幸矣 他日面目 可立於鄕黨乎 可立於朝著乎	7·4·6·6
父母妻子 此日則可以保全	4·7
而他日事定 則可免於孥戮乎 可逃於鄕論乎	5·7·6

讀書平生	4
所學何事	4
群居昔日	4
鄕校之規模至美	7
書院之立約盡善	7
課忠責孝 有若可爲者	4·5
臨亂此日 聲息泯然 忠義掃地	4·4·4
言念及此 其不惕然動心乎	4·7
嗚呼	
變生之初 人心苟且 賊勢方張	4·4·4
山竄林伏 苟延視息 猶或可言	4·4·4
見今則命將討賊 王師四起	7·4
左道元戎 已號令諸郡	4·5
方伯還道	4
節制方新	4
自嶺以北 殲賊幾盡	4·4
人心稍蘇 士氣方振	4·4
恢復之期 指日可待	4·4
賞左罰右之擧 行復可尋	6·4
吾黨諸賢 其敢不悔已往之不勉	4·9
知來者之可追 革心反面	6·4
棄其舊而新是圖哉	8

유독 어찌하여 강좌(江左)의 여러 고을은

적막하고 뻔뻔하게

모두가 숨어 엎드렸는가?

위대하신 상제(上帝)께서 충심(衷心)을 내려주어

이륜(彝倫)을 타고났으면서도 어기적거리며 징험하는 바가 없는가?

오늘 구차하게 살아남는다면 다행일 것이나

훗날 면목을 향당에 세울 수 있겠으며, 조정에 설 수 있겠는가?

부모·처자를 오늘은 보전할 수 있겠지만

훗날 사세(事勢)가 평정되면 노륙(孥戮)을 면할 수 있겠으며, 향론(鄕
  論)을 피할 수 있겠는가?

평생 동안 책을 읽어서

배운 것이 무엇인가?

옛날 모여 살 적에는

향교의 제도가 지극히 훌륭하고

서원에서 세운 약조가 몹시도 좋았으니

충효를 가르치고 책려한 것은 쓰일 일이 있을 듯해서였으나

난리가 난 오늘에서는 소식도 없고 충의도 사라졌다.

생각이 여기에 미치니 근심스레 마음을 움직이지 않겠는가?

아!

변란이 발생한 초기에 인심은 구차해지고 적의 형세는 한창 확장되
  었으니,

산림에 숨어들어가 구차하게 연명한 것은 오히려 말할 수 있다.

지금은 장수에게 왜적을 토벌하기를 명하여 왕의 군대가 사방에서
  일어나고

좌도(左道)의 주장(主將)이 이미 여러 고을에 호령하였으며

방백이 도(道)로 돌아오고

절제사가 새로 교체되었다.

영북(嶺北)에는 적을 거의 섬멸하여

인심이 점점 소생하고 사기가 바야흐로 진작되니

회복할 시기를 날을 헤아리며 기다릴 수 있다.

좌우에 포상(褒賞)과 징벌(懲罰)을 내리는 일이 장차 다시 이어질 수
있을 것이니,

우리들 중 여러 분이 과거 힘쓰지 못했던 일을 감히 후회하지 않겠는가?

미래의 일은 좇을 수 있음을 알고 마음을 고쳐 먹고 얼굴을 바꾸어서
옛날의 습속을 버리고 새로운 계책을 도모할지어다.

위의 글은 고문체 격문이다. 고문체 양식은 평측과 대우의 구속을
따르는 변려체 양식과는 다르게 자유롭게 쓰는 줄글이지만, 독자의
마음에 스며드는 문장을 구사하기 위해 나름의 표현 장치를 설계해
둔다. 예컨대 이 글에서는 '적연(寂然)'·'전연(靦然)'·'육륙호(陸陸乎)'
·'민연(泯然)'·'소지(掃地)'·'척연(惕然)'처럼 모양이나 상태를 형용
하는 표현이 자주 등장한다. 이러한 의태어를 구사하면 적은 수의
글자로도 풍부한 묘사를 꾀할 수 있으니, 어휘의 정련을 통해 간결
한 느낌을 살리되 글의 내용은 더욱 효과적으로 전달하도록 안배한
것이다. 또 글자수의 배치를 보면, 4자·5자·6자·7자·8자·9자
의 여러 자수구(字數句)가 활용되었고 그 중 4자구가 단연 많이 사용
되었음을 볼 수 있다. '방백이 도로 돌아오고 절제사가 새로 교체되
었다 / 영북에는 적을 거의 섬멸하여 / 인심이 점점 소생하고 사기가
바야흐로 진작되니 / 회복할 시기를 날을 헤아리며 기다릴 수 있다.
[方伯還道 節制方新 / 自嶺以北 殲賊幾盡 / 人心稍蘇 士氣方振 /恢復之期 指日可
待]'라는 구절처럼 4자구를 나란히 늘어놓거나, '향당에 세울 수 있
겠으며, 조정에 세울 수 있겠는가?[可立於鄕黨乎 可立於朝著乎]'·'노륙
을 면할 수 있겠으며, 향론을 피할 수 있겠는가?[可免於孥戮乎 可逃於鄕

論乎]'라는 구절처럼 흡사한 구조의 구를 반복 나열함으로써 제행(齊行)의 묘미를 살리기도 한다. 특히 '오늘 구차하게 살아남는다면 다행일 것이나 훗날 면목(面目)을 향당에 세울 수 있겠으며 조정에 세울 수 있겠는가? / 부모·처자를 오늘은 보전할 수 있겠지만, 훗날 사건이 평정되면 노륙(弩戮)을 면할 수 있겠으며, 향론을 피할 수 있겠는가?[此日偸生則幸矣 他日面目 可立於鄕黨乎 可立於朝著乎 / 父母妻子 此日則可以保全 而他日事定 則可免於弩戮乎 可逃於鄕論乎乎]'라고 한 대목에서는, 완정한 자수(字數)의 대구를 이루지는 않았으나 같은 어휘를 반복해서 활용하고 유사한 문장 구조를 배치시킴으로써 의미상 대우를 절묘하게 형성하고 있다.

　이처럼 고문체 격문에서도 때로는 함축적인 어휘를 사용함으로써 간결미를 주거나, 혹은 어휘의 중복을 피하기 위하여 변문피복(變文避複)을 하는 등 글자의 정련에 힘써 나름의 변화를 도모한다. 문장의 길이 측면에 있어서는 제행(齊行)과 산행(散行)을 교차 배치함으로써 호흡을 조절하고, 적절히 비유와 묘사 및 의론과 서술을 배치시켜 어세에 변화를 주기도 한다. 일견 고문체는 특정한 수사 장치가 없는 듯하지만, 줄글로 이어지는 가운데에서도 제행과 산행의 배치·글자의 정련(精練) 등 나름의 수사 장치가 활용되는 것이다.

　한편, 변려체 양식을 활용하여 격문을 지을 때의 장점은 ① 평측의 활용으로 아름다운 느낌을 줄 수 있다 ② 대구의 반복으로 안정감 있는 전개가 가능하다는 점이다. 유사한 구절의 반복으로 인해 자연스럽게 형성된 운율은 글에 리듬감을 부여하여 독자의 마음을 격동시킬 수 있다. 또한 대우의 반복 구조는 독자에게 정연한 느낌을 주고 주장의 논리성을 배가시킨다. 그러나 변려체 양식의 구사는 평측의 규칙을 지키고 대우의 구조를 관철해야 하기에 작자의 높은 창작 역량이 요구되며, 또한 자칫하면 형식에 골몰하느라 내용 전달에 주력하기가 힘든 단점도 안고 있다.

임진왜란기의 변려체 격문으로 김천일[金千鎰, 1537~1593]의 「임진의격(壬辰義檄)」을 살펴보자.

(원문)	(글자수)
竊惟	
捨魚取熊　孟夫子之垂訓	4·6
若蜂斯起　楚義士之同聲	4·6
由來漢唐以前	6
亦粵羅麗以後	6
邦國之亂賊間出	7
宇宙之烈士幾人	7
在昔	
以童子而赴死國亂　史氏傳汪踦之全節	8·8
以野老而捍衛邦社　世人稱田夫之苦忠	8·8
霜雪爲節於秋冬　方知松柏之盛茂	7·7
日月竝出於滄海　實爲焦原之榮光	7·7
慷慨悲歌　處處起燕趙之響	4·7
講磨道義　家家誦鄒魯之聲	4·7
不幸	

國步艱難　島夷猖獗 4·4

廷臣跋涉　大駕播越 4·4

社稷將危

生靈塗炭 4·4

　　…… (缺數句) ……

伏願

濟濟多士

赳赳武夫 4·4

看我尺書

聽我謷語 4·4

顧今文物　摠是先王之衣冠 4·7

殲厥巨奴　孰有將軍之忠勇 4·7

節士募少　寧無奔衛之王師 4·7

志士倡羣　要得樂死之義旅 4·7

南州之壤地雖小　幾處效力之衆髦 7·7

北闕之化育曾敷　必多同心之壯士 7·7

倘使與吾一力 效余寸衷 則僉公之忠勳壯節 不絕千秋 永垂方策

　　　　　　　※ ● : 평성, ○ : 측성

가만히 생각건대

'물고기를 버리고 곰 발바닥을 취하라'는 것은 맹자가 남긴 교훈이며

'벌떼처럼 일어나라'는 것은 초(楚) 나라 의사(義士)들의 한결같은 목
　소리였다.

한(漢)·당(唐) 이전부터

신라·고구려 이후까지

나라에 난적은 간간이 출몰했지만

세상의 열사(烈士)는 얼마나 되는가?

옛적에

어린 나이로 국난에 달려와 목숨 바친 경우는 역사가가 왕기(汪踦)의
   온전한 충절을 전하고

시골 노인으로서 국가를 호위한 경우는 세상 사람들이 전부(田夫)의
   극심한 충의를 칭송한다.

가을 겨울에 서리와 눈이 내리는 계절이 되어야 비로소 소나무·잣
   나무가 무성함을 알 수 있고

푸른 바다에 해와 달이 함께 솟아야 진실로 초원(焦原)도 광명을 입을
   수 있다.

슬픈 노래를 강개하게 부르니 곳곳마다 연(燕)·조(趙)의 가락을 일으
   키고

도의(道義)를 강마하니 집집마다 공맹(孔孟)의 말씀을 외운다.

불행하게도

나라의 행보가 험난하여 섬 오랑캐들이 창궐하니,

조정 신하들은 산 넘고 물 건너 떠나고 어가도 파천하였다.

사직이 장차 위태롭게 되었고

백성들은 도탄에 빠졌다.

　…… 몇 구 결락 ……

삼가 바라건대

무수한 선비들,

용감한 무사들이여!

나의 글을 보고

나의 말을 귀담아 들으라!

지금의 문물을 돌아보니 모두 선왕의 의관(衣冠)이다.

저 흉악한 왜적을 섬멸하는데 누가 장군의 충용(忠勇)을 지녔는가?
절개 있는 선비가 소수를 모아도 어찌 달려가 지킬 왕의 군대가 아니
　　겠는가?
지조 있는 선비가 무리를 창도하여 기꺼이 죽을 의로운 병사를 모으
　　려 한다.
남쪽 고을 땅이 비록 좁아도 힘을 바치려는 무리가 몇 군데나 있겠는가?
북쪽 대궐의 치화가 일찍이 펴졌으니 필시 마음이 같은 용사가 많을
　　것이다.
혹 우리와 함께 한 데 힘을 합하여 충절을 바친다면, 여러 공들이
　　지닌 충의의 공훈과 씩씩한 절의는 천추에 끊어지지 않고 길이 역
　　사에 남을 것이다.

　나란히 멍에를 한 말 두 마리가 짝을 이룬다는 '변려(騈儷)'의 말뜻
처럼 정경세의 격문은 글 전반에서 완정한 대우를 이루고 있다. 동
일한 자수(字數)의 구(句)로 둘씩 대를 맞추어 일정한 호흡을 유지하
여 안정감 있게 논지를 전개한다. 또한 글자수 대우 뿐만 아니라 허
사를 활용한 낱자 대우['어(於)'·'지(之)'·'자(者)']와 방향 대우('남주
(南州)'·'북궐(北闕)'), 단어 대우, 의미 대우 등등의 방식들을 활용하
여 보다 가지런한 느낌을 준다. 한 가지 눈에 띄는 점은 고문체·
변려체를 막론하고 많은 격문에서 '지(之)'·'이(而)'·'어(於)'·'호
(乎)'·'이(以)'·'야(也)'·'언(焉)' 등의 어조사를 빈번히 활용했다는
점이다. 어조사의 활용은 보다 명확한 내용의 전달을 꾀할 수 있게
하고, 앞·뒤 구에 나란히 삽입되면서 자연스럽게 대구도 형성하게
만든다. 이러한 현상은 아마도 당시 작문 풍조가 설리성이 강한 당

송 고문의 영향을 받았기 때문이 아닐까 생각하는데, 빈번하게 삽입된 어조사는 논지 전개에 중요한 기능을 수행하였다.

평측을 살펴보면, 몇 군데 예외를 보이긴 하지만[64] 대우구 절주점(節奏點)의 평측(平仄)을 반대로 안배하는 변려문의 규칙이 대체로 잘 지켜지고 있다. 이렇듯 평측을 교차하여 안배하면 소리의 장단에 일정한 변화가 생겨나 독자로 하여금 성독(聲讀)의 즐거움을 느끼게 한다.

글자수의 배치를 보면, 4자, 5자, 6자, 7자, 8자 등의 단구(短句)와 상하 6·4자, 상하 7·5자, 상하 4·7자, 상하 7·7자, 상하 8·8자 등의 격구(隔句)를 활용하여 다양한 방식의 글자수 대우를 이룬다. 자수(字數)의 배치로 글의 완급을 조절함으로써 독자의 입장에서 글을 보다 활력 있게 읽어나갈 수 있도록 힘을 실어준 것이다.

변려문에서 흔히 쓰이는 낱자·단어·구절의 반복 배치는 한편으로는 건조하고 천편일률적인 느낌을 주는데, 간간이 접속 허사(接續虛辭)와 이중 주어(二重主語) 등['절유(竊惟)'·'재석(在昔)'·'불행(不幸)'·'복원(伏願)']을 삽입하여 변려문의 완벽한 정련을 파괴함으로써 꽉 막힌 어세를 풀고 문맥에 생기를 부여한다. 글 전체를 흐르던 완정한 대우는 글의 말미에 이르러서 무너지는데, 이는 의도적으로 말미의 내용을 강조하여 전달하기 위한 것으로 보인다.

이렇듯 임진왜란기 격문은 정연한 형식을 고수하는 변려체 양식뿐만 아니라 자유로운 내용 전달을 추구하는 고문체 양식도 많이 활용하였다. 격문은 전시에 뚜렷한 군사적 목적으로 작성되는 글이니

---

64) 위에 제시된 예문에서는 세 군데가 보인다. 'O[●]'로 표시된 부분이 그것인데, 평성이 올 자리에 측성이 자리하였음을 의미한다.

만큼, 수사 기법보다는 내용 전달이 더욱 중시된다. 임진왜란기 격문에 고문체 양식이 빈번히 활용된 것은 급박한 전시 상황 속에서 신속한 내용을 전달하기 위한 격문의 요구에서 비롯된 현상으로 보인다.

격문을 어떤 양식으로 쓰는 것이 더 유리한가를 묻는다면 단언하기가 어렵다. 물론 유협과 오눌은 고문체 양식을 격문에 적합한 것으로 파악하였으며, 변려체 양식을 취택할 경우 여러 가지 불편함이 따르는 것이 사실이지만 두 양식 모두 의미있는 표현의 미와 수사의 힘을 발휘할 수 있기 때문이다.

2) 인상적인 모두(冒頭)의 배치

짧은 시간 내에 정확한 정보를 신속히 전달하고, 상대의 마음을 흔들어 소기의 목적을 달성하는 것은 좋은 격문의 요건이다. 글의 분량과는 무관하게 독자로 하여금 작자가 전달하는 내용과 주장을 인지하게 하려면, 강렬한 모두(冒頭)로 독자의 시선을 잡아끄는 것 또한 하나의 방법이 된다. 실제로 대다수의 임진왜란기 격문은 모두에서 강렬한 인상을 주고자 노력한다. 그 모두의 내용을 유형별로 소개하면 아래와 같다.

① 견책과 비판

다음은 대외 지향 성토문인 조헌[趙憲, 1544~1592]의 「유일본적승현소문(諭日本賊僧玄蘇文)」의 도입부이다.

현소야! 현소야! 너는 어찌 그리 무도(無道)함이 심하여 남의 나라를 유린함이 이 지경에까지 이르렀으며, 백성들을 살육함이 이 지경에까지 이르렀느냐? 조선의 관찰사 이 선생이 너에게 시를 써 주기를 "거울 같은 가슴속 고금(古今)을 비추고, 여산(廬山)의 근실함 바늘을 만드는 효험을 빚었네."라고 하자, 네가 곧 상에서 내려와 머리를 조아리며 인사를 했다고 하였다. 그래서 나는 일찍이 네가 고금의 역사를 알고 사리(事理)를 아는 자라고 믿었는데, 지금 보니 네가 하는 짓은 짐승도 하지 않는 짓이니 고금을 비추는 것이 어디에 있단 말이냐?[65]

조헌의 격문은 일본의 승려 현소의 이름을 두 번 부르는 것으로 시작한다. 성토의 대상이자 격문의 수신자인 그를 반복하여 호명함으로써 이목을 집중시킨다. 이름을 부르고 잘못을 말하니, 아랫사람을 꾸짖는 언사처럼 근엄한 분위기가 조성된다. 단도직입적인 일갈의 견책은 강렬한 인상을 심어주는 동시에 견책의 내용이 무엇일까 하는 궁금증을 유발하여 글의 흡입력과 몰입도를 증강시킨다. 성토의 목적은 적의 잘못을 지적하여 상대의 사기를 꺾는 것이므로, 성토문에서는 기세의 고지를 선점하는 것이 매우 중요하다. 이러한 점에서 조헌의 성토문은 적군에 대한 질책을 모두에 배치함으로써, 적의 기세를 꺾는 동시에 위압감을 형성하는 효과를 거두고 있다.

---

65) 趙憲, 「諭日本賊僧玄蘇文」. "蘇僧蘇僧 爾何不道之甚 蹂躙人國 至於此極 殺戮人民 至於此極耶 我國李監司先生贈爾以詩曰 水鏡胸中照古今 匡廬勤苦效成針 爾乃下床拜稽云 吾嘗信爾以爲知古今識事理者也 乃今觀之 則爾之所爲 乃有禽獸之所不爲者 尙何照古今之有哉"

② 위급한 정황 설명

다음은 임계영[任啓英, 1528~1597] 등이 쓴 격문의 첫머리이다.

아! 국가가 믿고서 걱정하지 않았던 이유는 아래 세 도(道)가 건재하기 때문이었다. 그러나 경상도와 충청도는 이미 허물어져 적의 소굴이 되었고, 오직 여기 호남만이 겨우 한 모퉁이를 보전해서 군량의 수송과 군사의 징발이 모두 호남 한 도에 의지하니, 국가 부흥의 기틀이 참으로 여기에 달려 있다. 그런데 지금 서울이 급박하다 여겨 순찰사는 정예병을 거느리고 바닷길을 따라 올라갈 계획을 하고 있고, 병사(兵使)는 수만의 군대를 거느리고 이미 금강을 넘었으며, 두 의병장 역시 각각 근왕(勤王) 하려 이미 본도를 떠났다. 각 고을의 장졸들도 장차 나가기로 정해져서 남은 이가 몇 명 없으므로, 적이 들어오는 길목에 방비가 몹시 허술해져 호서의 적이 이미 본도의 경계를 침범하였다. 왜적에게 크게 패할 형세가 장차 이루어지려 하니, 극복할 희망은 어디를 믿어야 하는가? 국가의 일이 너무도 위태하니 실로 통곡할 만하다. 이때야말로 의사(義士)가 분발할 때인 것이다.[66]

임계영의 격문은 호남 수호의 중요성을 피력하는 것으로 시작된다. 경상도와 충청도가 이미 허물어져 전라도의 방위가 어느 때보다 중요한 시기이건만, 근왕과 서울의 방비를 위해 정예병들이 빠져나

---

66) 任啓英 等, 「檄列邑諸友文」. "嗚呼 國家所恃而無虞者三下道 而慶尙忠淸 旣已潰 裂 爲賊窟穴 獨此湖南 僅全一隅 軍粮歸輸 精卒徵發 皆倚一道 興復之機 實在于此 今者以王城爲急 巡察領精兵 有從海道上去之計 兵使領數萬兵 已越錦江 兩義亦各勤 王 已離本道 列邑將士 定將出去 所餘無幾 賊路咽喉 備禦極疏 湖西之賊 已犯境上 席卷之勢 將成 克復之望何恃 國家之事 岌岌乎誠可痛哭 此義士奮發之秋也"

가고 있으니 왜적의 침입이 눈앞에 닥쳤다고 한다. 군더더기 하나 없이 간결하고 구체적인 설명에서 긴박한 현재의 상황이 여실히 전달된다. 시국의 정황을 언급하는 다른 격문들에서는 주로 임금의 몽진과 백성의 고통을 화두로 삼아 조선 전역의 분위기를 전하고 있는데 비해, 이 글에서는 본도의 사정을 구체적으로 언급하여 급박하게 돌아가는 지역의 분위기가 실감시킨다.

③ 도덕적 의론 제시

아래는 조종도[趙宗道, 1537~1597] 등이 쓴 「모병통문(募兵通文)」의 모두(冒頭)이다.

> 임금의 병을 급선무로 여겨 오랑캐의 재앙을 물리치는 것은 충의(忠義) 가운데 첫 번째이고, 국가의 위기를 도모하느라 생사의 근심을 잊는 것은 정절(貞節)의 큰 것이다. 만물 가운데 신령하여 사람이 되고, 뭇 백성 가운데 빼어나 선비가 된다. 어째서 신령하다고 하는가? 사람은 군신(君臣)과 부자(父子)의 윤리를 알기 때문이다. 어째서 빼어나다고 하는가? 선비는 의(義)와 리(利), 향(向)과 배(背)의 분별을 알기 때문이다. …… (지금의 신자는) 쥐 같이 숨고 새처럼 엎드려서 거의 대다수가 임익(林翼)처럼 창을 버렸고, 애첩을 죽이고 말을 잡아먹어 장순(張巡)처럼 결사적으로 지킨 일은 들어보지 못했다. 이 어찌 신자(臣子)로서 차마 할 수 있는 일인가? 이는 실로 사람의 도리상 견디기 어려운 일이다. 200년 동안 길러준 보람이 어디에 있는가? 60개 고을의 충의가 쓸어낸 듯 없어졌다. 광야에서 통곡해도 돌아갈 곳이 없고, 밝은 해로 고개 들자니 면목이 없다. 부모가 병을 앓는데 어찌 목숨을 버리고 약을 쓰지 않는가?[67]

이 글은 생사를 잊고 오랑캐를 물리쳐 임금의 근심을 씻게 하고 국가를 위기에서 구제하는 충절을 강조하는 내용이다. 사람은 군신과 부자의 윤리를 알기에 만물 중 가장 영묘한 존재이고 선비는 의리(義利)·향배(向背)의 분별을 알기에 백성 중 가장 빼어난 존재라고 하면서, 사람과 선비로서 응당 충절을 바쳐야 하건만 그렇지 못한 시국에 분통을 터뜨린다. 그리고는 200년 동안 조선의 은혜를 입은 신하로서 떨쳐 일어나 장순(張巡)처럼 용맹하게 싸울 것을 제시한다. '부모가 병을 앓는데 어찌 목숨을 버리고 약을 쓰지 않는가?'라고 한 결미의 표현은 임금을 부모처럼 생각해야 하는 신자(臣子)로서의 도리를 농축한 한 마디이다. 이처럼 임진왜란기 격문의 일군에서는 군주와 국가에 대한 충성을 강조하는 도덕적 의론을 모두로 제시한다.

3) 억양(抑揚)의 기법 구사

격문이 소기의 목적을 달성하기 위해서는 훌륭한 설득의 기술이 요구되는데, 그중 하나가 바로 억양의 기법이다. 억양의 기법에 관해서는 일찍이 박지원이 「소단적치인(騷壇赤幟引)」에서 글쓰기를 병법에 비유하여 다음과 같이 언급한 바 있다.

글자는 비유하자면 병사이고 뜻은 비유하자면 장수이다. 제목은

---

67) 趙宗道 等, 「募兵通文」. "急君父之病 而攘夷狄之禍者義之先也 圖國家之危 而忘死生之患者貞之大也 靈萬物而爲人 秀齊氓而爲士 何謂靈 爲其知君臣父子之倫也 何謂秀 爲其識義利向背之分也 …… 鼠竄鳥伏 奉多林翼之投戈 殺妾食馬 未聞張巡之死守 此豈臣子之可忍 斯實人理之難堪 二百年之培養安在 六十州之忠義掃盡 哭大荒而無歸 擧白日而何顔 父母有疾 寧委命而不藥"

적국이고 전고(典故)는 전장의 보루이다. 자(字)를 묶어 구(句)를 만들고 구를 묶어 장(章)을 편성하는 것은 마치 대오를 이루어 행진하는 것과 같다. 운(韻)으로 소리 내고 문사(文詞)로 광을 내는 것은 마치 징과 북을 두드리고 깃발을 흔드는 것과 같다. 조응(照應)은 봉수대이고 비유는 유격병이다. 억양과 반복은 마치 살육전을 벌여 적을 무참히 죽이는 것과 같다.[68]

이 글의 비유를 풀어서 생각해보자. 장수의 지휘 아래 군졸이 대오를 이루는 것은 글자들이 작자의 뜻에 따라 배치되는 것과 같다. 적국이 장수를 움직여 토벌해야 하는 대상이 되듯 글의 제목은 작자가 문장을 기술하여 이루려는 최종의 목표이다. 징과 북을 두드리고 깃발을 흔들어 전쟁의 사기를 높이듯 문장에서는 평측과 압운을 이용하고 말을 현란하게 꾸밈으로써 문장의 기세를 고조시키고 분위기를 전환한다. 또 전쟁시 산봉우리의 봉수대가 서로 화답하듯 글의 앞뒤를 상응시켜 문장에 균형미를 부여하기도 한다. 전쟁에서 적진을 기습하는 유격병처럼 문장에서는 비유를 운용하여 예상치 못한 문장의 묘미를 느끼게 한다. 전쟁에서 적과 맞붙어 격렬히 난투극을 벌이는 것은 문장에서 억양과 반복을 구사하면서 드러내고자 하는 주제를 결국 전달하고야 마는 것과 같다.

'억양'은 박지원의 비유대로 '마치 살육전을 벌여 적을 무참히 죽이는' 전쟁의 실제 기술과 흡사하다. 전장에서 적과 맞붙어 몸소 육

---

68) 朴趾源, 『燕巖集』 卷1, 「騷壇赤幟引」. "字譬則士也 意譬則將也 題目者 敵國也 掌故者 戰場墟壘也 束字爲句 團句成章 猶隊伍行陣也 韻以聲之 詞以耀之 猶金鼓旌旗也 照應者 烽埈也 譬喻者 遊騎也 抑揚反復者 鏖戰撕殺也."

탄전을 벌이듯, 작자가 의도한 글의 주제와 목적을 선명하게 드러내기 위해서 억양이라는 본격적인 방식으로 논지를 전개시킨다. '억양'은 '억누르고[억(抑)] 드높인다[양(揚)]'는 말 그대로 인물이나 사건을 품평할 때 과실을 지적하여 내리누르고 칭찬하여 들어올리는 수사법의 일종이다. 사람의 마음을 움직여야 하기에, 상대를 추켜세우기도 하고 억누르기도 하며 상대의 마음을 뜻대로 들었다 놨다 하는 것이다.

임진왜란기 격문에 사용된 억양의 방식에는 다음 몇 가지 유형이 있다. 첫째, 상대의 잘못을 성토하여 비난한[억(抑)] 뒤 잘못을 뉘우치고 굴복하도록 격려하는[양(揚)] 방식이다. 이는 성토문에 주로 활용된다. 둘째, 상대를 도덕적 의무로 압박하고[억(抑)] 상대의 역량과 저력을 높이 평가함으로써 참여를 유도하는[양(揚)] 방식이다. 이 유형은 초유문이나 모군수문의 경우에 주로 활용된다. 이 두 가지 유형 모두 상대의 기세를 압박하는 강경한 언사와 상대의 의기를 붇돋우는 회유의 언사를 교차 적용한다.

여기서는 안희[安熹, 1551~1613]의 「격호남역당문(檄湖南逆黨文)」의 전개 방식을 살펴보겠다. 이 글은 대내 지향의 성토문으로서 왜적이 침입한 혼란 상황을 틈타 일어난 호남 도적들의 잘못을 성토하고 반성을 촉구하는 내용이다.

> 대개 들으니 위기에 임박해서 목숨을 바치는 것을 '순(順)'이라 하고, 때를 틈타서 요행을 바라는 것을 '역(逆)'이라 한다. 순한 이는 하늘이 돕고, 역한 자는 신(神)이 죽인다. 이치는 본래 해와 별보다 밝고, 일은 도깨비에게서 가리기 어렵다. 아! 너희들도 떳떳한 이 양심을 함께 가졌는데, 어찌 앞에서는 순하다가 뒤에서는 역한 것이

냐? 하물며 끓는 솥에 들어가는 물고기가 불난 집 들보에서 노는 제
비와 같은 신세임에랴![69]

위의 인용문은 역(逆)과 순(順)의 이치를 논하는 것으로 시작된다.
나라의 위기에 희생하는 것은 순(順)이고 위기를 틈타 자신의 이익을
도모하는 것은 역(逆)이다. 순은 편안하고 역은 위태롭다. 지금 상대
가 행하는 호남에서의 도적 행위는 역(逆)이며, 역의 이치상 위태로
운 결말로 끝맺게 되어 있다며 상대를 억압한다.[억(抑)] 왜적이 침입
한 상황에서 백성을 대상으로 도적질하고 있는 상대의 행태를 '끓는
솥에 들어가는 물고기'와 '불난 집 들보에 노는 제비'라고 비유해 위태
로운 형국을 비유하는 첫머리는 초입부터 가열차게 압박을 가한다.

반란을 일으킨 이유는 전쟁이 지속된 3년 동안 조선 전역이 농사
짓는 즐거움을 잃었고 전국이 개·돼지의 소굴이 되었기 때문이다.
부모가 어린아이를 보호하기 어렵고 손발이 절로 몸에서 떨어지기
에, 잠깐 황지(潢池)를 밟고 학철(涸轍) 밖으로 새어나가려 한 것이니,
그 상황이 가련할 뿐이지 마음이야 어찌 그러했겠느냐?[70]

역적들이 반란을 일으킨 이유는 오랜 전란으로 겪게 된 생활고와
고난에서 비롯된 것이지, 그들이 본래부터 악한 마음을 품었기 때문

---

69) 安喜, 「都元帥檄湖南逆黨文」. "蓋聞 臨危致命曰順 乘時僥倖曰逆 順惟天之所助
逆乃神之攸殛 理固昭於日星 事難掩於鬼魅 嗟嗟乎 渠輩 同秉彛之此心 豈豈前而後
逆 況鼎魚之入沸 是幕燕之待燃."

70) 전게서. "所以盜弄者 兵火三年 堯封失耕鑿之樂 禹服爲犬豕之窟 父母難保乎赤子
手足自離於心腹 暫蹈潢池之中 欲漏恢涸之外 情可矜也 心豈然乎."

은 아니라면서 관용의 뜻을 언뜻 내비친다. 반역의 죄를 혼란한 상황 탓으로 돌리면서 상대를 다소 격려한 것이다.[양(揚)] 모두에서 가한 강한 압박을 떠올려볼 때, 이 대목에서는 기세를 조금 누그러뜨려 상대를 회유하는 언사를 구사하고 있음을 짐작할 수 있다. 앞 단락에서 역(逆)·순(順)의 이치를 들어 상대를 압박하였다면, 여기서는 이해와 서용(恕容)의 아량을 내비치며 상대의 마음을 안심시킨다.

지금은 흉악한 왜적은 이미 거북처럼 움츠러드는 지경에 이르렀고, 나라의 형세는 날마다 용이 솟구치는 형세로 나아간다. 너희를 내버려두고 죄를 묻지 않은 것은 대개 마음을 바로잡을 방도를 허락한 것이며, 우선 너희를 내버려둔 것은 실로 면목을 고칠 때를 기다린 것이다. 그런데 여전히 조가현(朝歌縣)의 습속을 본받고 아직도 광릉(廣陵)의 길을 막고 있다. 이것은 실로 장강(張綱)을 만나지 못했기 때문이니, 어찌 꼭 우후(虞詡)를 기다릴 것이 있겠느냐? …… 항복을 받아줄 장막을 설치하여 바른 데로 돌아오는 사람을 기다리고, 개과천선의 문을 열어 깊은 골짜기에서 나오는 무리들을 받아주겠다. …… 역(逆)과 순(順)의 이치를 일찌감치 밝혀서 충의의 본성으로 속히 돌아오라. 너희의 소굴을 버리고 우리의 군문(軍門)으로 달려와, 전에 없던 치욕을 함께 씻어내고 세상에 드문 공훈을 더불어 세우자. 그러면 공신(功臣)을 길이 보전해준다는 산하대려(山河帶礪)의 맹세가 너희들의 거짓 약속과 견주어 어느 쪽이 낫겠으며, 조정에서 내리는 금장옥부(金章玉符)의 광영이 너희들의 거짓 관청과 견주어 어느 쪽이 낫겠느냐? 이에 재앙이 바뀌어 복이 되고 곧 위태함을 제거하고 편안함에 나아가게 되니, 이것이 최상책이다. (아니면) 차고 있던 칼을 풀어서 소를 사며 잡고 있던 활을 놓고 호미를 메고서,

너희의 옛집으로 돌아와 너희의 옛 생업에 편안히 종사하라. 그리하여 발해(渤海) 지역을 길이 안정시키고 영천(潁川) 지방을 소요시키지 말라. 그러면 황건적(黃巾賊)과 청독군(靑犢軍)이 다 성인의 백성이 되고 남은 목숨을 겨우 빌려 떠돌던 영혼들이 끝내 태평의 광영을 누리게 될 것이니, 이것이 차선책이다.[71)]

지금껏 상대를 벌하지 않고 내버려두었던 것은 도적들이 스스로 반성하고 선(善)으로 회귀하기를 바란 것이었다고 한다. 그런데 한(漢) 나라 광릉(廣陵)에서 일어난 도적을 설득해 항복을 받았던 장강(張綱) 같은 이가 없어 상대는 아직도 역당(逆黨)의 악행을 자행하고 있으니, 한 나라 조가현(朝歌縣)에서 도적을 평정한 우후(虞詡)처럼 상대를 평정해야 할 것인가 하고 묻는다. 스스로 투항하지 않으면 강제로 평정할 것이라 경고함으로써, 역당이 자발적으로 투항하도록 분위기를 조성하는 것이다. '개과천선의 문'과 '항복을 받아주는 장막'을 설치하여 상대의 투항을 적극 환영하는 뜻을 알리고, 이어 투항의 이로움을 역설한다. 가장 좋은 선택은 역당이 도(道)의 군대와 합세하여 왜적을 물리치는 것이다. 그렇게 되면 그들에게는 자손 대대로 이어질 명예와 관직이 따를 것이며, 이것이 전화위복의 계기

---

71) 전게서. "今則凶賊已至於龜縮 國勢日就於龍驤 置而不問 蓋許格心之路 姑爲舍是 實竢革面之期 尙效朝家之習 猶梗廣陵之道 此誠未遇乎張綱 何必有待於虞詡 …… 設受降之幕 以待歸正之人 開遷善之門 以受出幽之徒 …… 早明逆順之理 亟回忠義之性 捨爾蟒穴 趨我轅門 共雪無前之恥 竝樹不世之勳 則山河帶礪之誓 執與爾之僞約 金章玉符之榮 執與爾之僞署 斯轉禍而爲福 乃去危而就安 此則策之上也 解佩劍而買牛 釋操弓而荷鉏 還爾舊居 安爾舊業 永息渤海之界 毋擾潁川之境 則黃巾靑犢 盡爲聖人之氓 假氣遊魂 終享樂土之榮 此則策之次也."

가 될 것이라고 한다. 차선책은 반역의 행위를 중단하고, 귀향하여 본래의 생업에 충실하는 것이다. 고향으로 돌아가 본업에 충실하면 어지러운 지역의 소요가 없게 되고, 그러면 태평세월의 영화를 기리 누리게 될 것이라고 한다. 요컨대 투항의 이로움을 제시하고, 바른 이치로 밝은 미래를 맞이하는 길인 투항을 권유한 것이다.

혹시 그릇된 생각을 고집하고 깨닫지 못하며 처벌을 두려워하여 항복하지 않아서, 사람을 죽이고 재물을 빼앗아 많은 사람의 원한을 사는 죄악을 더 행하고, 산돼지나 긴 뱀처럼 끊임없이 먹어대는 악독함을 자행한다면 …… 나는 마땅히 용감한 군졸을 거느리고 날랜 군사를 몰아서, 특별히 수배한 자의 포획은 잠깐 늦추고 무리가 함께 이룬 죄를 먼저 물을 것이다. 그러면 태산이 새알을 누르는 듯하니 살아남을 새가 누가 있겠으며, 불이 언덕을 태우는 듯하니 박출(撲朮)의 이치는 바라기 어려울 것이다. 비록 황소(黃巢)와 흑달(黑闥)의 죽음을 면하려 한들 할 수 있겠는가? 이것을 일러 속수무책이라고 하니 구제할 수가 없는 것이다.

아! 지금 이 왜적의 변란은 옛날에는 없던 것으로, 위로는 종묘사직의 애통함이 되고 아래로는 가문의 참혹함이 된다. 너희 가운데 부형을 칼로 죽이고 처자식을 욕보이며, 집안 대대로 내려온 가업을 분탕시키고 백 년의 터전을 잿더미로 만든 자가 어찌 없겠느냐? 생각이 여기에 이르니 나도 모르게 이가 갈린다. 너희는 어찌 동지들을 모아서 공사(公私) 간의 분원(忿怨)을 씻지 않고, 도리어 걸(桀)의 개가 요(堯)를 보고 짖는 듯이 하고, 나는 나비가 등불에 덤벼들듯이 하는 것이냐? 자식이 되어서 부형의 원수를 잊고 신하가 되어서 임금의 은혜를 배반하고서도 오히려 하늘을 바라볼 낯짝이 있고 땅을 밟을 발이 있단 말이냐?[72]

　설득과 회유로 일관되던 분위기는 위의 단락에 이르러 억압과 분노의 분위기로 전환된다. 안희는 항복하지 않고 악행을 계속 자행한다면 군사를 이끌고 무력으로 제압할 것이라고 역적들에게 경고한다. 자신들의 기세는 '태산이 새알을 누르는 듯'하고 '불이 언덕을 태우는 듯'하여 역적들과는 비교가 되지 않으니, 아마 역적들은 깨끗이 소탕되어 당 나라 농민 반란의 주도자 황소(黃巢)와 당 태종(唐太宗) 때의 도적 흑달(黑闥)처럼 참혹한 죽음을 면치 못할 것이라 으름장을 놓는다. 그러면서 왜적의 침입으로 인해 참담해진 종묘사직과 가정의 상황을 개탄하면서, 그런 상황에 일조한 역당에 대한 적개심을 직접적으로 표출한다. 왜적을 제쳐두고 동족을 해치는 행위의 부당성에 대해 힐책하고, 군신의 도리·부자의 도리·인민의 도리 등 도덕적 윤리로써 압박을 가한다. 이처럼 위의 내용은 억압과 경고로 점철되어, 앞 단락에서 보인 회유의 언사와는 다르게 역적들을 내리누르는 강경한 언사를 일관되게 구사한다.

　　나의 격문을 보고 응당 눈물을 흘리는 이가 있을 것이다. 응당 신

---

72) 전게서. "其或 執迷不悟 畏罪不降 殺越人于貨 益售衆慝之惡 爲封豕長蛇 妄肆荐食之毒 …… 余當率熊羆之卒 驅虎豹之士 聊緩兀求之擒 先問曺成之罪 則如山壓卵 孰有噍類之遺 若火燎原 難望撲尤之理 雖欲 免黃巢之首 鉏黑闥之萊 其可得乎 是謂無策 不可救也 嗚呼 今玆賊變 振古所無 上而宗社之痛 下而門庭之慘 於爾之中 豈無父兄觸刃 妻子汚辱 蕩家世之業 灰百年之基者乎 思之至此 不覺切齒 爾何不合同志之士洗公私之憤 而顧乃桀犬吠堯 飛蛾撲燈 爲子弟昧父兄之讎 爲人臣背君父之恩 猶且有顏戴天 有足履地乎"

속히 이전의 행적을 고쳐야 하니, 어찌 좋은 계책을 따르기를 도모하지 않느냐? 더구나 시기를 놓쳐서는 안 되니, 기회는 다시 만나기 어렵다. …… 만일 바라보기만 하면서 주저 앉아 시일을 끈다면 사람들이 너희 살을 베어내기를 생각하고 너희 살을 먹으려고 할 것이니, 오합지졸 같은 너희의 형세로 어찌 오래도록 천벌을 면할 수 있겠느냐? …… 이에 단거(單車)의 효유(曉諭)를 잠깐 멈추고 짧은 지면의 통문을 돌리니, 어찌 너희가 저지른 옛날의 잘못을 생각한 것이겠느냐? 후회할 일을 하지 말기 바란다.73)

위의 인용문은 이 글의 말미이다. 자신의 격문을 보고 회개하는 사람이 분명 있을 것이니, 어서 역(逆)에서 순(順)으로 돌아가 목숨을 보전하는 좋은 계책을 이루라 한다. 기회는 다시 오기 어려우니 지금의 때를 놓쳐서는 안 된다고 재차 강조하면서, 만약 회개하지 않고 계속 악행을 자행하면 사람과 하늘의 주벌을 받아 죽음을 면치 못할 것이라는 경고도 잊지 않는다. 안희의 격문은 압박과 격려 그리고 회유와 강경의 언사가 빠르게 전환·반복되다가 말미에 강한 압박으로 쐐기를 박음으로써 끝을 맺는다.

이처럼 격문에서는 억양의 수사가 내용 전개의 중요한 기법으로 작용하였으니, 격문의 곳곳에 서린 현란한 언사 및 어조와 분위기의 급격한 전환은 독자의 마음에 긴장과 이완을 교차시킴으로써 격정을 유도한다.

---

73) 전게서. "見余之檄 應有流淚 宜速改於前轍 盍勉從乎良圖 而況時不可失 機難再會 …… 如其觀望坐致遷延 則人思臠汝之肉 衆欲食汝之肌 爾之烏合蟻聚之勢 其能久逭 天誅乎 …… 肆停單車之論 先通尺紙之文 豈念爾之舊惡 庶毋作乎後悔"

V
임진왜란기 격문의 가치

임진왜란기 격문이 지니는 가치는 다음과 같다.

첫째, 전쟁 사료(戰爭史料)로서의 가치가 있다. 격문의 내용을 통해서 임진왜란의 전개 상황과 대응 과정에 대한 객관적인 정보를 얻을 수 있다. 격문에는 작자·발송인·날짜 등이 명시되어 있는 경우가 많고 군사 상황을 특정인에게 전달하거나 대중에게 널리 알리는 내용이 많기 때문에 시간의 흐름에 따른 전쟁의 추이를 구체적으로 알 수 있다는 특성이 있다. 또 당시 조선인들의 상황과 전쟁의 참상을 격문 속 묘사를 통해 짐작해볼 수도 있다. 이처럼 격문에는 전쟁의 경험과 분위기와 녹아 있어 독자로 하여금 생생한 현장감을 느끼게 하는 사료로서의 가치가 높다.

둘째, 민족의식의 발아를 보여준다. 외세의 침입으로부터 국가를 수호하기 위해 민족의 단합과 결속은 필수적인 일이었으니, 이때 결속을 선전하고 주선하는 매개가 된 것이 바로 이 격문이다. 조선인의 민족의식은 민족 간의 관계를 위계적 구조로 파악하였다는 점에서 엄연히 한계를 지니지만, 그것은 민족의 단합과 항쟁을 유도하는 데 효과적인 설득의 기제를 제공하였다. 외부와의 대결을 위한 내부 결속의 구심점이 바로 민족의식이었던 것이다.

셋째, 현대인에게 감동을 주고 자성(自省)의 기회를 제공할 수 있는 문학으로서의 가치가 높다. 전쟁은 지나갔으나 전쟁의 기록은 여전히 남아 위기에 대응한 인간의 노력과 저력을 여실히 보여준다. 이전에는 관료를 중심으로 작성되던 격문이 임진왜란을 기점으로 재야 지식인의 손에서 많이 제작되면서, 참전과 협력을 유도하는 호소성 강한 일군의 격문이 작성되었다. 이에 격문은 연대와 협력의 중요성을 환기시키는 계기를 제공하며, 격문의 내용과 표현의 호소성은 독자에게 큰 울림을 줄 수 있다. 또한 격문은 전쟁 기록으로서 현대인에게 국가·민족·전쟁·평화 등에 대한 사색의 기회를 마련할 것이며, 이를 통해 현대인은 좀더 거시적인 안목으로 인간과 사회의 본질을 진단할 수 있을 것이다.

주지하듯 한반도에서는 이제까지 무수히 많은 전쟁의 시련을 겪어 왔다. 전쟁은 격문의 제작 환경을 제공하므로, 한반도 전쟁의 역사는 한반도 격문의 역사라 해도 과언이 아니다. 역사의 유구한 흐름 속에서 수많은 전쟁이 치러졌지만, 그 중에서도 임진왜란은 특별한 의미를 지닌 전쟁이었다. 임진왜란을 즈음하여 조선의 절대 왕권 체제는 취약성을 드러냈고, 그로 인해 피지배계층의 자아 각성에 단초를 제공했다. 임진왜란의 대응이 위에서가 아니라 아래에서부터 이루어짐으로써, 격문의 작자층은 관료가 아닌 일반 사대부층으로 그 저변을 넓혔다. 그리고 일반 사대부들의 격문에 힘입어 피지배층은 '의병'이라는 국난 극복의 주체 세력으로 급부상하게 되었으니, 임진왜란 이후에 활발하게 제작된 격문에는 이러한 피지배층의 변화된 인식의 양상과 저력이 고스란히 담겨 있다.

Ⅵ
결론

격문은 전쟁이라는 국가적 위기에 직면하여 상대를 빠르게 격동시키기 위해 작성하는 글이다. 그리고 격동과 분기의 목적을 달성하기 위해서는 호소력 짙은 내용과 효율적인 표현이 요구되니, 군사적 상황을 정확하게 전달하고 공감과 격발을 절실하게 일으키기 위해서 문학적 장치를 수반할 필요가 있는 것이다. 이러한 점에서 격문은 실용문인 동시에 문학문이다. 이 책은 문학문으로서의 성격에 집중하여, 격문의 내용과 표현 및 구성의 특성을 두루 살펴보고자 하였다. 연구 자료는 조경남의 『난중잡록』에 실린 격문 52편과 각종 문집류에 실린 격문 34편을 합한 격문 86편을 바탕하였다.

본론의 내용을 요약하면 다음과 같다.

격문은 전통적 문체 분류 방식에서 '격이(檄移)' 혹은 '격이체(檄移體)'로 불리운다. '격(檄)'과 '이(移)'는 모두 전쟁시에 군사적 목적으로 작성되는 글이지만, 외부의 적을 대상으로 성토의 목적이나 전쟁의 명분을 유시(諭示)하는 것은 '격'이고 내부 신민을 대상으로 민풍(民風)을 바꾸어 전쟁에 참여케 하는 것은 '이'라는 점에서 대별된다. 그러나 일반적으로 '격'과 '이'는 '격'으로 통칭된다.

초기의 격문은 '전쟁의 명분 확보'를 위한 아군에의 맹세에서 시작되었다. 춘추 전국 시대 제후가 주(周) 나라 천자의 윤허 없이 군사를 내면서 전쟁의 명분을 포고(布告)함으로써 군사들의 사기를 북돋았던 것이다. '격(檄)'이라는 명칭이 처음 등장하는 것은 사마천의『사기』「장의열전」에서이다. 격문은 본래 실제 전쟁시 발행되는 군용 문서이지만 이후 사마상여의 「유파촉격(喻巴蜀檄)」와 같이 전쟁 상황을 가탁하여 쓰이기도 하였다.

격문의 내용과 표현 요건은 유협의『문심조룡』「격이」에서 도출해낼 수 있다. 격문은 내용 요소로 (a) '아군의 휴명(休明)'과 '적군의 가학(苛虐)' (b) '하늘의 시운(時運)'과 '인사(人事)의 작용' (c) '강약의 계산'과 '세력의 비교' (d) '미래의 조짐'과 '역사의 교훈' 의 4가지 항목을 활용할 수 있다. 그리고 표현 요건으로 (ㄱ) 주장과 사설의 강건성 (ㄴ) 문장의 긴장성 (ㄷ) 표현의 명확성 (ㄹ) 문장의 논리성 (ㅁ) 문장의 간결성의 5가지 요건을 충족할수록 효과적인 전달을 꾀할 수 있다.

임진왜란기 격문을 주제에 따라 분류하면 대내외의 적을 성토하는 내용의 성토문(聲討文)·군사를 불러모으는 내용의 초유문(招諭文)·군수에 필요한 물자를 모집하는 내용의 모군수문(募軍需文)·여타의 군사적 내용의 기타 등으로 유형화할 수 있다. 임진왜란 초반에는 군사 모집을 주제로 하는 격문이 주로 지어졌으며, 전쟁이 장기화될수록 군량과 군수품을 모집하는 격문이 많이 제작되었다.

임진왜란기 격문의 내용상 특징은 네 가지로 요약되니, 이는 곧 선동의 전략이다. 그것은 첫째 비분강개를 토로하고 왜적에 대한 적개심을 고취시킨다는 점, 둘째 충효 사상과 근왕 정신을 강조한다는 점, 셋째 민족 단합과 양이의 의지를 격발시킨다는 점, 넷째 올바른 행동 전범을 제시한다는 점이다. 임진왜란기 격문의 형식적 특성은 세 가지이니, 이는 곧 설득의 수사이다. 그것은 첫째 변려체와 고문체 양식을 활용하여 글의 내용 전달에 주력한다는 점, 둘째 강렬한 모두(冒頭)를 배치시켜 강한 인상을 준다는 점, 셋째 억양의 기법을 구사하여 상대를 설득시킨다는 점이다.

　임진왜란기 격문의 가장 큰 의의는 이전에는 주로 관료들에게 향유되던 격문이 의병으로 나선 지방의 사대부들에 의해 제작되면서 향유층의 저변이 확대되었다는 점이다. 계속되는 전란 상황으로 일반 민들의 주체적 활동이 요구되면서, 격문은 피지배층의 인식 변화를 주도하고 반영하면서 발전하였다.

　비록 미흡한 내용이지만 이 책에 정리된 임진왜란기 격문 자료와 연구 내용이 이후에 진행될 유관 연구의 편의를 돕고, 제작시기·지역·작자 등 제반 요소를 기준으로 좀더 구체적이고 심층적인 격문 연구가 이루어질 수 있게 되기를 기대한다. 또한 후속 연구를 통하여 보다 폭넓은 자료가 확보되어, 이를 토대로 전쟁기 한문학의 양상에 대한 전체적 조망이 이루어질 수 있기를 바란다.

참고문헌

【원전】

강항(姜沆), 『간양록(看羊錄)』.

고경명(高敬命), 『제봉집(霽峰集)』.

고경명(高敬命) 외, 『정기록(正氣錄)』.

곽재우(郭再祐), 『망우집(忘憂集)』.

김득복(金得福), 『동엄실기(東广實記)』.

김륵(金玏), 『백암집(栢巖集)』.

김면(金沔), 『송암유고(松庵遺稿)』.

김성일(金誠一), 『학봉집(鶴峰集)』.

김용(金涌), 『운천집(雲川集)』.

김천일(金千鎰), 『건재집(健齋集)』.

박춘무(朴春茂), 『화천당집(花遷堂集)』.

서사원(徐思遠), 『낙재집(樂齋集)』.

_____, 『낙재선생일기(樂齋先生日記)』.

양대박(梁大樸), 『청계집(靑溪集)』.

유성룡(柳成龍), 『징비록(懲毖錄)』.

이노(李魯), 『송암집(松巖集)』.

이숙량(李叔樑), 『매암집(梅岩集)』.

이순신(李舜臣), 『충무공전서(忠武公全書)』.

이시발(李時發), 『벽오유고(碧梧遺稿)』.

이정(李瀞), 『모촌집(茅村集)』.

정경세(鄭經世), 『우복집(愚伏集)』.

조경남(趙慶男), 『난중잡록(亂中雜錄)』.

조종도(趙宗道), 『대소헌일고(大笑軒逸稿)』.

조헌(趙憲), 『중봉집(重峰集)』.

최립(崔岦), 『간이집(簡易集)』.

황신(黃愼), 『추포집(秋浦集)』.

『호남지방 임진왜란 사료집』, 전라남도 사료편찬위원회, 1995.

서사증(徐師曾), 『문체명변(文體明辯)』.

유협(劉勰), 『문심조룡(文心雕龍)』.

【저서】

국립진주박물관, 『(임진왜란사학술총서1)고경명의 의병운동』, 2008.

김태준 외, 『임진왜란과 한국문학』, 민음사, 1992.

김명준, 『임진왜란과 김성일』, 백산서당, 2006.

송정현, 『조선 사회와 임진의병 연구』, 학연문화사, 1998.

송찬섭·안태정 엮음, 『한국의 격문』, 다른생각, 2007.

심경호, 『한문 산문의 미학』, 고려대학교출판부, 1998.

오 만, 장원철 역, 국립진주박물관 편, 『프로이스의 ≪일본사≫를 통해 다
　　　　　시 보는 임진왜란과 도요토미 히데요시』, 부키, 2003.

오세영, 『문학과 그 이해』, 국학자료원, 2003.

이기윤, 『한국전쟁문학론』, 오명, 1999.

이석린, 『의병장 박춘무 일가의 삼대창의록』, 청주향교, 2005.

이이화, 『(한국사이야기11)조선과 일본의 7년 전쟁』, 한길사, 2000.

이장희, 『(개정판)곽재우 연구』, 한국학술정보, 2005.

임진왜란호국영남충의단보존회, 『임진영남의병사』, 보문사, 2001.

장경남, 『임진왜란의 문학적 형상화』, 아세아문화사, 2000.

전수병·김갑동, 『주제별로 본 한국역사』, 서경문화사, 1998.

정요일, 『한문학비평론』, 집문당, 1990.

정요일 외 2인, 『고전비평용어연구』, 태학사, 1998.

정재호 외 13인, 『한국문학개론』, 경인문화사, 1996.

＿＿＿＿＿＿＿, 『임진왜란과 한국문학』, 민음사, 1992.

정홍교·박종원, 『조선문학개관(上)』, 백의, 1988.

정홍준, 『한국 역사 속의 전쟁』, 청년사, 1977.

조동일, 『한국문학통사』 3, 지식산업사, 1994.

조원래, 『임진왜란과 호남지방의 의병항쟁』, 아세아문화사, 2003.

조헌, 간행위원회 편, 『불멸의 중봉 조헌 Ⅰ』, 전남문화원, 2004.

진필상 저, 심경호 역, 『한문문체론』, 이회, 2001.

최승희, 『한국고문서연구』, 한국정신문화연구원, 1979.

최영희, 『임진왜란』, 세종대왕기념사업회, 1974.

최효식, 『임진왜란기 경상좌도의 의병항쟁』, 국학자료원, 2004.

카알 폰 클라우제비츠 저, 김만수 역, 『전쟁론』, 갈무리, 2019.

한명기, 『임진왜란과 한중관계』, 역사비평사, 1999.

황패강 외 3인 편, 『한국문학연구입문』, 지식산업사, 1996.

저빈걸(褚斌杰), 『중국고대문체개론』, 북경대출판사, 1990.

진필상(陳必祥), 『고대산문문체개론』, 문사철출판사, 1987.

【논문】

강민구, 「낙재(樂齋)의 구국 항쟁과 강학 활동」, 『동방한문학』 34, 동방한문학회, 2008.

곽호제, 「임진왜란기 호서의병 연구」, 충남대학교 박사학위논문, 1999.

권진숙, 「격황소서」, 『한국문학연구』 2, 한국문학연구소, 1985.

김광섭, 「17~18세기 '려문선집(儷文選集)'류의 편찬 양상과 그 영향에 대하여」, 『어문논집』 54, 민족어문학회, 2006.

김석구, 「한국전쟁 문학론 서설」, 『논문집』 1, 군산교육대학교, 1967.

김영숙, 「영남 의병 관련 임진왜란 격문의 실상과 의의」, 『동방한문학』 18, 동방한문학회, 2000.

김정미, 「조선조 격문 연구 ; 임진왜란기를 중심으로」, 충남대학교 석사학위논문, 2002.

김중렬, 「최고운의 〈격황소서〉 연구」, 『동양고전연구』 3, 동양고전학회, 1994.

김태진, 「전쟁문학연구」, 『용봉논총』 2, 전남대학교 인문과학연구소, 1973.

김혈조, 「최치원의 〈격황소서〉에 대한 일고」, 『동아인문학』 9, 동아인문학회, 2006.

노장시, 「구양수의 고문 창작론」, 『논문집』 10, 경주전문대학, 1996.

박영호, 「계곡 문학론 연구」, 경북대학교 석사학위논문, 1983.

박우훈, 「변려문 연구의 현황」, 『대동한문학』 28, 대동한문학회, 2008.

_____, 「변문집 연구서설」, 『어문연구』 23, 어문연구학회, 1992.

_____, 「조선 후기 변문의 두 흐름」, 『논문집』 19, 충남대인문과학연구소, 1992.

_____, 「한국의 변문집 연구」, 『국어국문학』 114, 국어국문학회, 1995.

_____, 「한·중의 반변려문관(反騈儷文觀)」, 『논문집』 19, 충남대인문과학연구
　　　소, 1992.

서수생, 「동국문종 최고운의 문학(下)」, 『어문학』 2, 한국어문학회, 1958.

송병철, 「전쟁과 문학」, 『군사논단』 3, 1995.

심경호, 「한문산문 수사법과 현대적 글쓰기」, 『작문연구』 5, 한국작문학회, 2007.

오세영, 「한국전쟁문학론 연구」, 『인문논총』 28, 서울대학교 인문과학연구소.

오영식, 「한국전쟁문학론」, 경희대학교 석사학위논문, 1974.

우준호, 「중국 산문의 체재변천에 관한 연구」, 『중국학논총』 7, 한국중국문화학회,
　　　1998.

유인희, 「임·병 양란기 전쟁문학 연구」, 숙명여자대학교 석사학위논문, 2008.

윤상림, 「익재 이제현 시, 문의 서술방식 연구」, 이화여자대학교 박사학위논문,
　　　2002.

윤호진, 「고문의 범주 시론」, 『중국어문학』 16, 영남중국어문학회, 1989.

은무일, 「변려문체의 이해」, 『전북인문』 2, 전북대학교 학도호국단, 1981.

_____, 「변문의 특성과 흥쇠소고」, 『원광한문학』 2, 원광한문학회, 1985.

이동근, 「임진왜란과 문학적 대응」, 『관악어문연구』 20, 서울대학교 국어국문학
　　　과, 1995.

_____, 「임진왜란전쟁문학연구-문학에 반영된 응전의식을 중심으로-」, 서울대
　　　학교 석사학위논문, 1983.

이영휘, 「나·려대 변려문 연구」, 충남대학교 석사학위논문, 1990.

_____, 「조선조 변려문 연구」, 충남대학교 박사학위논문, 1994.

이창식, 「의병문학의 전개와 성격」, 『동국어문학』 7, 동국어문학회, 1995.

이현종, 「의병 격문을 통해 본 외침 극복의 정신」, 『고시연구』 62, 1979.

이홍진, 「남북조변문고」, 『경대논문집』 35, 경북대학교, 1983.

장미경, 「선조조(宣祖朝) 전쟁체험 한시 연구 ; 윤두수·정문부·권필·정희득을
　　　중심으로」, 고려대학교 박사학위논문, 2003.

장영희, 「≪난중잡록(亂中雜錄)≫의 형성 과정과 인물 서사의 양상」, 성균관대학교
　　　박사학위논문, 2004.

정봉래, 「전쟁문학론」, 『비평문학』 5, 한국비평문학회, 1991.

정의영, 「조선후기 가사에 나타난 현실인식 연구」, 경산대학교 석사학위논문, 1995.

조병락, 「전쟁문학의 개념규정에 관한 연구」, 『육사논문집』 3, 1965.

최영희, 「임진왜란 중의 사회동태에 관한 연구-의병을 중심으로-」, 단국대학교 박사학위논문, 1975.

팽철호, 「≪문심조룡≫ 〈여사(麗辭)〉편의 주지(主旨)」, 『작문연구』 5, 한국작문학회, 2003.

한명기, 「임진왜란시기 '재조지은'의 형성과 그 의미」, 『동양학』 29, 동양학연구소, 1999.

_____, 「임진왜란과 명나라 군대」, 『역사비평』 1, 역사문제연구소, 2001.

이장휘, 「≪문심조룡≫ 문체론 연구」, 산동대학교 박사학위논문, 2001.

문 헌 · 작 품

인 명 · 개 념

【부록】

임진왜란기 격문 목차

◆

임진왜란기 격문 원문

〔부록 1〕
임진왜란기 격문 목차
(작자 이름 가나다 순)

〈ㄱ〉

『간양록(看羊錄)』
포로들에게 알리는 격문

고부인격
告俘人檄

강항姜沆

嗟我一介未亡之人　告爾同盟有志之士　哀此流離瑣尾之屬　盡出
文明鄒魯之鄕　術序學校家塾黨庠之中　盡是生於斯長於斯者　禹湯
文武周公孔子之道　莫不見而知聞而知之　內夏外夷之分熟口順耳
尊君親上之志暢外彌中　矧國恩之已深　在人心而不泯　自乃祖乃父
以上　親逢六七作聖君　於若子若孫之身　更承三十年之恩育　蓋二百
歲之久　雖千萬世可忘　豈意我生之多艱　逢此國運之不幸　豐亨豫大
之欲未　泰往否來之交承　物衆地大孼芽其間　旣見逆賊之煽禍　文恬
武嬉兵革不用　竟致戎馬之生郊　顧玆漆齒之陋邦　實是橫目之異類
禹迹之所未訖　周軌之所不同　顔師古今載華夷圖　柳宗元亦遺風土
記　僭稱日出底天子　竊據海外之地方　置君如奕棋　亂臣賊子接迹於
後世　視人若草芥　薄物細故並駈於淫刑　賊魁秀吉　豺狼禍心　蜑蠹醜
種　依夆牽之舊主　旣作桃蟲之拚飛　抗螳螂之大車　敢注射日之毒矢
犬馬之心不若　溪壑之求無饜　乘我家百年昇平　白丁不習兵革　幸我
家累歲飢饉　蒼生多轉街衢　先擧侵沆徂共之師　敢爲減虢取虞之計
雞豚狗彘靡有孑遺　草木昆蟲並被荼毒　蓋以國家之讐言之　則焚燒

我社稷 汚穢我郊畿 夷我左城右平 據我南宮北內 九重城闕忍見三
月紅 十世園陵終盜一壞土 兵符黃石老 幾作戰場之冤魂 玉子白衣
行 久詠旄丘之泥露 爲臣子不忍言之痛 有血氣者孰無是心 以一身
之讎言之 則燒夷我家廟 撥掘我先塋 劫掠其耄倪 係累其子弟 劍下
橫分 盡顧我復我之遺體 槊上盤舞 皆婉兮孌兮之孩兒 鳳凰枝頭 罔
保死生之成說 鶺鴒原上 不堪兄弟之急難 人倫之禍 有如是焉 骨肉
之情 烏可已也 其免於殺戮者 又從而生致之 崔盧王謝之兒 半屬讎
人之役 欒郤范韓之女 盡作胡家之婢 秀眄疎眉 已壞宣和裝束 裒衣
博帶 不復漢官威儀 或效衛輒之夷言 或剪仲雍之吳髮 或滯三年之
燕獄 或悲四座之楚囚 冤號徹天 正氣掃地 我罔爲臣僕 宜念宋微子
之徽言 死則葬蠻夷 豈忍李少卿之胡鬼 矧故鄉之可念 乃常物之大
情 蜀禽催歸越鳥巢南 羽族乃爾 水狐首丘代馬依北 走獸猶然 我體
仁之人 豈無反本之志 彼岵彼屺 須憶父母之瞻望 某水某丘 盍記童
子所釣遊 冷雨殘烟 孰非傷心之色 鳴鷄吠犬 盡作斷腸之聲 宿草先
塋 誰薦一盂之麥飯 喬木荒閭 缺入三年之禾黍 是用依依 焉能鬱鬱
涼秋塞外 不堪吟嘯之成群 暮春江南 遐想雜花之滿樹 嗟我流離瑣
尾之屬 孰無哀痛憤惋之心 若余者 江南舊族 魯中諸生 結髮誦六經
粗識君臣之大義 應制獻三策 早依日月之末光 毫髮盡是國恩 頂踵
皆歸天造 四年之內 六品之官 國耳忘君耳忘 不憚握蛇騎虎 生所欲
義所欲 自分捨魚取熊 補天之力雖微 擎日之誠常切 不意中流之擊
楫 遽成五坡之就擒 片時儵生 豈容鴻毛之顧惜 八日不食 猶恨一息
之尙存 顧不死欲將以有爲 而殺身未足以減恥 伏匕首於橋下 期復
趙孟之讎 奉鐵椎於沙中 誓雪張良之憤 呼秦敗於陣後 擬逐襄陽刺
史之來歸 乞夏師於關西 願效鄜延副將之壯志 此其素所蓄積 堪可
質諸鬼神 況趙璧之猶完 而漢節之尙在 羝羊不乳 可作十九年之蘇

卿 馬畜彌山 豈忍數萬衆之衛律 常思白首歸國 遠愧黑頭還家 命如
雞豚 身非木石 指靑丘於海外 山川渺然 望白雲於天涯 方寸亂矣 誦
奉天哀痛之詔 猶在耳汪洋 望晉陽龍鳳之姿 不違顔咫尺 問天矯首
擊地奮拳 幸義勝之謀成 而人衆之力濟 有錢可使鬼 東海豈患無梁
通波非難圖 西風想必借力 使船如使馬 豈無其人 擒賊先擒王 亦非
難事 爲呂氏右袒 誰昧逆順之分 微管仲左衽 共厲尊攘之志 幸無遠
托異國 皆念義重三生 成敗由天 縱未逆覩 精誠貫日 定有功成 吾無
二言 爾可一力 嗚呼 武王以仁而伐暴 伯夷猶餓西山 嬴秦棄禮而上
功 仲連欲蹈東海 葵藿猶傾白日 可以人而不如草乎 吉了不入蠻山
恥用夏而變於夷者 詞不盡意 檄到如章

『난중잡록(亂中雜錄)』 권1 【1592년】
도내(道內)의 부로(父老)와 군민(軍民) 등에게 알리는 통문

통유도내부로군민등사
通諭道內父老軍民等事

고경명高敬命

令羅道都巡察使 爲通諭道內父老軍民等事 嗚呼 最爾倭賊 毒鍾
蜂蠆 性毓蛇虺 陰懷猾夏之心 敢肆跳梁之患 陷城池數十餘處 屠士
卒幾千萬人 恇怯守臣 聞聲而鼠竄 愚駭群姓 望風而波奔 嶺南山河
盡入豺虎之窟穴 湖西草木 半染犬羊之腥膻 石勒之寇 直向神州 宗
社之羞 罔極 沒喝之師 將次河上 廟堂之憂 無窮 言念及此 欲寐無
覺 宵旰下哀痛之詔 嶽瀆展祈禱之誠 惟我率土之濱 凡在含血之類
所當腐心扼腕 孰不奮拳揮戈 脣亡齒寒 雖失輔車之勢 主辱臣死 宜
盡勤王之忠 惟我忍戴不共之天 冀雪無前之恥 雲飛之猛將如虎 鶻
擊之勇士若林 祖士雅 誓淸中原 肝膽如斗 張叔夜 入援京洛 涕淚懸
河 虎旅龍旌 當掃燕巢於幕上 蛇矛月戟 期剪魚戲於鼎中 惟爾湖南
素稱禮義之鄕 實是人材之府 咸售疾風之勁草 共作板蕩之忠臣 念
我二百年休養之恩 一乃億萬人慷慨之志 親上死長 仗大義而先登
斬將搴旗 使隻輪之不返 豈特冲甲以匹夫擧義勤王 削平大亂 功高
一代 抑亦車達 臨難粮之 車達以車運 私粮以瞻軍 事定 賜名車達
錄勳 澤流耳孫 勉以身許國家 期抗節而效死 無以賊遺君父 誓竭力
而捐生 檄到 各勉以忠義 倡率壯夫 晝夜馳來者

『정기록(正氣錄)』[1] 【1592년 6월 1일】
도내(道內)에 보내는 격문

격도내서(1)
檄道內書(一)

고경명高敬命

萬曆二十年六月一日 折衝將軍行副護軍高敬命 馳告于道內列邑
士庶等 玆者本道勤王之師 一潰於錦江返旆之日 再潰於列郡招諭之
時 蓋緣控禦乖方 紀律蕩然 訛言屢騰 衆心驚疑 今雖收拾散亡之餘
而士氣摧沮 精銳銷頓 其何以應緩急之用 責桑楡之效乎 每念乘輿
播越 官守之奔問久曠 宗社灰燼 王師之肅淸尙稽 興言及此 痛徹心
膂 惟我本道 素稱士馬精强 聖祖荒山之捷 有再造三韓之功 先朝朗
州之戰 有片帆不返之謠 至今赫赫照人耳目 于時 賈勇先登 斬將搴
旗者 豈非此道之人乎 況近歲以來 儒道大興 人皆勵志爲學 事君大
義 其孰不講 獨至今日 義聲消薄 恇擾自潰 曾無一人出氣力 思與賊
交鋒 而競爲全軀保妻子之計 捧頭鼠竄 惟恐或後 斯則本道之人 不
唯深負國家之恩 而抑亦忝厥祖矣 今則賊勢大挫 王靈日張 此正大丈
夫立功名之會 而報君父之秋也 敬命章句迂儒 學昧韜鈐 屬玆登壇
妄推爲將 恐不能收士卒已散之心 爲二三同志之羞 灑血戎行 庶幾少
答主恩 今月十一日 是惟師期 凡我道內之人 父詔其子 兄勖其弟 糾
合義旅 與之偕作 願速決而從善 毋執迷而自誤 故慈忠告 檄到如章

『제봉집 유집(霽峯集遺集)』[2] 【1592년】
여러 도(道)에 보낸 격문

격제도서
檄諸道書
고경명高敬命

萬曆二十年六月日　全羅道義兵將折衝將軍行義興衛副護軍知製
教高敬命　謹馳告于諸道守宰及士民軍人等　頃緣國運中否　島夷外
猘　始效逆亮之渝盟　終逞勾吳之荐食　乘我不戒　擣虛長驅　謂天可欺
肆意直上　秉將鉞者　徘徊岐路　纍郡印者　投竄林幽　以賊虜遺君親　是
可忍也　使至尊憂社稷　於汝安乎　是何百年休養之生民　曾無一介義
氣之男子　孤軍深入女眞　本不知兵　中行未筈大漢　自是無策　長江遽
失其天塹　虜騎已薄於神京　南朝無人之譏　誠可痛矣　北軍飛渡之語
不幸近之　肆我聖上　以大王去邠之心　爲明皇幸蜀之擧　蓋亦出於宗
社之至計　玆不憚於方岳之暫勞　鞏洛驚塵　玉色屢形於深軫　岹岷危
棧　翠華遠涉於脩程　天生李晟　肅清正賴於元老　詔草陸贄　哀痛又下
於聖朝　凡有血氣而含生　孰不憤惋而欲死　奈何人謀不善　國步斯頻
奉天之駕未回　相州之師已潰　恚玆蜂蠆之醜　尙稽鯨鯢之誅　假息城
闉　回翔何異於幕燕　竊據畿輔　跳踉有同於檻猿　雖天兵掃蕩之有期
亦兇徒迸逸之難保　敬命丹心晚節　白首腐儒　聞半夜之鷄　未堪多難
擊中流之楫　自許孤忠　徒懷犬馬戀主之誠　不量蚊虻負山之力　玆乃
糾合義旅　直指京都　奮袂登壇　灑泣誓衆　批熊拉豹之士　雷厲風飛　超

---

2) 이 글은 『난중잡록』 권1, 임진 상(壬辰上); 『정기록』에도 실려 있다.

乘蟯關之徒 雲合雨集 蓋非迫而後應 强之使趨 惟臣子忠義之心 同
出至性 在危急存亡之日 敢愛微軀 兵以義名 初不繫於職守 師以直
壯 非所論於脆堅 大小不謀而同辭 遠近聞風而齊奮 咨我列郡守宰
諸路士民 忠豈忘君 義當死國 或藉以器仗 或濟以糧糧 或躍馬先驅
於戎行 或釋來奮起於農畝 量力可及 唯義之歸 有能捍王于艱 竊願
與子偕作 緬惟行宮 遜矣西土 廟謨行且有定 王業夫豈偏安 善敗不
亡 福德方臨於吳分 殷憂以啓 謳吟益思於漢家 豪俊匡時 不作新亭
之對泣 父老徯后 佇見舊京之回鑾 想宜出氣力以先登 是用敷心腹
而忠告

『난중잡록』 권1 【1592년】
본도(本道)의 여러 고을에 돌리는 관문(關文)

이관본도열읍
移關本道列邑

고경명高敬命

　左義兵將高敬命進陣全州　召集義徒　因移關本道列邑云　大將爲
馳援事　國家之事至於此極　今日之望　唯在義兵之擧　而召募之數　不
滿數百　必于慷慨之志　堂堂難犯爲乎喩良置　聲勢不張　非官軍助力
則似非萬全之計是置　同助戰軍　勿限多少　只擇精銳　前日落後之人
極力召募　諭以忠義　罔晝夜馳援事

『정기록』[3] 【1592년】
제주 절제사 양대수(楊大樹)에게 보내는 격문

격제주절제사양대수서
檄濟州節制使楊大樹書
고경명高敬命 · 고종후高從厚

全羅道義兵將折衝將軍行副護軍知製教高敬命 謹馳告于檄濟州
節制使楊公麾下 伏以島夷構孽 乘輿蒙塵 使至尊而獨憂 爭懷保妻
子之計 窺左足而先應 孰有衛社稷之心 興元之駕未回 相州之師已
潰 迅掃伊洛 尙稽恢復之期 委棄兵糧 反藉寇賊之手 幸天意之未絶
猶國事之可爲 敬命爰擧義旗 擬淸妖孽 聞風影附 率多荊楚奇材 執
銳先登 亦有燕趙劍客 第恨步卒之無足 難望策馬而刺良 緬惟海東
之耽羅 無異中華之冀北 超騰澗谷 不惟射獵之是資 馳逐戎行 抑亦
死生之堪託 倘蒙海舟之滿載 庶見軍容之大張 某官 深荷主恩 專制
海域 執書以泣 應動一方之風聲 奮臂而呼 豈無十室之忠信 如有壯
士之願赴 更仰常程之勿拘

---

3) 이 글은 『난중잡록』 권1, 임진 상(壬辰上)에도 실려 있다.

『정기록』[4] 【1592년】
전라도 순찰사에게 보내는 격문

격전라도순찰사서
檄全羅道巡察使書

고경명高敬命 · 고종후高從厚

全羅道義兵將折衝將軍行副護軍高敬命　謹馳告于全羅道都巡察
使節下　其大略曰　島夷構釁　乘輿遠狩　中外所恃　只在湖南　而纔奉告
急之旨　遽散勤王之師　節下之心　必有所謂　而節下之跡　無以自白　朝
廷號令　雖曰隔絶　而一道人言　亦可畏也　屬者　龍仁之潰　寔由先鋒之
敗　而節下身爲主將　難免其責　節下今日何以爲計　苟能收東隅之失
慰南顧之憂　使旣往之愆　與化俱逝　自新之善　照映方來　不惟聖朝撥
亂反正之基　抑亦節下轉禍爲福之日　本道義兵　初向北路　擬淸妖孽
以迎鑾輅　路聞尹左相領西北之精兵　討兩京之兇醜　北方之事　庶保
無虞　而湖西之賊　轉入錦山　防禦之兵　尙且屯住龍溪　未聞有一人誓
衆而前者　節下此時　苟不廣集軍兵　大張形勢　哀我湖南一方生靈　舉
將骿首於鋒刃之下　節下上之不能恢復神州　下之不能保障江淮　一
朝鯨鯢盡殲　翠華旋軫　以一紙教書　布告邇邇　不獨湖南之人　無以自
立於天地之間　節下亦何以爲效忠補過之地乎　節下倘以此賊慓悍
難與爭鋒　分兵守險　以遏其衝　時出奇兵　以挫其銳　賊性輕躁　不能持
久　不出旬日　大功可成　同爲王臣　共是國事　彼我無間　形勢相倚　各
有所見　合要詳量　善自爲謀　毋貽後悔

---

4) 이 글은『난중잡록』권1, 임진 상(壬辰上)에도 실려 있으며, 고종후가 지었다는 주
(注)가 달려 있다.

『정기록』5) 【1592년 6월】
해남과 강진의 두 사군(使君)에게 보내는 격문

격해남강진양사군서
檄海南康津兩使君書

고경명高敬命 · 고종후高從厚

萬曆二十年六月日全羅道義兵大將行副護軍高敬命　馳檄于海南
康津兩使君義兵麾下　某前日秋城擧義之初　謹將一紙滿腔之血　遍
告列邑守宰　願與共濟艱難　而誠未動人　倡而不和　草萊之人　徒奮空
拳　兵糧之繼　未得善策　竊聞義檄遙傳　精兵繼援　湖南五十州　獨有兩
使君　先聲所曁　士氣自倍　苦伫旆旌　以掃妖氛　不圖兵相馳檄以招　深
恐去留不得自由也　今者　錦山之賊　與淸鎭之賊　聲勢相接　進退自如
一運已陷龍潭　一運已陷茂朱　作爲三窟　謀犯完山　私念完山爲邑　不
獨湖南根本之地　眞殿所在　寔是聖朝豐沛之鄕　某欲回義旗　以蔽先
鋒　重念此賊　變作百出　珍山兵勢單弱　若使踰越珍連之險隘　突出恩
礪之坦途　則豈但湖南腹背受敵　錦江之師〔時右道義將領軍次忠淸〕
亦將洶懼　而湖西隔絶　賊勢鴟張　湖南之粮　何以得達於水原　朝廷之
聲聞　何以得通於四方　肆乃移兵入珍　尾擊錦賊　使龍茂之賊　有反顧
之慮　而徐待兩軍　直擣虎穴　庶使兇醜　進退無據　則不但勤王之上策
是亦救完府之一奇　而使君今若固守故常　不思變通　某亦軍孤力寡
難以輕擧　湖南之賊　旣未易翦除　水原之師　倘又曠時日　緬惟兵相之
軍　皆是湖南之人　如聞賊徒今日過某地　明日入某縣　則饋餉之不通

軍情之洶懼　是乃目前之急　不待智者而知矣　然則兩使君之合擊錦
賊　非止爲湖南保障之計　亦所以爲兵相聲援之謀　古人曰　將在外君
命且有不受　貴在臨機制變　不取膠柱鼓瑟　況我兵相　遠在千里　不知
此道危若一髮　豈可捨近賊　而貽後悔哉　私恐使君　上不及水原之期
下不顧錦山之約　則無乃今日之議　以爲圖避賊鋒乎　竊願善爲自謀
無取人言

『정기록』[6] 【1592년】
도내(道內)에 보내는 격문(2)

격도내서(2)
檄道內書(二)

고종후高從厚

右文復讐事 遭時不造 家禍罔極 不肖孤子 病癈草土 尚與此賊 共
戴一天 今者 洪僉知季男 首以大義傳諭諸路 期與含冤忍痛之人 共
圖討賊復讐之擧 人心所同 孰不興起 趙君完堵 乃趙義將憲之子也
必將收拾父兵 揭旗湖西 孤子 雖無狀 親喪旣已入土 此身亦無憾 冒
哀扶疾 欲與本道同志諸公 糾募兵械 爲北首死敵之計 伏想諸公 亦
必樂聞之矣 嗚呼 苟生至此 倫紀滅矣 但恨人微力弱 無以首事 今者
諸公 旣已倡之 而孤等 又袖手不從 縱使老死牖下 將何以見先人於
地下乎 洪公 聲威已著 可藉以集事 泰仁長城珍原三使君 亦抱終天
之痛 誓不與此賊俱生 而都體察相公 許令合軍復讐 不以文法拘碍
兵粮器械 庶無後憂 只在諸公應與不應之如何耳 嗚呼 不獨湖西之
人 方可共事 私念洛下士庶 避賊南來者 豈無父子兄弟之讐乎 雖幸
免於賊 而感傷霜露 因致大故 則亦不可忘此賊也 重念父母之讐 不
共天 兄弟之讐 不同國 朋友之讐 不反兵 亡親秋城擧義之時 南土諸
公 期以同死王事 焚香誓天 推爲大將 固有兄弟之義矣 不幸 功業不
終 而諸公 豈忍視同路之人乎 當日麾下武士 固已悉赴義陣 倘以在
家 或分手營陣者 伏願勿以孤子 爲不肖 而追念秋城盟血 共濟大事

---

6) 이 글은 『난중잡록』 권1, 임진 하(壬辰下)에도 실려 있다.

如何 諸公 如以爲可 伏乞齊會于光州 面結盟約 不勝至祝至祝

　一 雖有志復讎 而病弱 不能從事者 許以兵械相扶 或代送壯奴 或
出米布 或出鞍馬 大以成大 小以成小 至如下賤貧窮之人 雖升米寸
鐵 皆可相扶 嗚呼 精衛塡海 一簣爲山 只在其誠 要不在多

　一 避賊而來者 挺身赤手 無以相助資械 則或身自從戎 或募得兵
粮 毋爲袖手 共擧一臂 何如

『난중잡록』 권1 【1592년】
의병청의 여러 공에게 보내는 격문

격의병청제공서
檄義兵廳諸公書

고종후高從厚

謹奉告于列邑義兵廳諸公及邑中諸君子 孤子不量其力 方與洪儉
知季男趙亞使之子完堵 共謀復讎之擧 而都體察相公 又以寺奴將
起之 孤子雖智術淺短 不足以嗣事亡父志願 而終天之痛 不可不一
洒焉 敢從金革之變禮 誓不與此賊共戴一天 諸君子聞之 亦必怵然
於中矣 竊念寺奴之數 雖擧成冊 而揀點老弱 專委吏輩之手 則不無
奸濫之弊 而孤子起事之功 藉此爲重 若團結失實 則無以成軍 伏乞
諸公俯賜照管 勿令官吏有所操縱 則庶幾健者不以賄免 而事可集
矣 孤子雖報私讎 實討國賊 諸君子不憚其勞 曲成其志 則豈但孤子
一家幽明之感 更乞小垂矜恕 千萬幸甚 後錄 今日域中莫非王土 而
四海之內 皆兄弟也 孤子之事 揆以私情公義 俱不可恝 列邑諸公 苟
有募義者 不必素所親厚者然後方可致力 第念泛然通文 無所歸宿
處 則恐有交相退讓之患 且平日相知之間 不可無一語以懇 故敢於
義兵廳諸公之外 又爲別錄諸公姓名 或雖無舊好 而聲聞相接者 亦
敢冒昧列書 冀其協力共圖

『정기록』【1592년 12월】
도내(道內)에 보내는 격문

격도내
檄道內

고종후高從厚

　　萬曆二十年十二月日　復讎義兵將　前臨陂縣令高從厚　泣血稽顙
再拜　謹馳告于列邑義兵廳諸公　及該邑諸君子　孤子　欲雪終天之痛
起爲寺奴之將　散居諸處　其徒寔繁　遍閱列邑　夫我不暇　徒仰成於吏
輩　慮致誤於師期　曾將滿腔之寃血　敢告當世之義士　冀或留意於簿
書　不瑕有害於事理　雖曰計非得已　亦知罪無所逃　孤子家本貧空徒
有王通之弊廬　性且疏迂　又無子貢之殖貨　此賊不可忘焉　玆敢從金
革之變禮　豪傑未有至者　誰與報家國之深讎　財不足則無以聚士　兵
不利則　無以制敵　大聲疾呼　强乞顔公之米　掃地赤立　難鑄祖逖之冶
儻或軍有飢色　何以人得死力　履后土戴皇天　非敢欲好謀一身　張空
拳冒白刃　抑恐難轉鬪千里　欲爲死者而一洒　庸知有力之熟視　惟我
一道諸公　孰非同胞之民　登壇歃血　或許義氣於亡親　拍肩執袂　亦有
契分於孤子　縱尾宇之未見　亦聲聞之相接　固有曠百世而感者　何況
幷一時而生乎　頃者　六月之師　蓋出萬死之計　取先武夫　雖勳業未究
於生前　扶持人紀　其義烈益彰於身後　此非一家之私言　必有百世之
公論　彼行路亦且垂涕　在士類其不興哀　苟慕義而强仁　佇輕財而好
施　與爲守錢之奴　曷若徇人之急　父詔其子　兄勖其弟　胡忍越視秦瘠
縣越其封　郡蹂其境　毋曰彼非吾與　四海皆兄弟也　斗粟尙可春　十室
有忠信焉　一世不可誣　古語有之　諸公聽之　一簣爲山　寸鐵殺人　各隨

其力 何必求備義兵設廳 玆蓋有意 人子至情 寧不動念 辭不及誠 言
止於是 讀樂毅之傳 想必廢書而泣 指魯肅之困 庶幾聞風而起 儻資
械之相扶 請姓字之聯署

『정기록』
도내(道內)에 다시 보내는 격문

재격도내서
再檄道內書

고종후高從厚

復讎義兵將前臨陂縣令高從厚 泣血稽顙再拜 謹使繼援將 正字
趙守準 奉書馳告于道內列邑諸大夫鈴下 及義兵廳諸君子 不肯孤
子 戰陣無勇 駒隙偸生 上負吾翁 下愧乃弟 合有天禍人刑 尙此假氣
游魂 匪茲伊蔚 鮮民無救於儡恥 所惡有甚 一死已輕於鴻毛 局高蹐
厚 扶病枕戈 上奉都體察相公之檄 傍結洪僉知季男之軍 敢領一道
之寺奴 誓雪九地之深寃 泰仁珍原長城三使君 亦有罔極之痛 共圖
必討之賊 第以職事之鞅掌 慮恐出入之拘擬 幸泰仁之賢宰有正字
之令兄 脫身南來 握手相訴 請爲繼援之將 欲扶糧械之乏 殆天意之
所與 庶人聽之有異 繕兵積粟 方喜大藩財賦之强 聞風慕義 亦知十
室忠信之有報匹夫之讎 斯爲古語 以同朝之臣 其可越視 敢剖心肝
冀蒙顔色 溺於水爇於火 抑有甚昔人之窮餓 一擧手一投足 又何必
平生之親愛 毋惜九牛之毛 共滴一線之溜 只欲塗肝腦於中野 下見
先人 何敢爭僥倖於一朝 以望寸功 精衛含石 巨海可塡 魯鷄抱雛猘
犬亦啄 子爲其父 何所不至 人亦有心 胡寧忍斯 解衣推食 固非溫飽
之所能 老吾及人 所幸彝倫之同賦 分人以財 儻不吝府庫之餘 殺敵
爲果 豈可無兵革之堅 是乃公義之樂聞 奚但私情之所願 雖一字而萬
涕 難盡危衷 只三沐而再拜 仰希善恕 猶有天地神祇 嗟我大夫君子

『정기록』
여러 절의 승려들에게 보내는 통문

통제사승도문
通諸寺僧徒文

고종후高從厚

復讎義兵將前臨陂縣令高從厚 敢遣麾下遊擊僧將 解政 徧告于
道內列邑諸寺僧徒 孤子一家罔極之痛 不獨道內士類 罔不盡傷 雖
在緇流 亦必聞而悼之 孤子 不量其力 方謀復讎 上奉都體察相公之
關 傍結洪僉知季男之軍 傳檄遠近 以伸大義 而泰仁珍原長城三邑
太守 亦有親讎 約以共事 孤子 雖無狀 誓不與此賊 戴一天也 但我
國之人 不善短兵交戰 故近日諸軍 皆仗緇流之勇敢者 以助聲勢 孤
子 亦欲得山林魁奇之傑 庶幾一雪終天之痛 今者 本州義僧解政 亦
有兄弟之讎 自赴軍門 請爲杖戈前行 同患相憐 相對以泣 卽日馳報
體察使 定爲遊擊僧將 令其廣募同類 自爲別軍 以聽節制 行軍則連
營相衛 臨陣則獨當一面 若有驍健者 相率以來 軍糧則當自大軍備
給 不如官軍 勒定寺刹 自供其食也 重念禪家之教 以慈悲爲心 孤子
今日之情 豈不悲乎 況孤子 雖報私讎 實討國賊 念彼方外之人 亦且
衣食於此土 揆以私情公義 不合袖手傍觀 竊願檄文到日 各持兵器
卽出山門 遠近齊奮 共圖大勳 幸甚

『정기록』
제주에 보내는 격문

격제주서
檄濟州書

고종후高從厚

　　復讎義兵將前臨陂縣令高從厚　泣血稽顙再拜　敢遣軍官高敬身
謹奉告于濟州節制使李令公麾下　及貳車使君　大靜旌義兩使君　與
凡三邑士民大小諸君　頃者　亡親　以一介間廢之餘　當七路崩潰之日
首擧義旅　擬掃妖氛　有君不知家　雖義氣可質於穹昊　制步莫如騎　奈
雲錦已空於牟駞　肆奉一紙之書　遠求大宛之種　羣取其良　逸足纔出
於瀛海　事有大謬　長星遽墮於錦溪　父子同死　中外盡傷　雖然　彼賊之
謹避　亦由是馬之橫行　不肖孤子　吾戴吾頭　初不能橫屍戰陣　爾忘爾
父　終何忍覷面世間　不量非才　欲伸大義　瞻彼日月　萬世之讎　不可忘
猶有鬼神　七尺之軀　誰敢愛　仰奉元帥之檄　起領寺奴之兵　率土孰非
王臣　四海皆是吾與　緬惟耽羅之地　寔在邦域之中　二百年海波不揚
豈知蒙帝之力　三千牝神物間出　必有絶地之材　素稱民畜之蕃　奚止
國君之富　王室在難　嗟我大夫　漢日重輝　幸爾民庶　天兵整旅於鴨水
兇徒假息於柳京　佇看宗社之再安　更冀大小之齊奮　苟能以義相助
誓不與賊俱生　壯士願從　何必僕隷之獨募　良馬可逐　不須廐牧之見
拘　文告雖異於面論　忠孝同出於天賦　投袂而起者　吾知海外有人　執
策而臨之　毋曰天下無馬

『정기록』
제주의 세 가문에 보내는 통문

통제주삼가문
通濟州三家文

고종후高從厚

　　復讎義兵將前臨陂縣令高從厚 泣血稽顙再拜 謹奉告于濟州旄義
大靜三邑 高姓梁姓文姓三家門戶諸丈 在昔上世 人物未形之初 天
降三神人於漢拏山下 曰高曰梁曰夫 又申之以美女駒犢之種 以爲
一方開基之祖 至今生聚之盛 畜馬之蕃 蓋莫非三神人之休也 其後
世子孫 或浮海轉徙 散居諸處 世所謂濟州之高 濟州之梁 皆其裔也
孤子之先 曾於麗代 賜貫長興 遂爲長興之高 夫姓之後 今亦爲文 而
初所謂夫者 世無聞焉 今雖派分世疎 慶弔不通 而厥初三神人降生
之祥 塤箎之義 至今照人耳目 世之言者 皆喜稱之 況爲其子孫者 何
忍不念其舊 而遽以路人視之 頃者 亡親當賊入都城 七路崩潰之初
首擧義旅 身蔽兇鋒 一日 父子同死王事 朝廷悼惜 褒贈有加 行路聞
之 亦且涕洟 況我同源之人 豈不惕然興懷 不肖孤子 雖智術淺短 不
足以嗣事亡父 而終天之痛 不可不一洒焉 敢領寺奴之兵 圖爲復讎
之擧 而本道 公私掃地 軍器戰馬 措辦無路 私念貴州三邑 物力獨全
爰奉關檄 開諭寺奴 及大小士民 而重念同姓之親 固有萬世不忘之
義 梁姓文姓兩家 亦同厥初 不可無一語相及 故敢玆刳肝瀝血 冀其
聞風慕義 伏乞三姓諸丈 慨然寤歎 共垂矜恕 隨其財力 或人出戰馬
或合力相扶 大以成大 小以成小 上以副神人左右陟降之意 下以慰
孤子一家幽明之望 何如 情溢辭蹙 不知所裁

『난중잡록』권1 【1592년】
순찰사 김수에게 보내는 격문

격순찰사김수문
檄巡察使金睟文

곽재우郭再祐

痛矣哉 使我一道潰散 使我京師陷沒 使我聖上播遷 使我一國生
靈 肝腦塗地者皆汝之爲也 汝之罪惡貫盈 而汝不自知 則是愚人也
汝果愚人乎 汝非愚人也 釀成禍亂 至於此極 禿天下之冤 不足以盡
記汝罪 罄天下之竹 不足以盡書汝惡 人皆以刻期築城 虐民荼毒 爲
汝之罪 節制乖方 使賊闌入 爲汝之罪 是不知者之言也 內地築城 雖
失人心 而意在於禦賊 則非汝之罪 節制顚倒 雖敗軍機 而才短於應
變 則亦非汝之罪也 以此罪汝 何以服汝之心乎 汝罪有一曰 迎倭 何
謂迎倭 汝抄一道精兵勇士五六百名 以爲帶率東萊之陷 先走密陽
密陽之敗 又遁伽倻 賊過尙州 退竄居昌 一未嘗勸起將士 使之擊賊
遂令倭賊 如入無人之境 卒陷京師於一旬之內 自知其身無所容 托
以勤王 逃踪雲峯 人可欺乎 天可誣乎 汝罪有二曰 喜敗 何謂喜敗
老怯曹大坤 固不足責 然以一道元帥 旣不救金海之陷 未及見倭 先
棄主鎭 退陣鼎津 鼎津距倭所在 幾百餘里 而虛驚潰散 竄入晦山書
院 遂使列陣各邑 望風奔潰 則大坤之罪不可不誅 而汝不梟首以警
人心 汝果不知棄城敗軍之律乎 汝罪有三曰 忘恩 何謂忘恩 聞汝祖
先 十世朱紱 七代銀章 祿旣厚矣 寵亦隆矣 義當與國同休戚 共死生
苟能奮忠義之氣 發慷慨之心 身先士卒 有死之心 則凡我嶺南二百
餘年培養之士 孰不忘身效死 以雪國恥乎 汝乃喜君父之遷 甘京都

之陷 汝果不知急君父之難者乎 汝罪有四曰 不孝 何謂不孝 聞汝父
雖不幸早世 眞慷慨忠義之士 如使汝父違今之變 必奬義兵 以復國
讎 入地英靈 想必冥冥之中 痛汝之所爲 憤汝之不軌曰 豈意無君忘
親 出於吾兒乎 汝罪有五曰 欺世 何謂欺世 汝之方仕朝廷也 朝廷目
之以剛果耿直 按節嶺南也 嶺南稱之以聰明才藝 以剛果耿直聰明
才藝之人 誠有折衝禦侮之心 則據險守固 以遏長驅 易如轉環 而袖
手傍觀 曾莫能畫一策 設一謀 任倭之屠戮 則前日之剛果才藝 餌好
爵也 今日之若愚若怯 欲何爲也 汝罪有六曰 無恥 何謂無恥 汝棄嶺
南於倭賊 踰雲峰入全羅 托跡於勤王之師 師到龍仁 見倭六名 棄軍
糧 投軍器 失金貫子而走 云 是預去金貫子 而渾於軍中 使賊莫知也
偸生之心平日所定 苟活之謀無所不至矣 汝罪有七曰 忌成 何諸忌
成 汝在道內 汝無討賊之心 故軍心沮喪 莫先赴敵 幸賴招諭使激發
忠誠 鼓動義氣 使義兵四起 醜類授首 人心稍合 聲勢自張 掃淸區域
奉還鑾輿 指日可待 而汝乃忘羞忍恥 擧顔再來 出號令 發節制 使義
兵有渙散之心 使招諭使敗垂成之功 則前惡旣往 今罪罔赦 嗚呼 北
天遼邈 道路阻絶 王法不行 汝首猶全 假氣遊魂 雖視息於天壤 汝實
無頭之屍也 汝若少知臣子之分 則使汝軍官 斬汝之頭 以謝天下後
世 如其不然 我將斬汝頭 以洩神人之憤 汝其知哉

『난중잡록』권1 【1592년】
도내(道內) 각 고을에 알리는 통문

통유도내열읍문
通諭道內列邑文

곽재우郭再祐

　宜寧義兵將郭再祐 播告一道義兵諸君子 金睟乃亡國之一大賊也
以春秋之義論之 則人人皆得以誅之 論者或以道主之過 猶不可言
況欲斬首云乎哉 是徒知有道主 而不知有君父也 迎賊入京 使君父
播遷者 謂之道主可乎 袖手旁觀 喜國之滅者謂之臣子可乎 使一道
之人 皆爲金睟之臣 則不可以言金睟之罪 斬金睟之頭 一道之人 無
非主上殿下之臣 則亡國之賊 人皆可誅 喜敗之奸 人皆可斬 而說者
或以爲斬金睟 不宜於事體 復國讎討國賊 斯所謂事體也 金睟滅事
體久矣 事體之宜不宜 固不可論 而先斬奸人使無班師之詔 然後奉
還鑾輿 建中興之功 則大有宜於事體也 伏願義兵諸君子 詳覽檄文
領率軍人會于金睟所在處 斬其首 獻于行在所 則功倍於納秀吉之
首 義士諒之 或守令 不念宗國之將亡 君父之大義 傅會賊睟 使其邑
人 不能擧義者 與睟同誅之

『낙재선생일기』 권2[7)] 【1592년】
군민(軍民) 등에게 분명히 알리다

효유군민등
曉諭民軍等

광해군光海君

王世子若曰 上天降禍 島夷作耗 列郡潰裂 江淮失保障之險 舊京
淪沒 都人共黍離之悲 九廟蒙塵 鑾輿遠狩 二百年禮樂文物 落然於
一朝兵火之慘 終古罕有 嗟哉 軍民或橫罹鋒鏑 身膏草野 或父母繋
縲 失其怙恃 或妻子汚辱 莫保室家 念此讎怨 何忍共戴一天 目今天
心悔禍 恢復無期 上國遣援 神兵雲屯於浿水 西南倡義 猛士霧集於
漢原 兵鋒所至 賊魂已褫 德音不絶 獻馘相繼 加以賊魁平秀吉 自來
就死 隕首於海上 殘兵餘孼 若崩厥角 或號泣於街路 或奔遁於嶺東
以爾將士之力 滅此垂亡之虜 正所謂鼓洪爐而燎鴻毛 礪蕭斧而伐
朝菌者也 予受命東來 權署國事 臥薪嘗膽 枕戈待朝 誓不與此賊共
生爾 軍民等孰非我列聖休養中人乎 上念宗社之恥 下念私家之辱
唾手殲賊 此其時也 爵賞在予 予不吝汝 於戱 有死心無生氣 共奏敵
愾之功 奉聖上還舊都 早慰來蘇之望

---

7) 이 글은 『난중잡록』 권1에도 실려 있다.

『난중잡록』 권2【1593년】
익호군(翼虎軍)의 선비 등이 보내는 통문

익호군중사자등통문
翼虎軍中士子等通文

기효증奇孝曾 등

金將德齡蓄不世之勇力 奮經年之玩寇 挺身衰麻 杖劍而起 雄風
所激 遠近影從 電發雲翔 共誓廓淸 義氣已震於嶺海一面 蕞爾殘孼
魚戲待滅 一隅湖甸 庶免屠戮 幸甚 第以公私之儲俱竭 行師凡百 盡
自措出 將及士卒 靡不皆然 均是臣民 或者竄伏之不暇 自兵自食 冬
月從軍者 獨何賢耶 噫行役之苦 人孰不憚 室家之歡 人孰不欲 違棄
所欲 而樂從所憚者 豈有他哉 彼見經亂之民 賊來不禦父母於鋒刃
妻子於係攎 喪家亡財號哭者 不忍同歸於淪胥 遂唾掌奮袂 激昂雲
集 上以爲國家雪無窮之恥 下以樹局鑰之備 出萬死不顧一生之計
援旌摜甲 轉鬪嶺外 其志壯而其計深矣 顧惟處其鄕安其居 坐享室
家妻子之樂者 獨不愧於心耶 嗚呼有是賊 則無是財 無是賊則有是
財 與其畜財而待亡 孰若傾財而去害 古人有言 不暫費則不永寧 又
曰 殖利産貴於能施 苟或積而不散 以爲他日之計 則不亦陋乎 夫救
人於水火 必思所以報德者 誠以活我也 恩莫重焉 今海寇之欿攘 有
甚於水火 而人之被其害者 恬不知顧念 是何意耶 伏願代荷戈執殳
之勞 不惜難保之米穀 隨其貧富 各出升斗 以補軍資 則彼征戌之卒
必狂奔盡氣 殊死力戰 不使兇鋒以近此道 然則今日升斗之出 所以
保困廩於將來也 此雖至愚 猶可爲也 況以諸君子之明智 其不達此
乎 且金將之意 所領將士 雖赴戰於賊所 父母妻子 盡入於道內 第一

山城 脫有不虞之變 還其兵而守禦 以避俱焚之禍 此實戰守之上策
玆以收聚募出之穀 一以資赴戰之士 一以備守城之急 俾得終始無
憾 不知僉君子以爲何如 募得條列如左 都有司前僉正奇孝曾等

『난중잡록』권1【1592년】

격문

격문
檄文

김각金覺 · 이준李埈

伏以西轅未回 北風其涼 敵愾之責 臣子所荷 不審日夜嘗膽之餘
凡百經畫於胸中者 足以破兇賊之心肝耶 卽今僉莅數郡之地 賊勢
已息 而臥榻之外 尙爾充斥 報國之擧 固藩之策 有如救焚之急 而同
舟遇風 豈容緩救耶 同謀協事 盡瘁竭誠 各廣蚍蜉之力 以挫鷦蚌之
勢 正惟此其時也 埃奮心射天之兇 擬辦浴日之功曾與同志二三 募
聚散卒若干 庶幾梟侵鎬之兇 慰蹻梁之窜 而但以本州兵火板蕩之
餘 農畝不收 武庫隨灰 糧資少半菽之儲 器械無一鏃之遺 飯難齊旅
之飽 矛未周師之立 雷擊電奔之士 率皆虛橐 扛鼎褰旗之徒 半是空
拳 討賊有志 而用武無地 是實今日所大懼耳 念惟僉莅之邦 焚蕩之
患 不至於本州之甚 若不以界限之別 而同力於討賊之具 則惟彼假
氣遊魂之輩 是猶倒滄海 而沃漂灰耳 以一道兵力之衆 而何患蝟結
蟻屯之肆其毒乎 伏願各隨力量所逮 或惠以釜秉之粟 或輸以零寸
之鐵 則仰施於僉君者 雖細 而爲用於軍需者甚博 士有見可之糧 而
無患於乃裹 兵有可稱之具 而不憂於斯張 爨钁之魚 可期消爛 而泥
露之羞 快見昭雪 戮力在援之功 甚有賴於中興之會矣 玆委典兵糧
二人 憑致尺素 略紓寸丹 若使視同秦越之肥瘠 而哀如於唇齒之形
勢 則甚非間關致价之意 而協力同事之願 又將責之於何地耶

『난중잡록』 권1 【1592년】
곽재우 의사의 진중(陣中)에 보내는 격문

격곽의진중문
檄郭義陣中文

김경로金敬老 등

檄再祐黨與 凡天下事機之未著者 則智者 猶或不知 幾之已著者
則雖至愚無不知之 今再祐之平居悖惡之行 乘機肆兇之狀 昭昭易
見 不待智者而後可知 道內之人 或不能盡知 同入兇黨 共陷不道之
地 竊爲諸君惜焉 姑擧其衆所共知者言之 諸公審聽 悉其情狀 以定
去就 以決向背 再祐本以貪暴之人 藉父兄之勢 專事割耕 奪人牛馬
其所交結 皆是兇惡之李旨之輩 則其心之不正 可知矣 文德粹之謀
殺土主 叱辱方伯 告訴閫帥 無非再祐之贊助 則其心之陰兇可知矣
及今生變之後 假托義兵 誘聚無賴之徒 先破草溪倉庫 軍糧淸蜜及
軍器雜物 全數偸去 又掠宜寧縣倉穀 且奪晉州田稅四百餘石 輸入
私庫 分給四隣無賴之徒 以爲施恩之資 未逐倭賊 便生兇計 陽示討
賊之跡 陰蓄不臣之謀 欲先除方伯 傳檄郡縣 謀殺邑宰 恐動上下人
民曰 方伯督民築城 茶毒生靈 不爲防禦 使賊闌入 其罪大矣 乘其機
會 可以謀害 蚩蚩愚民 落講儒生 不知日陷於兇悖之術中 使忠義之
方 變作暴亂之鄕 而將使一道玉石俱焚 未免惡名於千載之下 豈非
諸公之所深恥也 且再祐之當初擧兵 眞義擧耶 若其義擧 則當倭賊
方熾之時 釋其私憾 專意討賊 寧濟生靈可也 不此之務 報私怨 行無
上之計 是再祐之心跡 人所共疑者也 而諸公獨不疑之何也 且李魯
之用心 千古所無 而再祐貪其財貨 娶其女爲妾 再祐之心術 實同狗

毚 少有識者 望望然歸 若將澆焉 而諸公咸歸附之 惟令是從 爲諸公
不取也 設使再祐 得行兇計 殺我邑宰 害我方伯 終至於謀不軌之日
則諸公其何以處之乎 其從再祐之事 而自陷於亂逆之罪乎 其不從
再祐之事 而爲忠臣烈士乎 是必利害吉凶禍福 判然於今日之所爲
幸願諸公 早別逆順之理 先斬再祐之頭 來獻轅門 則齊民喜其士氣
國家嘉乃忠義 垂芳名於永世 享爵祿於無窮 豈不美哉善哉 暴義之
徒痛其構辭 敢爲申卌曰 草溪 宜事取穀等事 已詳於招諭使啓辭 姑
置不辦 晉州田稅事 則平時本州稅米 載自南江 船由岐江而去 至卌
舟至岐江 賊兵突至 格軍棄散 米船獨浮空江者十餘日 將有齎盜之
患 義士收而爲軍餉 故卌所謂岐江棄船稅米者此也 而此等人 欲加
之罪 以爲奪 良可痛哉

『난중잡록』 권2 【1593년】
도내(道內) 각 고을 군자들에게 경건히 알리다

경고우도내열읍제군자
敬告于道內列邑諸君子

김덕령金德齡

　　光州喪人金德齡 敬告于道內列邑諸君子 比觀兇賊 旣出夷庚 蜂
屯嶺陲 豕突邊堡 潛懷窺覦 日肆猖獗 官軍却北 義旅亦縮 阻兵環視
無意勦滅 喪威稔寇 未有甚於此 侍衛之匪懈 內無其人 忠臣之忘身
外復幾何 竊視今日之事 誠可於悒 德齡早負不羈 志切請纓 變生之
初 厠身行伍 敢效錐刀者 計非不深 只緣老母嬰疾 日迫西山 終養情
切 絶裾未忍 蟄藏兩歲 撫劍東顧而已 今則母旣終堂 子無所恃 邦其
多事 臣可盡節 幸遇潭陽府使李侯景麟以宗室苗裔 嘗抱敵愾之志
聞余虛名 措給戰具 勸起以赴國難 辭避至再 終不獲已 割情衰麻 徇
變金革 方畧縱愧於票姚 義氣竊慕乎士雅 手揮杖劍 躬擐重甲 養威
蓄銳 直探虎穴 少慰生靈之憤 快雪七廟之羞 惟望遠邇協心 同定扶
危至計 今玆敷告 式明衷曲 列邑之士 其或有從我者乎 嗚呼二百年
休養成就 一介之士 其無慷慨殉國者乎 捐軀濟難 此其時也 奮袂登
壇 其可緩乎 德齡力難扛鼎 勇非敵萬 顧念主辱臣死 不諒才智之拙
收召等契之士 共肩丹心 擬就功業 乘機應變 雖未能決勝制敵 災刃
觸鋒 誓當爲士卒先登 方今七路 無不被兵 惟我湖南 獨免屠戮 恢復
一脉 其在於是 而近者調兵轉粟 物力凋瘵 民生困瘁 無異經亂於是
而賊至則誰復禦之 父母妻子 人莫不有 桑梓松柏 家莫不養 一朝而
殺掠焚爇 豈其所欲 苟能人懷怒心 如報私讎 則此賊無不滅之理 倘

保目前之安 不赴視死之擧 則是以父母遺賊 自翦其松柏 豈其理也
願列邑之士 毋或退托其心 倍增奮勵之氣 霜戈鈇騎 雷轉風驅 則彼
假氣遊魂之餘孼 必土崩而瓦解 乃不喋血 跬迹侍戮 淝水之勳 自致
於今日 澶淵之捷 當奏於不時 豈不幸甚 嗚呼天兵尙辱於掩襲疆場
久汚於腥膻 仗劍鳴轂 車右未作 臨境刎首 雍門誰復 擧事條列如左
文到詳思勉勵 一兵務精不務多 願得吳中壯士十餘人以從

『난중잡록』 권3 【1594년】
영남에 돌리는 격문

이격영남문
移檄嶺南文

김덕령金德齡

忠勇翼虎將軍金德齡 敬告于嶺南列邑諸君子 嗚呼 天有悔禍之
時 國無常否之運 仗正則雖危終扶 犯順則雖强終滅 理其固也 勢所
然也 是以淝上偏師 得挫苻堅之衆 督府水軍 能摧逆亮之擧 事在簡
墨 時無古今 蠢玆島夷 窮兵異域 再經年歲 凶焰益熾 禍極燎原 堂
堂國勢 危迫累卵 惴惴民生 辱及左衽 人怒旣極 鬼誅將加 德齡一介
狂愚 生長僻邑 志存章句 業非弓馬 間者誤睹虛名 從事帥幕 母旣臨
年 兄又戰死 將護無人 行役未忍 乍隨行伍 旋卽辭歸 然而上念國恥
幾撫中夜之劍 下憤兄讎 每墜沾食之淚 私禍未悔 母今見背 情事粗
畢 身可許死 欲效終軍之請 未獻仲淹之書 適潭陽府使誤薦本道巡
察 諭以大義 奪我情禮 俾收百戰餘卒 冀成鉛刀一割 顧念身無縛雞
之力 勇愧超乘之捷 人微責重 憂極棟橈 又何難堪之事 遽加草野之
賤 絲毫未效 寵命先集 噫君父旣委濟難 臣子敢辭捐軀 吾聞背義貪
生 猛士成怯 發忠忘身 懦夫爲壯 親上死長之義 足以爲勇 伐罪討逆
之正 足以爲氣 豈必區區血氣之勇 可以制此賊哉 是用策勵駑鈍 許
以驅馳 傳檄遠近 招集輕銳 龍騰虎步之輩 斬將搴旗之徒 咸願赢粮
遠從 不辭赴蹈湯火 扼腕銜痛 恥三北於前日 唾手增氣 策九伐於將
來 惟彼假氣殘孼 庶可指日蕩覆 玆以今月二十二日 踐期卜吉 旌斾
東指 中黃左右 烏攫後先 鐵騎風馳 長戟電邁 兵精械利 師直氣壯

以此制賊 誰敢當我 兵法曰 知己知彼 百戰百勝 賊徒轉涉千里 暴露
數年 寒暑異宜 水土生疾 銳氣已隳 箕城肝膽 又破幸壘 昔稱精兵
今成末勢 又其下多爲擊虜脅遷之類 寧無父母妻子之思 怨曠已極
愁嘆方深 河上之變 不日將生 鼎中之魚 肯足淹晷 焩爛此其時也 滅
絶其可緩乎 嗚呼 賊來之後 慘酷之禍 湖南獨免 七路皆然 其中嶺南
之受禍 又甚於他道 文武士夫老弱男女 橫被無辜者 寧有紀極 父亡
子孤 夫死妻寡 燒其閭舍 去其鄕井 白茅黃屋 灰燼溢目 洛江之東
晉陽以南 無復烟火 凍綏旣極 人亦相食 饑殍相枕於道路 冤哭上徹
於九霄 千百怨讟 有不忍言 以此觀之 羸童瘠婦 可使制挺而撻之 丁
男健兒其可斂刃而安坐 此正忠義殞首之日 豪傑雪恥之機 各念公
私之讎 共作鯨鯢之戮 況天將撤還其師 老賊之竊發無時 倘不及此
期而迅掃 則前日之禍 復在朝夕 雖欲悔之 奈無及矣 時不可失 役難
再擧 勖哉士庶 一貴道素以節義尙 今此討賊之擧 士夫間必有應募
者 列邑擇其忠厚勤幹者 隨其多小 各定有司 或收召精勇 或儲峙蒭
荄 或募得老殘軍士不敢赴戰者 輸入軍粮於陣所 伏願諸君子 各自
努力 善爲規畫

『동엄실기(東广實記)』 권상 【1592년 4월】
의병 모집을 알리는 글

초유문
招諭文

김득복金得福

嗚呼 念惟億兆民休息之命 莫非二百年撫摩之化 則非徒毛髮頂
踵沐恩偏深 粤自高曾祖父飽德已久也 非徒搢紳簪纓蒙恩太深 暨
乎蓬蓽韋布受賜實多矣 在昔燕安之時 孰不曰 吾君當此危難之際
何莫非王臣 縱有朝野之分 旣同君臣之義 卽在宗社傾覆之地 寧無
彛衷奮激之天 況玆東土之禮邦 遽見南夷之充斥 章甫而換漆齒 人
類而化犬羊 在乎朝暮之間 所謂頭天之人 孰無痛恨之心也 伏念僉
彦平日所講 苟有春秋之義 則今日所痛 必有夷夏之分也 卽惟竄鳥
潛魚 認是志士之所恥 探虎犯咫 莫非忠膽之所激 而竄鳥潛魚者 固
未必全保於蕩殘之時也 探虎犯咫者 亦未必皆殞於義理之場也 縱
或有僥倖而生 不幸而死者 與其生而爲異類 孰若死而爲義鬼 況惟
賊酋 無君而擅權渠邦之大逆 接隣而生釁吾土之讐敵 一則驕兵也
一則貪兵也 曰驕曰貪 兵家之最忌也 理必敗衄焉 則又何必畏縮之
有 伏乞僉彦投筆把刃 斬竹建旗 濟濟來會 肅肅整頓 庶有千百人可
往之勇矣 以爲萬一分圖報之地 則國家幸甚 鄕里幸甚

『동엄실기』 권상【1596년 12월】
여러 의병장에게 권면하다

면제의장
勉諸義將

김득복金得福

　夫事之成緖非成　於成之日　其所由漸者久矣　事之僨機非僨　於僨之日　其所由兆者尙矣　然則今日擧義　寔由於平日講磨硏隤之力　此乃義事成於講磨之日也　不幸異日敗績　基因於今日惰慢非僻之干庸非大事僨於惰慢之日乎　嗚呼　安不忘危者必成事　亂不思治者必僨事　固其理也　是以　太公進戒　必曰　敬勝怠者吉　周公獻書　亦曰　所其無逸　以若聖人之□　猶患其怠逸之或勝　況此狂凡之質　因其一時彝衷之發　而各據一隅　縱有如干　斬獲之勞　豈敢自多乎　苟或義事未牟　胸寇尙熾　盟言未幾　士氣旋沮　莫禦外侮　實所頭痛　自顧內養　豈不心寒　伏願僉員　同心同力　常使胸中昂昂激勵　而蹈刃冒石　不有其身　克圖敦事之地

『동엄실기』 권상 【1597년 7월】
진중(陣中)에 널리 알리다

선유진중
宣諭陣中

김득복金得福

嗚呼 凶寇再肆 帥臣敗死 遂乃東西衝突 視我國之無人 前後蹂躪
謂爾鋒之莫犯 然究厥形便 不足與論於初頭之變 而郡無攖虎之膽
野多走獐之足 便若忘我殿下哀痛之詔 是豈終始死國之義乎 顧我
僉員 本非市烏之合 詎效風鶴之走 退而堅壁 出而應敵 兵家之妙筭
也 靜而制動 主而抵客 智士之機關也 □烏之俛仰 或有帶箭 人而爲
鳥竄乎 魚之潛伏 亦或被網 人而爲魚潛乎 惟願鑿斯池築斯城 比爾
干稱爾矛 以爲同死同歸之地

『백암집(栢巖集)』 권6 【1592년】
의병을 불러모으는 글

초모문
招募文

김륵金玏

　　當職受命南來 賊已踰嶺 大小人民 舉皆逃竄 祗奉聖旨 宣諭無地
謹寫數紙 再傳列邑 而今旣數月 不知所至 此必道路梗塞 皆未得達
庸拙孤臣 誠意淺薄 使聖上丁寧之命 將委於草野 揆之以律 一死猶
輕 西望長號 罔知所措 嗚呼 天方降割 國會否運 島夷一呼 城守四
潰 蹴過湖嶺 躍入神都 人遷邪土 賊滿關河 自有天地以來 夷虜之禍
未有若是之慘者也 然此豈賊謀神奇而莫之當者乎 只緣爲閫帥邑宰
者 先自怯縮 或一二交鋒 旋卽退犇 或櫜弓斂刃 開其道路 使賊揮袂
而行 略無所忌 念及於此 不覺氣塞 顧我嶺南 素稱多士 忠勳義烈
輝映千古 而先正之澤 又在人耳目 其於君臣父子之倫 固已熟講而
體行之 非不知討賊復讎之擧 爲臣子第一義 而特以變起倉卒 事多
潰裂 自不暇爲計耳 今則變亂之作 已過數月 而猶未聞倡率義旅 奮
挺繼起者 竊恐留時引日 緩不及事 爲後世論事者之羞也 今此傳教
之時 御座不移 都門有守 而其懇憫慘怛之意 有非臣民之所堪聞者
況數日之後 國事大潰 民患益慘 公私之痛 尤有所不可忍者 噫 西土
風霜 鑾輿播越 其可忍乎 北闕灰燼 戎馬蹂躪 其可忍乎 廟社草萊
學宮腥穢 其可忍乎 列邑蕩覆 千官散落 其可忍乎 爲公而不可忍者
將不止於此也 父母奔竄 或逼鋒刃 其可忍乎 妻孥係累 多被汙辱 其
可忍乎 先人廬宇 盡入兇焰 其可忍乎 同門骨肉 擧遭慘毒 其可忍乎

爲私而不可忍者 亦不止於此也 夫以人心之所不可忍者 而猶且潛
林匿藪 置大讎於相忘 天理人情 並皆淪滅而無復存者 良可痛哉 吁
復君親之讎 廝賤之所共知 而人皆捧頭竄伏 無敢自力者 亦不過愛
惜其身 而身體髮膚 父母之遺也 含生食土 君上之賜也 受君父之恩
而乃有此身 則此身非我之身 卽君父之身也 然且私自愛惜 不赴其
急 將何以自立於覆載之間乎 人之言曰 入山則生 出山則死 是大不
然 當叢薄茂密之時 或可以鳥沒鼠竄 而秋霜一下 木葉盡脫 則將無
有寸地之藏身者 其得免兵火之所獵乎 人之言曰 彼强我弱 烏可相
敵 此亦不可 夫久安之民 猝遇鋒鏑 貪生畏死 勢所必然 而今者兇鋒
之慘 無遠不及 避未必生 戰未必死 則其不思奮義而自力乎 今雖竄
伏 而終不得脫 始雖怯弱 而亦可使强 事理甚明 人皆可見 而猶或遲
疑而莫之悟 則終必糜滅於賊鋒而後已也 假使媚盜而幸生 降賊而
苟活 人理滅絶 其心已死 所餘者犬彘之頑命而已 凡人相詬之際 目
之以倭 則雖三尺之童 皆將艴然而怒 今日 毀爾法服而變著倭衣 削
爾頭髮而變作夷面 男子爲其奴隷 婦女爲其妻妾 則其可安然受之
無慊於心邪 況此狂賊 如飄風驟雨 其勢不久 而天威之下 亦當自敗
忠臣烈士 挺然特立 惟義之從 則死生强弱 非所當言 而常人之情 不
得不動於此 以此而開諭衆惑 是亦一道也 苟有忠義之士 一擧而倡
之 則遠近之人 庶幾飜然覺悟 響赴轅門 有勇者可以摧敵 有粟者可
以餉軍 人自爲戰 義氣百倍 彼游魂假息之賊 其可逃於一鼓之下乎
今我上國 軫君臣之義 敦字小之仁 勞師萬里 來赴其難 耳目所及 莫
不感涕 況吾臣民 上戴我后 世蒙恩育 而一朝遇急 不得效死 則今見
皇朝之人 將何以爲顔 亦何以爲辭 雖或不死於賊刃 尙且愧死之不
暇 矧可免邦國之常刑乎 凡我同志之人 無徒竄身 各自奮力 廓淸妖
塵 回鑾故都 掃除腥血 奠民樂土 使後日握手相慶曰 除兇雪恥 某人

之功 扶危濟急 某人之力 則忠孝之名 將彪炳簡冊 顧不韙歟 念惟微
臣 雖切存楚 而志迂辭拙 知不可採 惟幸聖敎在上 宛若親臨 奉而行
之 事無難成 凡守令邊將 文武出身 生員進士 父老子弟 閭良軍民等
並宜知悉

『낙재선생일기』권2
강좌의 여러 고을에 보내는 격문

격강좌열읍문
檄江左列邑文

김면金沔

封彊失愼固之規 島夷深入 京師無背城之戰 鑾輿遠巡 宗社含羞
山河帶憤 臣民之痛已極 報復之擧非邪 惟我嶺南 六十州文物衣冠
絃誦旣盛 二百年休養存撫 生齒亦繁 實國家之根基 亦人才之府庫
禹貢之玄黃陸續 庚信之俊傑連綿 豈意 兇鋒一交 痛人心節義之不
古 烈焰長熾 致軍民潰散之如今 赤地無子遺 春鴬幾巢於林木 靑衣
遍南紀 吾民盡陷於夷蠻 九重驚惶 唐明恨河北義士之無一 萬姓呼
痛 吳王嘆西陵門戶之先崩 玆以 仰誓於天 俯叩於地 望北辰而揮涕
顧海寇而奮拳 效戴俶招鄉兵 不量負山之蚊力 慕張巡提殘卒 徒切
疾呼於蟻援 居縣陝郡之協心 已獲全船之賊 玄盜星寇之一討 思殲
雄標之倭 念彼星邑 賊路要衝 實同成都之劍閣 一道雄府 豈殊秣陵
之荊州 穀粟支數季 敖倉之軍食猶在 器械倍他邑 韓國之勁弩尙多
奔竄四民 不啻楚國之三戶 陷溺百姓 猶有卽墨之萬家 得此則恢復
可圖 失玆則大事將去 然而 懷苟安之念 匹夫無文山氣義之心 有偸
生之思 鄉士鮮武穆得字之背 孤軍赴敵 如以肉投餓虎之前 盛兵臨
戎 若以山壓鳥卵之上 苟非公瑾之救 烏得赤壁之勝 肆將一幅紙之
文 用替南霽雲之舌 聞風響應 豈無慷慨之人 見義必爲 想有奮勇之
士 彝倫之大不滅 君父之羞可忘 倘使 溺於利害之私 猶懷竄伏 昧乎
臣民之職 不思戰攻 惟前轍之不悛 恝後功之無效 是日叛反之輩 與

賊何異 玆謂亂逆之徒 於法當誅 須從義兵之招 悉赴王師之會 江左
列郡 諭誕隣而興兵 洛西諸州 曉傍邑而聚卒 謝安不卻桓沖之師 多
多益善 孫臏必遏龐涓之旅 桓桓濯征 繼左右而挾擊 形勢相依 顧前
後而交援 首尾互濟 沿江列柵 截橫江難制之長鯨 仍山設弩 斬登山
潛候之封豕 左而前中而後陣 擬常山之蛇 南而東北而西圍 縱舒翼
之鶴 變化不測 示風雲雷雨之規 策應無窮 叩坐作進退之節 則軍容
極振 賊氣大摧 鶴唳風聲 渾疑晉兵之將至 烏飛鳥散 可占漢業之中
興 投鞭斷流之誇張 反作苻堅之敗 挾淝請邰之單旅 竟爲謝玄之勝
隻輪不還 寇準無北顧之患 百年無事 宋室絶南遷之憂 應還鄒魯之
風 快雪廟社之恥 豈徒榮光於一道 抑亦垂耀於千齡 忠義奸邪之分
此焉可決 陸沈匡復之判 由是而分 用敷腎腸 敢此歷告

『난중잡록』권2 【1593년】
통문

통문
通文

김복억金福億

凶賊蹂躪此道 以至龍城浴川 而中路逃遁 使一道之民得免魚肉
之禍者 皆是天兵留屯帶弓之功也 天兵之有德於我者如是 而我民
之欲報以德者爲如何哉 涼秋九月 天氣漸沍 遠赴萬里之征 若無衣
褐 何以卒歲 我國之人 宜乎預辦禦寒之資 而至於天將求綿之請 則
我民之負德於天兵者大矣 我民之寒衣飢食 安享室家之樂者 實賴
天兵之賜 而獨使天兵有凍寒之苦 則豈不愧哉 伏惟僉尊曉諭同志
收得木花若干 奉置于有司家 以通于都有司處如何 變亂之世 簿書
之到官者雲委 列邑之人 視爲尋常 例不擧行 今此收綿一事 極爲緊
急 更加勉力幸甚 巡察使以宋處中爲募綿都有司 如有願納之人 則
如募粟例 狀啓論賞云 亦遍諭一境之人應募 幸甚幸甚

『학봉집(鶴峯集)』 권3[8] 【1592년】
경상도 백성에게 의병 모집을 알리는 글

초유일도사민문
招諭一道士民文

김성일金誠一

國運中否 島夷竊發 橫跳 一本蹂 疆場 衝突東西 雄城大鎭 曾無
藩籬之限 浹旬之間 已踰關嶺 直擣京師 鑾輿播越 擧國奔竄 自有此
東方 夷禍之慘 莫今日若也 列闡爲國家干城 而或望風奔潰 或怯怯
退縮 守令爲一邑君長 而率皆搬移妻子 焚棄兵庫 無一人抗義奮忠
先登擊賊者 哀我軍民 尙安所恃賴而不逃且散哉 狂瀾一潰 莫可堤
防 城無荷戈之卒 邑無效死之臣 賊之所到 如入無人之境 遂使嶺南
一道 陷爲賊藪 土崩瓦解 莫保朝夕 此何等時變耶 然此豈徒邊將守
令之過爲士民者 亦不得辭其責也 古之當大亂能守國者 以其上有
效死之志 下有死長之心故也 今則賊未至而士民率先逃竄 藏伏山
林 爲苟活偸生之計 使守令無民 將帥無軍 將誰與禦賊乎 或者謂鄒
魯之閧也 有司死者三十餘人 而民莫之死者 以有司不恤民隱也 今
玆奔潰之變 豈孟子所謂出爾反爾者乎 嗚呼 此何言也 近年以來 賦
果煩矣 役果重矣 民果不堪命矣 然城池防備之具 皆係陰雨之備 以
今觀之 聖上保民之慮遠矣 夫豈厲民而 草本以 自利者乎 況鄒魯之
閧 雖有勝負 同是中國也 於民無甚利害 惟此染齒之徒 一入我地 便
有雄據之志 繫擄婦女 作爲妻妾 屠戮丁壯 靡有孑遺 撲地閭閻 盡付

---

8) 이 글은 『난중잡록』 권1; 『낙재선생일기』 권2에도 실려 있다.

烈炎 公私蓋藏 擧爲其有 毒遍四域 血流千里 生民之禍 可忍言哉
此實志士枕戈之日 忠臣殉國之秋 而六十七州之中 迄無倡義奮臂
之人 猶恐逃命之或後 入山之不深 曷勝歎哉 設使入山避賊 終能全
軀保家 烈士猶以爲恥 況萬無保全之理乎 當職請究言之 以開士民
之惑 可乎 此賊急於犯京 兵不留行 故禍未遍及於列邑 逮賊得志之
後 兇徒充滿域內 則山林果爲逃死之地乎 譬如洪流滔天 烈炎燎原
嗟我億萬生靈 更欲何地容身 不出則日久糧絶 坐爲窮山之殍 出則
父母妻子被其俘辱 衣冠士族爲其魚肉 降則永爲梟獍之族 不降則
擧作瘡瘢之鬼 此豈待智者而後知之乎 然此則只以利害死生言之耳
嗚呼 君臣大義 天之經地之義 所謂民彝也 凡我含血食毛於此土者
坐見君父之蒙塵 宗社之將顚 萬姓之魚爛 而恝然不爲之動念 則其
於天經地義何 況父母罹鋒刃 骨肉不相保 私門之禍亦急 而爲子弟
者捧頭鼠竄 不思出萬死而俱 草本求 全 則其於人子之道 何如哉 顧
惟嶺南 素稱人才之府庫 一千年之新羅 五百載之高麗 及我朝二百
年之間 忠臣孝子英聲義烈 輝映靑史 節義之美 習俗之厚 甲于東方
此固士民之所共知也 且以近事言之 退溪南冥兩先生 竝生一世 倡
明道學 以淑人心扶人紀爲己任 士子之薰陶漸染 興起私淑者多矣
平日讀許多聖賢書 其自許何如 而一朝遭變 惟貪生避死之是急 自
陷於遺君後親之惡 則偸生世間 將何以頭戴一天 死入 一本之死 地
下 亦何以見我先正 衣冠禮樂之身 其可辱乎 斷髮文身之俗 其可從
乎 二百年宗社 其忍輪之賊手乎 數千里山河 其忍委之賊窟乎 中夏
變爲夷狄 人類化爲禽獸 是可忍乎 是可爲乎 上首功之秦 初非純乎
夷狄 而魯連猶甘蹈海之死 惷玆卉服 此何等醜種 而任其盜據我土
地 戮辱我民庶 不思所以驅逐之斬殄之乎 說者以爲彼勇我怯 彼銳
我鈍 雖或起兵 無能爲也 噫 此何不思之甚也 古之忠臣烈士 不以成

敗易志 强弱挫氣 義所當爲 則雖百戰百敗 猶張空拳 一本夸 冒白刃
萬死而不悔 況此賊雖强 懸軍深入 正犯軍忌 尙安能善其歸乎 我卒
雖怯 勇怯亦何常之有 忠義所激 弱可使强 寡可敵衆 只在一轉移之
間耳 見今逃兵潰卒 布滿山谷 初雖脫身而求生 終知一死之難免 咸
思自奮 爲國效力 特未有倡之者耳 當此時 如有一人義士奮起一呼
則遠近雲合響應 坐可策也 且聖上已下哀痛之敎 又不以小臣爲無
狀 付以招諭之責 唐之武夫悍卒 尙泣興元之詔 矧我鄒魯之士 寧不
爲之扼腕慷慨 以赴君父之急乎 誠願檄到之日 守令則曉諭一邑 邊
將則激厲士卒 文武朝官 父老儒生各人等 轉相告諭 倡率同志 結以
忠義 或保障以自守 或提軍以助戰 富民則運車達之粟以瞻軍 勇士
則奮沖甲之兵以勦賊 家家人人 各自爲戰 一時幷起 則軍聲大振 義
氣百倍 鋤耰棘矜 可化爲堅甲利兵 賊雖有長槍大劍 尙何可畏之有
事成則雪國恥於萬全 不成 猶不失爲義鬼 諸君勉之 當職 一腐儒也
雖未學軍旅之事 君臣大義 則亦粗聞之矣 受任於一道顚覆之餘 志
切存楚 未效包胥之忠 哭廟起兵 徒慕張巡之烈 尙賴義士之力 冀辦
取日之功 朝廷賞格在後 竝宜知悉

『학봉집』권3[9] 【1592년】
현풍의 백성에게 알리는 통문

통유현풍사민문
通諭玄風士民文

김성일金誠一

國運極否 染齒長驅 以至鑾輿播越 廟社蒙塵 噫 人皆有秉彝之天
凡在食土茹毛者 孰不欲畢義竭忠 捐軀而殉國乎 顧惟嶺南 素稱鄒
魯之邦 而苞山一縣 又爲士子之淵藪 其間伏節死義之士何限 今者
賊據城中 四出屠掠 其見害者 非其父兄則乃其妻子也 上之君父之
讐 不可與共戴天 下之兄弟妻子之仇 亦豈可以不報 吾知竄伏山藪
者 枕戈嘗膽之志 未嘗頃刻忘于懷也 未聞有一人倡義起兵 慷慨討
賊者 豈不以劇賊充斥 吾民無用武之地故耶 然而忠義之士 不以死
生易志 勇武之人 不以强弱自沮 切願密相通諭 倡起義旅 力可以擊
賊 則在鄕而奮沖甲之兵可也 勢若不可以自立 則提兵而赴闕帥之
軍可也 或不以當職爲可棄 則渡江赴義 又何不可之有 頃者陜川鄭
宜寧仁弘高靈金佐郎沔 奮忠揭義 一呼而州郡響應 比來軍聲大振
恢復之功 庶幾可圖 本縣士民 勿以倭奴積威之所怯 益勵義烈之氣
一以復君父之讐爲念 則忠憤所激 勇氣百倍 彼惡敢當我 況今倭賊
懸軍深入 兇鋒已挫 大敗於松都之靑石 中沈於西京之大同 踰鐵嶺
者 又爲巡邊使李鎰之所殲 唐兵五萬 旣渡鴨江 祖郭王三大將 各率
精兵數萬 分道馳援 又舟師十萬 自山東直擣倭人巢穴 我勢旣張 賊

亡無日 此正志士奮袂立功之秋也 若遲延時日 坐失機會 則不惟無
以戡定禍亂 將得罪於君臣之大倫 其何面目 自立於天壤間乎 第惟
民庶之無識 或不知君臣之義者 則惟賞罰可以勸懲 其不見朝廷事
目乎 勿論公私賤 馘一級及第 二級六品 三級通政 斬倭將 錄勳嘉善
云 武夫勇士 急赴義兵 銳意力戰 則上可以取通侯之印 下不失爲勳
臣之列 榮極一身 澤流後裔 不亦佼乎 如或計不出此 一向隱伏林藪
則雖脫倭奴之鋒刃 其免窮山之餓殍乎 藉令萬分一儌生而苟活 一
朝事定 則國有常刑 非但身不保首領 爲其妻孥者 擧不免孥戮之刑
其視力戰成大功取重賞者 利害禍福 爲如何也 生爲烈士 死作忠魂
惟爾等其勉之

『학봉속집(鶴峯續集)』 권3
각 고을에 알리는 방문

방유각읍문
榜諭各邑文

김성일金誠一

招諭使爲傳令事 倭賊充滿一國 橫行自恣 無所忌憚者 以其人民 竄伏 邑里空虛 無人捍禦故也 其中陷沒各邑 則民無依賴之地 避亂 流離 勢所難免 內地保存之邑 則堅守險要 初無朝夕之急 而大小人 民 無意禦敵 賊無形影之前 先入山林 致令守令無民 將帥無軍 雖有 良將 束手無策 極爲痛憤 閭巷小民 亦畏官令 多有應募出現者 而最 只品官及武士儒生等 無意下山 州縣陷沒 國家顚覆 有若秦越 恬不 動念 雖曰我人 無異叛民 尤極痛心 玆以出榜曉諭 守令等另加知委 卽令還家 而不從官令之人 別爲成冊上使 其中尤甚者 軍官發遣捉 來 依軍令處斬 懲一勵百 前以義理曉諭 而尙不聽從 故今以威刑而 督之 實出衰世之意 奉使者雖無狀 無以感動人意 我民獨無秉彝之 天乎 更試思之

『학봉속집』권3
각 고을의 장령(將領) 등에게 보내는 전령

전령열읍장령등
傳令列邑將領等

김성일金誠一

　招諭使爲上使事 各邑軍卒等 或伏兵或赴戰時 逃潰成風 雖有良
將 束手無策 一道陷沒 實由於此 逃卒等自以謂一時數多逃亡 則難
於一一行法 尤爲痛憤 今後則統將都訓導領將 幷成冊上使 而十名
內有逃亡者 斬統將 統將中有逃亡者 斬都訓導 一軍盡逃 斬領將 而
搶軍等 則各有戶首及主戶 各其名下 懸錄主戶戶首之名 逃亡後不
卽捉付者 與之同罪 一番逃亡人 籍沒財産 以給戰士 再次逃亡人 這
這斬首事 另加申勅各官 一依約束施行事

『난중잡록』권1【1592년】
의병장 곽재우에게 보내는 격문

격의병장곽재우문
檄義兵將郭再祐文

김수金晬

檄逆賊郭再祐 再祐乎 汝知汝之爲逆賊耶 假托擧義 陰謀不軌 兇
謀敗露 遺臭億載之下者 此非董卓亂賊耶 記曰 刑不上大夫 又曰無
專殺大夫云 則秩崇位高之人 雖犯當死之律 以人主生殺之權 不輕
加之者 所以待重臣之道也 本道巡察使 曾經六卿 再按玉節 況陞受
一道都巡察使之任 設使巡察使身負大罪 自上當問 非朝廷所可處
置 況本道之人 其可以法加之耶 汝賊之乘亂嘯聚 數罪傳檄者 不過
假托擧義 陰謀不軌 兇謀敗露 預爲自全之計也 厥今賊勢鴟張 已陷
京都 鑾輿播越 廟社丘墟 少有慷慨之志者 縱非食祿之人 所當枕戈
敵愾以雪國恥 而況本道之得免兵火之邑 洛水以東 則未嘗知其幾
陷與否 近處州縣 只餘七八零賊蜂屯 方據固城星州金山 又陷錦山
將陷居昌 餘存七八之邑 比如將死之人 氣息奄奄 藥餌不下 呼吸不
通 血色只在於脣吻 生道十分之一 汝賊之心 苟出乎義氣所激 則當
與巡察使招諭使金松庵鄭來菴兩先生 戮力討賊之不暇 而唯以反逆
爲心 欲先除一道之大將 數罪傳檄 使不得專意征謀 餘存七八之邑
將見豺虎之橫行 娣妹妻妾 盡被擄掠 父子兄弟 皆爲魚肉 有父母妻
子者 孰不欲臠汝之身唶汝之肉乎 汝賊之敢爲此擧 前後狼狽 進退
惟谷 而不得已之事也 何者 汝賊擧兵之初 於其設心 以爲當國家空
虛之時 多聚無賴之徒 結以私恩 爲我心腹 摽掠零賊 大振軍聲 不幸

而事定 則不失爲一代之元勳 若幸而國亡 則亦可成刱立之大功 包
藏禍心 假托義兵 竊取草溪之官穀 攘奪晉州之田稅 公然白日 肆行
盜賊之事 汝黨鄭大成被誅之時 巡察使疑汝賊無將之心 盤問幕下
倘靡安世熙金景訥兩人之力陳非賊 則汝之頭足 曾已異處矣 而汝
賊之魂 亦必與卓 進悔於地下矣 事變未出之前 巡察不過爲一道之
方伯 方伯之所率 不過五六人 節制不及於兵水使 事變旣出之後 聞
釜山東萊之陷 自晉州馳到密陽 密陽淸道等五六官 連陷於二三日
之內 賊犯星州 則馳到高靈 賊向金山 則馳向知禮 路過星州伽川里
駐馬村邊 招致儒生等四五人 諭以擧義起兵之意 不入伽倻 直到知
禮 始受都巡察使之任 而所率亦不過幕下之人而已 招致敗軍逃走
之李惟儉 斬首竿之 請罪不救 金海之曹大坤 白衣從軍 而督戰金山
斬首數百餘級 定將列邑 多致俘馘 皆由巡察使節制 今者賊已踰嶺
京師旣陷 則領軍勤王之意 馳啓于行在所 僅率千餘名 行到雲峰 因
招諭使 聞全羅巡察之自公州還下全州 未及調兵 且從招諭使之力
止 還駐安陰 一見急急來援之有旨 垂泣誓心 獨領百人 進止水原 路
遇零賊 斬殺甚多 賊乃退去 至於翌日 賊衆突陣 兩湖巡察 皆已奔北
而本道巡察使幕下將士 已令赴戰 而只有數三人 畧無動色 至拔佩
劍 欲斬退將 獨殿軍後 全師而還 此非忠愼之奮發耶 汝賊雖欲殺害
恣行胸臆 朝廷命令 尙行於八方 大將命令 亦行於一道 一道八方之
人 其皆俯首聽命於汝賊之手下 而恝視巡察之被害乎 劇賊衝突之
初 連陷巨鎭 焚蕩屠戮 昇平之民 望風潰散 爲將者無如之何 若林之
檓 如入無人之境 直衝蹂躪 闌入都城 此非巡察使不能節制之所致
也 汝賊雖曰 欲加之罪 何患無辭云 而敢爲兇憯之事 旣檄於幕下之
人 劫行刺客之事 巡察委諸狂生之言 付之一笑而已 汝賊又檄於巡
察使 觀其指語 皆是譸張不實 而其中 有忠義氣節 許巡察使之先人

可謂天理之不泯處也 自古及今 忠義氣節之人 當此之時 倡義勤王
終始所爲 一出於正大無僞之道 故人不得間 行事如靑天白日 來朝
之諸臣 當代之金鄭兩先生是也 汝賊素無可觀之行 而托稱義兵 陰
謀不軌 黨與羽翼 皆是陰險無狀 兇惡不道之人 則今此兇慘之言 非
獨汝賊之所爲也 以汝反逆之狀 巡察使馳啓行朝 而熊虎之將 拔山
之材 皆在幕下 爭相請纓 莫不痛心 檄召諸將 縛致轅門 梟示不軌
汝令來降 則可免赤族之禍 吉凶禍福之間 汝賊黨與 各審去就 且汝
賊平日所行悖逆之狀 所可道也 言之醜也 姑置不擧 知悉

『운천집(雲川集)』 권3[10) 【1592년】
병사를 모집하는 글

모병문
募兵文

김용金涌

嗚呼 此何等時邪 此豈潛身遠害 謀欲自安之日邪 鸞輿播越 鳳城
淪陷 十二代陵寢蒙塵 億萬姓肝腦塗地 爲臣爲子而君父之羞辱無
窮 爲父母爲兄弟爲夫婦而骨肉之冤痛已極 嗟我孑遺未死者 其何
忍擧顔白日 袖手妖氛 而不思所以洗之乎 而況酷炎四熾 有如蚕食
魚爛之患 鱗次而至 雖欲苟活一隅 亦所不得 吾人可爲異類則已 苟
思我君父而知不可共戴一天 則寧不決一死而起乎 生等嘗膽累月
扼腕中夜 謀聚官兵 而官兵已散 思贊幕府 而幕府非任 久知腐儒迂
計無所施設 猶區區至此不忘喪元者 誠以復讐有義 徒死無益 如得
勇敢之人 結爲腹心之士 則轉海回山 擧無所難 彼賊雖衆 尙何畏哉
玆敢遍諭遺丁 旁集緇徒 日未數旬 衆可累百 庶幾忘身赴約 一乃心
力 知進死之爲榮 識退生之爲辱 視彼逃兵潰卒惟恐竄伏之不暇者
其勇怯不亦懸乎 第以經亂之後 板蕩已盡 糧糧少半菽之儲 器械無
一鏃之餘 雷奔電擊之卒 率皆垂橐 揭旗扛鼎之徒 半是空拳 徒切獲
醜之志 顧無用武之地 此實今日之一大憂也 竊念十室之邑 必有忠
信土壤之助 可成太山 惟我一二鄰邑 室皆逾十 士皆知義 賊未入境
措辦有路 親上死長 豈無乙可之僕 世務其本 亦多車達之粟 誠願文

---

10) 이 글은 『난중잡록』 권1에도 실려 있다.

到之日 各盡乃誠 思竭其忠 勿以鄕兵之已出爲辭 勿以官軍之盡托
爲難 力所可及 應募如響 或遣子弟 或發奴僕 或以軍糧所資如米如
太 如皮穀如木疋 或以軍器所入如膠如羽 如箭竹如鐵物 多般相助
一諾無改 則所施於僉有者不難 而爲用於軍需者甚關 虞淵取日之
誠 未必不賴此一助 不其偉歟 若以爲雄藩巨鎭 在處土崩 勇將名帥
擧爲風靡 白面書生 有何所爲 而酸焉一笑 不爲致力 則殊非所望於
諸賢 而愜心報仇之願 又將責之於何地邪 嗚呼 從今死生 當以討賊
未討賊而爲決 爲國忠誠 豈因食祿不食祿而有間 事成則可以雪憤
於神人 不成猶且不歸於徒死 惟諸賢勉之哉

『건재집(健齋集)』 권4 【1592년】
임진년 의병 격문

임진의격
壬辰義檄

김천일金千鎰

竊惟捨魚取熊 孟夫子之垂訓 若蜂斯起 楚義士之同聲 由來漢唐
以前 亦粤羅麗以後 邦國之亂賊間出 宇宙之烈士幾人 在昔以童子
而赴死國亂 史氏傳汪踦之全節 以野老而捍衛邦社 世人稱田夫之
苦忠 霜雪爲節於秋冬 方知松柏之盛茂 日月竝出於滄海 實爲焦原
之榮光 慷慨悲歌 處處起燕趙之響 講磨道義 家家誦鄒魯之聲 不幸
國步艱難 島夷猖獗 廷臣跋涉 大駕播越 社稷將危 生靈塗炭〔缺數
句〕伏願濟濟多士 赳赳武夫 看我尺書 聽我謦語 顧今文物 摠是先
王之衣冠 殲厥巨奴 孰有將軍之忠勇 節士募少 寧無奔衛之王師 志
士倡羣 要得樂死之義旅 南州之壤地雖小 幾處效力之衆髦 北闕之
化育曾敷 必多同心之壯士 倘使與吾一力 效余寸衷 則僉公之忠勳
壯節 不絶千秋 永垂方策

『난중잡록』 권1 【1592년】
좌의병 진중(陣中)에 돌리는 글

좌의병진중회문
左義兵陣中回文

박천정朴天挺 · 양희적楊希廸 · 이대윤李大胤 · 최상중崔尙重 등

　義兵來十一日發行 諸具旣備 而軍糧獨無出處 大將所已收衆議 近地各官 隨便借得 而凡食土地有餘積者 皆可任其多少 以助樵爨 之資 此乃徒中之望也 所得軍糧 半歸輸送之費 如人馬千里之債 皆 出於此故也 如或精兵 或戰馬卜馬中 隨其所有出扶 千萬幸甚 赴戰 運糧將進士朴天挺 幼學楊希廸 在鄕運糧將正郎李大胤 正字崔尙 重等

『화천당집(花遷堂集)』 권1[11] 【1592년】
격문

격문
檄文
박춘무朴春茂 · 이시발李時發

竊以 不共戴一天 禮經之大義 必欲復九世 春秋之美辭 爲君親而
除讎 在臣民而何忽 頃者 國運中否 王業多艱 蕞爾海島之小夷 罔念
卵育之大德 豺牙密礪 蓄不率不恭之心 虺毒潛吹 非一朝一夕之故
飛龍馬孔雀鳥 詐修貢周之儀 步光劍屈盧矛 實行取虞之計 舞兩階
之干羽 豈無帝舜之格苗 問九鼎之輕重 慨欠王孫之却楚 妖氛漲海
指日之凶鋒始揮 殺氣纏空 射天之兵勢孔熾 奔鯨鯢於禹域 走犬羊
於堯封 邊城失險於金湯 列陣解崩於瓦土 睢陽城裏 誰是死守之張
巡 郭州營中 盡學夜遁之成裕 狼顧鼠拱 三軍之天將焉歸 雲散鳥驚
八州之王師自潰 七十州禮樂文物 慘目左袒之腥膻 二百年休養生
靈 傷心塗地之肝腦 鳥嶺天險 儻得一夫之當關 漢北王城 奚據廿日
而失守 至於鑾輿播越 豈忍言哉 廟貌蒙塵 尤可痛矣 凄涼去邠之行
色 式微寓衛之王靈 天地無情 喪亂至此 橫流蠱毒 深入三韓之舊疆
未靖妖氛 式至四月于今日 周宣有撥亂之志 尙少方召之壯猷 唐室
値重恢之期 猶乏李郭之仗義 廟堂無策 何日平戎 閫帥非人 爭媚門
庭之寇 誰復敵愾 坐偸姑息之安 竊觀福星之在吳 可占皇天之悔許
中原父老 悵望宋帝之旌旗 三輔遺民 泣思漢官之儀度 有一旅足以

---

11) 이 글은 이시발의 『벽오유고(碧梧遺稿)』 권6에도 실려 있다.

興夏 矧萬古義不帝秦 幸賴皇上之威靈 抑因殿下之神武 方蕩掃之
不日 庶肅淸之有期 某等俱以 一介腐儒 素非百夫之長 國恥未雪 誓
不與賊俱生 主辱方深 尙晩爲臣一死 茲與一二同志 糾合數千義士
天兵渡遼 尙勤萬里之來救 孤忠許國 敢愛七尺之微軀 方誓心於除
兇 寧有嫌於出位 軍旅未之學也 雖曰白面書生 忠義素奮激焉 不減
紅額壯士 神人交憤 衆庶同仇 莫非祖宗之遺民 奚但五世相韓 苟有
人民之憤惋 古稱三戶亡秦 人亦殺其兄 幾多喪兄之弟 而忘害爾父
盡是亡父之兒 下則父兄之讎 上則國家之賊 誰不切齒圖報 爭淬刺
仇之鋒 士有斷髮鬪心 競唾殲虜之掌 凡百忠臣義士 願一協力同心
雖在緇髡之徒 咸添撫我之澤 同得忠勇之性 寧恝枕戈之憂 如熊如
羆 幸左爲劉之祖 自南自北 庶同相應之聲 鞠諸葛之躬 灑溫嶠之泣
翊戴晉室 共尋劉段之盟 誓淸中原 往擊祖逖之楫 遊魂寧久 鼎魚將
窮 用掃九廟之腥塵 回龍馭於北闕 收復兩京之鍾簴 返鳳蹕於西岷
恬溟海之風淸 依阿閭以蘭芷 乾坤再造 克享周命之新 日月重光 不
失漢物之舊 柱天勳業 香竹帛於千秋 奉日精忠 照麒麟於一代 在此
一擧 勖哉諸君

『화천당집(花遷堂集)』권1
다시 보내는 격문

재격문
再檄文

박춘무朴春茂

蓋聞天地肇闢 華夷區別 風土習氣之旣殊 語音衣冠之亦異 卉服
記於禹貢 置度外而不治 通道誌於周書 嘉革面而思服 粤自三代以
降 爰有四夷不庭 魯侯徂征 渙發費地之誓 周宣自將 薄伐淮北之侵
振古若玆 非今獨爾 惟我東方 北隣楡虜 東接桑夷 自三韓鼎峙以來
曁一統松都之後 國家之運遠矣 一安一危 夷狄之生久乎 或衰或盛
乍臣乍叛之不測 爲姦爲宄之靡常 征日本伐一岐 稽麗史而可見 捷
雲峰討馬島 在國乘而足徵 我國 太祖創垂 神孫堂搆 旣歷二百年紀
誕拊十聖丕圖 事大以誠 華夏之冠蓋相望 交隣有道 蠻夷之梯航沓
臻 那料太平之辰 有此凶醜之患 千百艘飛渡洋海 曾不踰時 十萬賊
散入京師 猶未卄日 屠城殺將 敢肆孔棘之兇 越嶠涉江 如入無人之
境 踰忠原鳥峴之險 民怨元帥之班師 過龍仁皮嶺之高 人道兵使之
迎賊 一敗黃澗 由於懶世灝之退伏 再潰西原 出於老申岦之破陣 凶
徒深入 揮刀持梃而風驅 我軍難支 棄甲曳兵而鳥散 虜掠士女之不
億 殺戮人民之如麻 焚蕩村閭 春鷰將巢於林木 滅陷州郡 秋草已迷
於城壕 逃名軍丁 不恤碪斧之資汚 廢農黎庶 無奈溝壑之飢塡 夜哭
相聞於千里 夷歌互起於幾處 況宗社 腥穢洛下 而乘輿 播越關中 父
老爲之涕泣 義士可堪痛哭 天耶運耶 八道難御而俱盧 時也勢也 三
道失守而皆陷 曰稽古來之喪亂 未有今時之慘悲 惟幸人心未亡 天

理不泯 義兵爭起於西南 官軍繼出於四路 殼乃甲冑 咸詠采芑之詩
修我戈矛 共歌無衣之賦 師直爲壯 佇聞捷書之傳 事順則成 庶見恢
復之烈 何圖湖外之義旅 再敗錦城之小酋 敬命遲留而致亡 趙憲輕
發而乃死 賊勢乘勝而尤張 無人敢遏 王師聞風而輒潰 有誰能防 彼
蒼天莫惠我師 哀赤子靡有遺子 念及於此 盡傷于懷 雖然 兵家勝敗
之不常 王師節制之有術 始雖垂翅於泗水 終能奮翼於澠池 豈以一
敗而自沮 功虧一簣 期於百戰而必勝 策圖萬全 九節度陷於祿山 竟
復唐家之衰運 十萬兵敗於項羽 終創漢室之鴻基 痛矣今日之行軍
異乎古人之制敵 三道兵潰於畿甸 不再徵收 五將帥散於四方 無復
防戍 是豈臣職之可忍 莫謂天運之已徂 嗚呼 漢衛霍之旣亡 唐李郭
之不作 天傾杞國 莫懷支撐之憂 日迫虞淵 疇辦取洗之力 擧目山河
之殊異 萬里腥塵 回頭風景之轉凄 四方兵火 年年取武士 可慚擧國
之無人 歲歲閱戎車 奚賴天兵之來救 世無傳檄之敬業 誰是擊楫之
祖生 累下綸綍之哀 未聞奉讀感泣 分遣招諭之士 不見攘袂偕行 尤
可痛者 言念國事之危顚 實原風俗之偸薄 士爲己 不知君父 人私家
只保妻孥 列郡無男兒 誰復張巡之死守 朝廷盡髽婦 安有方叔之壯
猷 遣通信有何益焉 只示朝廷之弱 送宣慰而又害也 反貽神人之羞
干戈禮樂之大邦 戎馬昇平之壽域 北去君臣輕社稷 忍見黍離於舊
都 南來士庶望旋旗 終恐烏栖於關塞 歷觀古今之天下 幾多夷狄之
憑陵 犬羊寇周 平王東遷而中興 五胡亂晉 元帝南渡而恢復 明皇西
幸 儲君終能興邦 徽欽北行 高宗遂以撥亂 況我朝積累之旣久 抑聖
上政化之無疵 苟能仗義而觀王 孰不死綏而報主 十室邑必有忠信
莫道應募之無人 一介士可以倡先 宜急廣諭之誠意 借鉏耰皆化堅
銳 起畎隷盡爲瓜牙 共率斧喪之民 敵王所愾 爭運車連之粟 資我干
囊 負羽而益激衆心 飮血而更鼓士氣 誓不與賊俱生 期灑國家之辱

羞將一天共戴 圖報君父之仇 勇決軍機 愼無虛經時月 善措兵務 誓
莫徒費糧糧 兵貴精强 勿畜鴉鸛之瑣瑣 士責忠勇 宣效熊羆之桓桓
儻或猶豫而遲留 誠恐狼狽而失利 奔寇則策馬後殿 見賊而發弧先
登 賊未滅 何以家爲 宜勵岳飛之志 竭股肱 死而後已 當奮諸葛之忠
掃却妖氛 光洗日月之昏翳 殲盡醜類 快掃乾坤之滄痍 回翠華於夷
庚 奠宗社於古廟 余觀賊徒之深犯 實非人類之忍爲 福善禍淫 固知
天道之不爽 惠迪從逆 可占吉凶之無期 想當掃蕩之有時 豈云興復
之無日 況今 淸廟屆肅殺之節 霜飇助號令之嚴 妖星毒芒而離躔 太
白徵咎而八月 弓力强勁 何難重札之穿 士氣蘇醒 可奮斗膽之裂 天
必祚乎我國 敵可摧於今辰 懷臣子急病之心 擧春秋復讐之義 獻平
夷策 何煩鄭地之疏 出擊賊師 期成李巖之業 移文乎列邑守宰 傳激
乎三道監兵 犬豕跨我神州 天久厭矣 狐兎復其古穴 人竟逐之 協力
齊奮於四郊 同聲偕作於列陣 鼓鳴隴右之月 旗飜海嶠之風 激箭雨
下於虜營 飛炮震驚於賊膽 設伏□道 尾擊肘掣之多方 控扼要衝 神
入鬼出之叵測 合勢南下 長驅北來 賊勢頓衰 終見隻船之不反 義兵
得志 擬奏凱歌之言旋 華山陽 休馬放牛 淨洗甲兵而不服 洛陽宮 置
酒飮醉 挽回太平而無虞 下解生民之倒懸 上答聖旨之懇惻 如某等
江湖棄物 天地腐儒 早習俎豆之儀 未學軍旅之事 膽消豺虎窟 奮空
拳而奈何 魂死犬羊天 但縮頸而無策 戴南冠悲歌倚劍 望北辰孤嘯
登樓 文章有愧於孤雲 未學黃巢之檄 忠義不及於沖甲 難除哈丹之
凶 白首搔秋蓬 未投班生之筆 靑衫灑血涕 忍絶溫嶠之裾 欲效哭廟
而興師 思賦出車而擧義 長河已決 其奈隻手以防 大廈將焚 難可一
酌以救 寧忘李牧於一飯 願得猛士於四方 不揆迂疏 濫叨毛遂之自
薦 猥將狂簡 竊比郭隗之先從 三千有臣 冀盡一心於周武 五百義士
豈恨同死於田橫 念玆勤心 敢告同志

『낙재집(樂齋集)』 권6[12) 【1592년 7월 29일】
향병을 모집하는 글

초집향병문
抄集鄕兵文
서사원徐思遠

今玆賊患 自檀降箕來以後 窮天地亘萬古 所未有之大變 國破家
亡 君父播遷 苟少有血氣之類 孰不沫血而飮泣乎 伏見主上行在所
敎旨 則罪己責躬之綸音 牖民激士之玉言 極爲哀痛懇惻 自臣子跪
奉一閱 至於哽塞嗚咽 掩淚而不忍讀也 則其一時宸衷之痛切 爲如
何哉 玆以江右諸郡首唱擧義者 宜寧之郭再祐也 響應大起者 陜川
鄭仁弘也 金佐郎沔 自陜郡高縣而激發 自爲義兵大將 糾合同志 振
勵義士 雖平日白面書生 臂弓腰箭 皆願立於行間 其所聚軍丁 至於
一萬四五千 再三交鋒 撞殺水上之賊 幾至百數云 則其處四隣士友
之同德同心 奮發激起之美 可想矣 獨奈何江左列邑 寂然覒然 一切
竄伏 皇皇上帝降衷 秉彛之天 陸陸乎無所驗哉 此日偸生則幸矣 他
日面目 可立於鄕黨乎 可立於朝著乎 父母妻子 此日則可以保全 而
他日事定 則可免於孥戮乎 可逃於鄕論乎 讀書平生 所學何事 群居
昔日 鄕校之規模至美 書院之立約盡善 課忠責孝 有若可爲者 臨亂
此日 聲息泯然 忠義掃地 言念及此 其不惕然動心乎 嗚呼 變生之初
人心苟且 賊勢方張 山竄林伏 苟延視息 猶或可言 見今則命將討賊
王師四起 左道元戎 已號令諸郡 方伯還道 節制方新 自嶺以北 殲賊

___

12) 이 글은 『낙재선생일기』 권2에도 실려 있다.

幾盡 人心稍蘇 士氣方振 恢復之期 指日可待 賞左罰右之擧 行復可
尋 吾黨諸賢 其敢不悔已往之不勉 知來者之可追 革心反面 棄其舊
而新是圖哉 伏覩有旨 曰惟爾士庶 自乃祖乃父 涵濡國家厚恩 一朝
臨亂 乃欲棄予 予不汝咎 汝寧棄予 汝乃各率其子弟奴僕 協同官軍
並力死戰 以雪國恥 以報我朝宗之厚恩 則歷歷王言 字字痛切 如親
聆玉階之下 今將叫起義兵 則亦當以此旨爲歃血同盟之第一義 判
斷死生 一乃心力 無或少撓 乃克有濟 如或不體 聖旨不恤 公論如前
退縮 有不如約者 所謂叛反附賊之徒 其可饒於軍律乎 雖或饒於軍
律 其敢容於士林乎 孟子曰能言距楊墨者 聖人之徒也 今亦曰能言
討賊者 忠臣義士之徒也 吾黨諸賢 盍相與荷戈而奮袂哉 前朝人竹
竹之言 曰寧爲虎鬪而死 不爲竄伏而生 吾黨諸賢 其甘爲竄伏而偸
生 其不爲虎鬪而死國乎 熊魚之取捨 平日之所明 君子之權衡 必克
審乎此矣 其或曰江右則將得其人 而軍糧軍器之皆備 江左則將難
其才 而軍糧軍器之皆乏 若或興師動衆 則徒棄其師而無益於事云
云 則是亦倒戈不忠之輩 更何置疑於齒牙間哉 設或倭寇之賊 逼迫
吾父兄之前 則其旁觀子弟者 何暇借孟賁烏獲之勇士 然後與之抗
敵乎 亦何暇糊口果腹而後往禦之乎 亦何暇覔長槍勁弩而後捍衛之
乎 今我二百年撫存休養之君父 鑾輿飄泊 稅駕靡定 惟水惟火 是溺
是陷 旆丘見葛 日月已多 則其小有臣子之心者 容暇念毛髮之焦手
足之濡 而不汲汲往救之乎 嗚呼 義氣自勝 則謀猷克壯 忠憤一激 則
空拳自奮 將才之得難 不足患也 患我謀猷之不壯也 軍糧軍器之乏
亦不足患也 患我忠義之不激也 所可痛者 堂堂一國之臣民 偸生之
念 日甚一日 敢死之忠 一切掃如 雖平日曰儒曰士者 其爲議論 亦不
免左右顧望首尾俱畏 使人義氣頓挫 忠憤鬱抑 置君父於相忘之域
豈不爲吾黨之大可羞者哉 謂無兵無食 而坐待屈膝於倭賊之前 孰

若忍飢耐戰 制挺窮寇 生不失義卒之名 而死甘爲朝鮮之烈鬼乎 嗚
呼 兵燹之禍 何代無之 而其爲淫穢之辱 殺戮之慘 振古所無 雖傾東
海之波 整南山之竹 其可盡洗滌乎 其可盡備錄乎 孰不有父母妻子
孰不有墳墓家計乎 此豈可視之尋常之賊讐 而伈伈俔俔 如墮在深
井之中 待他人叫警振作 然後强起之乎 今聞上道諸郡 各里定里將
有司 皆以出身生進 及首品官差定 各其里中 勿論百姓公私賤 無遺
置簿 隨强弱分三等 壯實者使之赴戰 老弱者使之伏兵 至如士族 亦
不厭自願從軍 刈草炊飯 亦各甘心云 則上道士習鄕風之美 豈不取
法於下道乎 伏願諸君子 亦以此義唱起同志 曉諭里胥 父兄則勸子
弟 子弟則喩父兄 互相激勵 各自奮忠 絶溫嶠之衣裾 附西天之豪傑
毋使元忠甲專美於前 而金春秋復生於今日 爭赴南八之男兒 而無
爲賀蘭之忌克 不勝幸甚 至於搜括軍丁 亦自有法 其爲條約 開列如
左 更乞毋或欺心 毋或欺君 括無遺丁 算無遺策 以副我聖上千里之
望 千萬千萬 詩云 山有榛 濕有苓 云誰之思 西方美人 書曰 嗚呼曷
歸 予將疇依 言之痛心 孰不含淚 辭拙義澁 姑此先容

『낙재집』 권6 【1596년】
본현 및 속현의 부로(父老)와 자제에게 향병 모집을 권하는 격문

격권본현급속현부로자제소모향병문
激勸本縣及屬縣父老子弟召募鄕兵文

서사원徐思遠

今聞賊酋凌駕天朝 受封不拜 桀然自大 排衆興兵 罪已盈矣 惡亦
積矣 天變極於上 坤軸動於下 此非但天誅不日必至 所謂地中之鬼
想亦已議陰誅 秦堅金亮之敗 指日可待 今日在我之道 但當收兵完
結 據險守要 堅壁淸野 愼勿交鋒 一以俟窮寇自潰之機 一以待天朝
援兵之至 或埋兵出沒 夾擊首尾 或指天誓日 背城力戰 以期一死可
也 第念官軍罄籍 閭巷無丁 所棄者老殘而已 所餘者書生而已 太守
雖欲與之同生死守封疆 其誰與爲謀 其誰與爲守乎 竊伏惟念忠者
戰之本也 信者兵之幹也 忠不激則雖堅甲利兵 無能爲也 信不結則
雖良將勁卒 將焉用之 是以忠信利於甲兵 秦楚可撻於制挺 此非迂
儒濶計遊士浮談 是乃辰巳年來 已試之明鑑也 太守時在南中 雖未
成功 亦鄕兵義兵之一將也 其時郭再祐金沔之大起也 其初皆是白
面書生也 孤忠奮而猛士雲集 大義激而武夫感泣 夫孰曰必待武士
猛將然後禦賊哉 故曰發蹤指示者 其功人也 豈可以橫弓躍馬撫釰
疾視然後爲勇兵爲良將哉 所可恥者 無一魯仲連也 太守冒忝周年
略無善狀 忠孝未教於暇日 恩信無結於士民 臨亂此日 靦然多愧 固
無望於親其上死其長矣 雖然一太守之昏庸 可以疾視其死而萬不足
顧也 皇皇上帝降衷秉彝之天 其敢自誣而自棄耶 二百年休養之深
恩聖澤 一朝忘之耶 我聖上五六年櫛風沐雨 臥薪嘗膽 腐心切齒之

恥 其敢恝然耶 顧此閭境 雖曰十室 忠信素多 父老諄謹 變生之初
亦多有倡義奮忠之人 聚衆把截 賊不攔入 孤村片落 或存或保 忠聲
義氣 至今可嘉 今當危迫之秋 豈無畢忠之願乎 玆敢不顧無狀 招延
父老 會集一堂 片言視志 嗚呼 忠信未篤則歃血非堅 一言同心則金
石可開 伏願一堂父老子弟等 毋以土主視我 朋友相許 開心布誠 請
借前箸 肝膽相視 各陳長策 一心同事 少無崖異疑阻之態 或餘丁零
卒 或子弟奴僕 毋或相隱 毋或相猜 思古人妻妾之編行伍 勉今日子
弟之衛父兄 或募其一二名 或首其五六名 或多十名百名可也 又先
擇其今日吾父老子弟中 忠誠意氣名節位望可以統率一輩者爲將 次
擇其勤幹信實衆所推服者一二人 或定其聚粮有司 或定其治兵有司
又各里定里將有司 倡起同志 曉諭委巷 父兄則勉子弟 子弟則諭父
兄 互相激勸 各自奮勵 以無負平日所學 豈不美哉 嗚呼盧仝雖窮 豈
無一力之添丁 原憲雖貧 豈無斗粟之補粮哉 溫嶠之衣裾可絶則不
必限於十室之人 西川之豪傑願附則亦不執竿於他道之來集也 若或
曰我是書生 於軍何涉 我是閑散 何關於營陣 惟以保妻子深竄伏爲
謀也 則此乃附賊反叛之徒 不忠不義之甚者也 他日可立於鄕黨 可
立於朝著乎 孟子曰若夫成功則天也 董子曰正其誼不謀其利 明其
道不計其功 武侯曰鞠躬盡瘁 死而後已 成敗利鈍 非敢逆覩 病守平
生才踈 縱未能善撫十室 其於君臣大綱 朋友信義 粗講其說久矣 敢
不以古人所敎者 爲今日幹事之指南乎 嗚呼 詩云上帝臨汝 無貳爾
心 又曰無貳無虞 上帝臨汝 吾父老子弟等 願亦誦此說而興起也哉
口訥辭拙 文以見志

『낙재집(樂齋集)』 권6 【1597년】
승차(承差)[13]가 군량을 요청하는 글

승차걸속문
承差乞粟文

서사원徐思遠

同舟之患 胡越一心 討賊之擧 人人共憤 勢或相急則不計遠近而
來援 食無可繼則何分彼此而周急 今者發湖西之卒 戍嶺南之地 其
數滿萬 而其行千里 浮寄孤懸 何以接濟 玆以本道巡察 百爾計窮 責
無可出 顧謂我淸安倅曁禮山宰盧君曰 今日之勢 誠急矣 不畏死而
禦賊則猶可以得生 欲全生而避賊則終亦必亡而已 蔽遮湖嶺 沮遏
兇鋒 在此一擧 惟念湖西物力單弱 繼餉他道 宿飽難期 甚可憫也 第
念嶺南素多名流 忠義之性 得於天賦 學問之功 取諸師友 奮不顧身
積而能散 特其餘事爾 吾邑宰兩君 其亦名流中人也 鄕里交結 必多
忠信 同道遊從 想皆義士 此日呼急 同聲者必衆 玆用定衛將之任 兼
貿粮之責 付二同之木 期數朔之粮 吾兩君其勉之哉 嗚呼 巡察之意
甚盛 而兩宰之力甚薄 受任兢惶 憂憫罔措 其勢誠急而其情誠可悲
矣 嗚呼 此粮可辦則此軍可用 此軍可用則此賊可滅 其或有甔石之
財瓶粟之儲者 其可待吾兩人大其聲疾呼而後傾倒也哉 第念盧君右
道人也 非但德厚而交廣 辦宏而幹能也 不經兵火 家給人足 一同之
木 不勞而可換 百斛之粮 一呼而可集 吾知其無患乎應今日之責矣
顧我庸拙 雖曰嶺南人也 其在平日 德薄寡與 親少保鮮 況灰燼之慘

---

13) 승차(承差) : 왕의 명령을 받들어 임시로 지방에 파견되는 관원(官員)이다.

比他道尤甚 豪家富室 蕩然無幾 人賤言卑 誠薄義衰 固無望於知舊
之感動矣 雖然今日之事 爲國也非爲私也 討賊也非厲民也 人之輕
重 道之左右 交契多寡 萬不足論也 周急之大 麥舟非重 雪恥之切
傾財何憚 而況辰巳之木一端纔斗升 而申酉之木一端 幾三石云 則
貴賤之懸殊 亦可想矣 輔國顯忠 不必有識 輕財重義 人皆可辨 指困
之魯肅 何獨鮮於今 車達之柳君 豈專美於昔耶 玆仰親戚中優財之
人 故舊中豊儲之士 暨諸鄉黨父老里閈小民 以至於鄰境邑宰同道
諸賢 不計鄙拙之無狀 而憫國計之遑遑 念飢卒之將潰 慨積恥之未
洒 傾家破産 急義循忠 或牛或馬 毫輕於犒軍 如梁如茨 不嫌於餉卒
斗米雖小 罔以爲嫌 庾釜雖多 豈曰爲重 人人慕義 家家爲善 輕其財
貨 廣彼施惠 則升斗之收 可至於坻京 供億之粮 可繼於旬朔 以至士
馬充壯 軍聲大振 一鼓赴敵 殲滅劇賊 妖氛永清 一道先蘇 則忠光國
乘 慶流子孫 豈不盛哉 豈不美哉 若或不然 斗升米粟 視若千金 匹
隻牛馬 擬傳子孫 徇平日慳吝之習 忘此日不共之讐 逐鹿迷貪 不覺
太山之顚 剖身藏珠 不念睢陽之急 我師日困 彼賊日熾 長驅衝突 焚
燹如前 則雖或有崇愷之粟 焉得以食 雖或有猗頓之五牸 何地可耕
耶 熊魚之取舍 平日之所講 施舍之緩急 諸賢之所明 固不待拙訥之
縷縷而後可知矣 嗚呼 嘗觀佛家所謂化主者 創寺刹之雄麗 興無用
之功力 鳩工儷百 饎饎難繼 罔俗愚衆 勸緣題疏 掛榜閭閻 家誘戶說
則小者不惜米斛金玉 大者不吝牛馬紈綺 或爲之小施主 或爲之大
施主 使之終至於濟其窘而成其功者 是雖愚氓陷溺於禍福之說而然
也 然其爲佛之誠施惠之盛 豈不美哉 今日吾人 當國家危急之秋 或
爲飢卒而乞粮乞救 或見遠戍而爲施爲惠者 其爲國忠誠 反不及於
一瓢僧爲佛道之誠心 一小氓爲施主之誠意 則豈不大可爲之羞歟哉
伏願諸賢勉之哉 嗚呼 殺愛妾而饋飢卒 掘野鼠而終不降 巡遠之死

至今有耿光 對豊享而不食 激憤涕而霑襟 矢著浮屠以志他日者 南
入之言 怳若在耳 愚雖不足希於古之人 今日乞救之誠 城守之志 竊
願賴諸賢之力 而殫十駕之勞 更煩諸賢 毋或有賀蘭之忌克 而樂與
之同心 特施大惠 千萬幸甚

『낙재집』 권6【1597년】
찬획사(贊畫使)[14]를 대신하여 보내는 격문

대찬획사격문
代贊畫使檄文

서사원徐思遠

嗚呼 今日之所恃以有庶幾之望者 天兵而已 不幸南原一敗 浙兵
生懾 賊未犯境 捲旗北上 湖左人心 因此大崩 瓦解之勢 末由收拾
北望長吁 扼腕何及 雖然兵家勝敗 自古無常 天心向背 在前可驗 辰
巳之變 雖三都淪沒 而曾未期年 旋卽重恢 此乃天意之有在 而人民
之固 已目覩者也 豈可因一城喪師 徑自沮喪 一噎廢食 置二百年宗
廟社稷於無可奈何之地哉 不佞書生也 佐幕相府 猥以籌邊贊畫得
名 夙夜憂懼 于今數載 而畧乏可效之績 遯當此日之事 當局先迷 罔
圖攸濟猶或可恃者 本道意氣不衰 忠憤猶激 雖在草莽 誓不與敵俱
生者 士林而已 豈可與凡民庸卒望風褫魄山竄林伏 一向以偸生苟
活爲心哉 今者體察相公興疾北來 屯駐鳥嶺 督進各營大衆 刻日征
勤 更使不佞出巡列邑 號召士友 激義奮忠 一以鎭定人心 倡率協贊
爲要 一以總督軍馬 掃蕩兇醜爲期 茲於十七日 鼓行而西 伏願境內
諸君子 不以當職者之非其人而色斯解體 沫血飮泣 痛念時事之汲
汲遑遑 或絶裾杖釖 不顧私累 或裂裳足 不計遠近 懷奇抱畧 坌集轅
門 捫虱借箸 各畫一策 曉喩坊曲 收集散亡 埋兵出沒 夾擊左右 不
使賊揮袂而躪躒 以待天朝四十萬大軍之畢集 以圖回谿垂翅之再奮

---

14) 찬획사(贊畫使) : 국가에 난리가 발생하였을 때 해당 지방의 주장(主將)을 도와
　　전술·전략 등의 일을 계획하도록 조정에서 파견하는 군직(軍職)이다.

豈不幸甚 嗚呼 寧爲虎鬪而死 不爲鼠伏而生 前朝人竹竹之言 尙盈
在耳 讀古人書 所學何事 而今而後可見乎日之所守 伏想諸君子固
不待拙訥者之縷縷而後能奮起也 時急事迫 倚馬草此 檄到如章 書
不盡意

『난중잡록』권1【1592년】
호남 의병을 모집하는 글

모병호남의병문
募兵湖南義兵文

송제민宋濟民

伏以濟民 去月二十三日 從義將到水原山城 留五日 以京城之賊
尙熾 而淸州鎭川流賊亦肆 孤軍深入 糧途可慮 故一軍共推鄙生 送
募忠淸義兵 以淸梗路之賊 以通來援之兵 故來與忠淸士友 號召義
徒 兩旬之間 得二千精卒 從衆望 共推前都事趙憲爲左義大將 以禦
黃永以下之賊 前察訪朴春茂爲右義大將 以防錦江以上之賊 措事
未畢 遽聞錦山之敗 時耶命耶 抑亦人事之未盡耶 旋馬南還 迨及義
徒之未散 而更有召集之計 行到恩津 始知大軍之散 無可爲矣 嗚呼
人孰無死 得其所者爲難 當島夷孔棘之日 驍帥悍將 亦皆觀望奔走
偸生苟活 而高霽峰 以儒雅文臣 素不知軍旅之事 一朝爲衆所推 奄
登將壇 殉國亡身 以死報君 而子從父死 忠孝並生於一家 死有餘榮
烈烈有光 人各一死 在霽峰爲盡其道 得其所矣 何屑揮泣 所深痛者
君父西巡 廟社爲灰 朝鮮七道 盡爲兇賊蹂躪之場 只有湖南一道 尙
幸完全 恢復之基 實在於此 而惰將驕卒 動必潰散 一自倡義之後 人
心始定 皆思敵愾 而及其一戰敗滅 義氣摧沮 無可收拾 反爲惰將驕
卒之所笑罵 嗚呼 惟彼頑夫悖卒 喜功貪利之徒 窺利而趨 見害而避
自是謀身之常態 何責何誅 曾以湖南禮義之鄕 而沐祖宗休養之恩
數百餘年 在平時以士自名 而矜仁誇義者 旣皆功名謀避 而數千勁
卒 一時潰散 無一人救其將之死 此豈但庸人俗夫之所共嗤哉 實有

愧於兇夷者矣 嗚呼 歃血拜將 秋城之府庭在彼 誓心天地 白日之照
臨如彼 不知將此面目 何以自容於天地耶 嗚呼 仁義之根心 實稟於
天賦之初 人我之所同 固無彼此之殊 茅塞梏亡 失其本心者庸或有
之 則形人而心獸者亦有之矣 惟忠與孝 豈可責之於人人乎 然此討
倭之事 抑亦不忠不孝者之所共懟也 豈但忠義者之私讎哉 以他已
然言之 取人妻子娣妹 十夫爭淫 漲甍相繼 屠戮父兄 煮祭孩童 焚蕩
閭室 奪掠財貨 驅人牛馬 役人奴僕 摽奪良田 拔人丘壟 窮兇極惡
貫盈天地 無辜士民 避地逃竄 顚仆道路 塡于溝壑者不知其幾千萬
也 今七道蕩然 又陷五郡 惟彼五郡 實是湖南函谷 險阻四塞 因山爲
固 此有攻之之難 而彼有扼腕拊臂之便 論此形勢 旣有難易 我軍新
挫 士氣□沮 敵旣乘勝 倭勢自張 幸賴熊峴血戰 賊銳少挫 全州有備
量力自退 勢有驅逐之漸 湖西義兵 環恩連鎭沃守備有制 而大將趙
憲 參將李天駿 以應時人物 測天觀時 量敵制勝 動合古人 勢不能西
走北奔 必由茂朱 東走嶺南 則金郭兩將 用兵如神 威慴賊膽 必不肯
越嶺 而天兵五萬 與我勤王之師 掀天動地 自北而南 則松漢逋賊 忠
淸餘孽 卷地而來 無所於歸 則必與錦賊合勢 南衝西突 窮寇輕生 則
以喜退之將 驅善潰之卒 安得必保其支吾乎 此實湖南父老士庶莫
大之憂也 嗚呼 古之人 以天下之民爲吾同胞 況我一道士子 自祖先
來生於斯長於斯 先人魂魄之所綏安也 父母妻子之所安養也 兄弟
兒孫之所生息也 隣里朋友之所交遊也 一朝遭變 甘爲夷虜之臣妾
僕役 辱亦甚矣 一死榮矣 況又繼之以凶慘 骨肉親戚 同爲賊手屠戮
者乎 於死也 則不猶愈於赴敵而死乎 今若避一戰 而必欲求生 則其
生終不可得而有如是之慘 若或決一戰 不畏其死 則亦無可死之理
而終免慘酷之禍 永受無窮之福矣 此皆切迫 而不得已之擧也 豈必
愛君憂國 發於誠而後然哉 嗚呼 同舟而濟 胡越一心 凡我同生於一

道者 實有同舟之勢 而胥沈糗載之患 迫在朝夕 雖胡越之人 不得不一心力 以濟艱難 況山川稟氣之相近 遊學連業之同術 實有兄弟之義 則非但古人所謂泛然同胞之云也 凡我道內列邑父老 父勖其子 兄勉其弟 礪志砥節 更擧義旅 以遏兇鋒 上以復君父之讎 雪神人之憤 下以孝父母保妻子 永安其家業 千萬幸甚

『난중잡록』 권3 【1594년】
호남 역적들에게 보내는 격문

격호남역당문
檄湖南逆黨文
안희安喜

　　蓋聞臨危致命曰順　乘時僥倖曰逆　順惟天之所助　逆乃神之攸殛
理固昭於日星　事難掩於鬼魅　嗟嗟乎渠輩同秉彝之此心　豈順前而
後逆　況鼎魚之入沸　是幕燕之待燃　所以盜弄者兵火三年　堯封失耕
鑿之樂　禹服爲犬豕之窟　父母難保乎赤子之手足　自離於心腹　暫蹈
潢池之中　欲漏恢綱之外　情可矜也　心豈然乎　今則凶賊已至於龜縮
國勢日就於龍驤　置而不問　蓋許格心之路　姑爲舍是　實竢革面之期
尙效朝家之習　猶梗廣陵之道　此誠未遇乎張綱　何必有待於虞詡　曰
余沐祖宗二百年之澤　遭國家千萬世之變　身擐重甲　見周民之荷戈
手揮丈劍　爭漢兵之執殳　當此革舊維新之日　寧有玉石俱焚之禍　設
受降之幕　以待歸正之人　開遷善之門　以受出幽之徒　山藪固容乎藏
疾　川澤豈辭乎納汚　矧爾心之無他　只晷刻之欲延　爲陳利害　爾可傾
耳　早明逆順之理　亟回忠義之性　捨爾蟒穴　趨我轅門　共雪無前之恥
竝樹不世之勳　則山河帶礪之誓　孰與爾之僞約　金章玉符之榮　孰與
爾之僞署　斯轉禍而爲福　乃去危而就安　此則策之上也　解佩劍而買
牛　釋操弓而荷鉏　還爾舊居　安爾舊業　永息渤海之界　毋擾潁川之境
則黃巾靑犢　盡爲聖人之氓　假氣遊魂　終享樂土之榮　此則策之次也
其或執迷不悟　畏罪不降　殺越人于貨　益售衆憝之惡　爲封豕長蛇　妄
肆荐食之毒　此所謂非徒天下之人皆思顯戮　抑亦地中之鬼已議陰誅

余當率熊羆之卒 驅虎豹之士 聊緩兀求之擒 先問曹成之罪 則如山
壓卵 孰有噍類之遺 若火燎原 難望撲尤之理 雖欲免黃巢之首 鉏黑
闥之萊 其可得乎 是謂無策不可救也 嗚呼今玆賊變 振古所無 上而
宗社之痛 下而門庭之慘 於爾之中 豈無父兄觸刃 妻子汚辱 蕩家世
之業 灰百年之基者乎 思之至此 不覺切齒 爾何不合同志之士洗公
私之憤 而顧乃桀犬吠堯 飛蛾撲燈 爲子弟昧父兄之讎 爲人臣背君
父之恩 猶且有顔戴天 有足履地乎 見余之檄 應有流淚 宜速改於前
轍 盍勉從乎良圖 而況時不可失 機難再會 爾若及余檄之纔通 知不
遠而有復 則肉汝之骨 生汝之死 於天爲順 在人不逆 如其觀望坐致
遷延 則人思臠汝之肉 衆欲食汝之肌 爾之烏合蟻聚之勢 其能久逭
天誅乎 昔者戴淵面縛於陸機 竟作名將 徐宣肉袒於漢廷 終享縣食
肆停單車之諭 先通尺紙之文 豈念爾之舊惡 庶毋作乎後悔

『청계집(靑溪集)』권3 【1592년】

의병을 일으키는 격문

창의격문
倡義檄文

양대박梁大樸

國家之修城池養士卒 垂二百年 海寇之蹤滄溟渡漢江 纔十七日 人皆捧頭爭奔 實昧死長之大義 王曰 寡躬弗德 亟下罪己之哀音 在吾民何以生爲 而此賊不可忘也 伏念大樸 祖逖之志 中原可淸 眞卿之名 天子弗識〔壬辰亂倡義募兵時 傳檄于一國 而先生手寫全本 幸爾不失於兵燹中 文繡粧池 爲傳家之寶 不幸遺失 只傳此四句而已〕

『난중잡록』 권1 【1592년】
통문

통문
通文
오운吳澐

今年倭變 開闢以來 吾東方所未有者 君父之辱 私門之禍 言之痛矣 何忍殫說 除兇雪恥 一日爲急 而漢賊相持 今已八朔之久 擧國淪喪 地無着手 姑以吾嶺南右道言之 時免兵火不甚殘破者 僅七八邑 而腹背受敵 朝夕莫保 不過爲幕燕鼎魚而已 幸賴義兵諸君敵愾壯士之力 保有今日 而軍糧告竭 潰散相繼 束手無策 神農所謂雖有石城千仞湯地百步 無粟不能守者 誠今日之急患 慘經兵燹 死於鋒鏑者殆半 而餘卒尙多 驚竄山谷 飢餓待死者 若積糧儲而號召 則旬日之間 可盡還集 今日之事 有粟則有兵 有兵則無賊矣 官穀蕩盡 六月以後 專賴私儲 而私儲已盡 繼用無路然前之納粟 官自擧定 非出於自願也 今見自三石至百五十石 賞職有差 許通免賤 隨其所納 明有事目 如其納而未准規式者 必須畢納 公私兩益矣 大抵討賊復讎 各盡臣子之義 何待酬賞 第以應除官之命 補軍國之急 而得其道 尤不得已者也 況糧竭而軍散 使賊長驅 莫之捍禦 而區區保存之地 終爲賊藪 則身且不保 雖有粟 其得以食諸 事之得失 不待他言 勿以不受其報爲疑 勿以姑私其積爲幸 交相勸諭 毋失機宜 鄙人當此急難 他無報效之地 適承差命 辦出軍儲 誠願諸君願納與加納者 隨力所及 名下着署 幷錄石數

『난중잡록』 권1 【1592년】
본부(本府)의 선비들에게 돌리는 글

이본부사자서
移本府士子書

윤안성尹安性

　　南原府使尹安性到恩津　移本府士子書云　府官爲倡義事　玄風居
士子郭再祐　本玄風人　今居宜寧妻鄕　在賊倭全陷之地　只率村兵　再
逐賊兵　使賊船　不得更渡洛江爲有臥乎所　其義聲高節　聞來不覺歎
服遙拜爲置　本道段美俗之稱　冠於諸道爲乎矣　尙無擧義之人　極爲
羞愧爲在果　似聞金綾城　益福時任本縣　欲與同志之人　謀擧義兵　將
恢復王業是如爲臥乎所　足知有人於斯　萬一通議衣冠子弟之家　念
我二百年休養之恩　成一道千萬感忠義之名爲在如中　榮加一身　澤
及萬葉　靑史功名　朗耀見聞　急速擧行　以盡臣民之道

『난중잡록』 권1 【1592년】
김경로 등이 곽재우 의사를 모함한 죄를 폭로하는 글

포백김경로등구함의사지죄문
暴白金敬老等構陷義士之罪文

윤언례尹彦禮 · 박사제朴思齊 등

頃見巡察使軍官輩送郭義士書二度 一則曰 檄逆賊郭再祐 一則
曰檄再祐黨與 義士果是逆賊 而有黨與者乎 其中所言 皆是傅會構
捏之辭 祗足以彰己陰慝害正之心術 不足爲郭義士病 指忠義爲逆
賊 乃秦檜兇狡之餘術 一秦檜足以泄憤於班師 況衆秦檜萃集於巡
察之幕下乎 爲義兵首事者 寧不爲之寒心乎 郭義士當列郡奔潰之
時 奮百死不顧之計 忠義激切 名正言順 人有耳目 不待贅說 而蔽遮
江淮 爲郡縣藩籬 噫 忠如郭義如郭 亦未免逆賊之名 其所以害義士
乃所以害義兵 其心所蓄 亦未可知也 義士頃者之檄 信有輕動者 而
亦不過忠義奮激之過擧 何必深訾之乎 彼軍官輩 徒知有迎倭之巡
察 而不知有討賊之義士 傳檄於郭 欲逞私憾 其私憾者金景訥 與李
魯有隙久矣 窺魯多年 未乘其隙 適逢此變 喜行胸臆 忽見義檄 心語
口曰 郭妾李女也 殺魯者其在此乎 以魯爲陰喉之魁 以郭爲見喉之
人 訥亦人也 豈不知郭公之爲義士也 爲忠臣也 欲逞其讎 指義士爲
逆賊 欲將此意 仰達宸聽 北天遼邈 呼籲莫及 伏願諸處義兵所 各出
通文 使義士明白之心 不爲讒構者所陷 不勝幸甚 嗚呼 秉彝良性 人
皆有之 逆順是非 自有公論 而敢將大惡不道之名 欲加忠臣義士之
上 寧非可痛耶 孟子曰 賊義者謂之賊 倡大義者謂之賊乎 誣非辜者
謂之賊乎 僉君執察之

『난중잡록』 권1 【1592년】
영남의 장병들에게 보내는 격문

격영남장사문
檄嶺南將士文

이광李洸

惟我國家 十三代無怠無荒 無失道德 二百年不追不拒 不事干戈
愼守封彊 綢繆陰雨 頃因醜虜之納款 稍示聖度之包容 廟算懷柔 遂
許輕德之信 虜情凶桀 終逞背義之謀 競發虺蜴之心 妄肆蜂蠆之毒
虔劉我將士 非止萬千 陷沒我城池 豈特十數 顔眞卿之獨不見 楊萬
石之一何多 劉聰直向神州 晉室之危方急 沒喝已次河上 宋朝之辱
可言 罪旣滔天 鬼神之陰誅已議 敗必塗地 王師之顯戮當加 方將仗
義之三軍 以決背城之一戰 孰倡東窓之計 亟勸西蜀之巡 明滅旌旗
奉天之金與霜露 凄涼警蹕 鳳翔之玉輅風塵 江上之整整堂堂 波奔
鳥散 都中之高高下下 煙鎖雲沈 府庫之政圖蕭然 倉庾之儲峙已矣
痛念於此 時勢奈何 祖士雅之誓淸 慷慨可想 張叔夜之入衛 忠義所
輸 夷險當以之 擬與戮力而效死 危辱至於是 忍共戴天而偸安 洸 才
非禮樂之鄕 謬膺詩書之將 再握方面之節 常懷國耳之忠 玆竭李晟
之忠 以傳鄭畋之檄 孔哀孔棘 其虛其徐 薛景仙取津上 先通貢獻 爰
擧義兵 韓世忠由海途 將赴行營 欲復畿甸 風旌號令 山岳威稜 電發
江南 虎視漢北 將軍雨泣 孰不扼腕而褰旗 士卒露屯 咸願嘗膽而唾
手 若失摯先之會 大乖善後之籌 公等 俱以股肱之良 咸都藩鎭之服
共生右文之代 盍奮左袒之忱 祗謁寢園 快雪祖宗之恥 恭迎車駕 大
慰父老之望 期張火而爇毛 誓擧山而壓卵 並祈天地 靑龍斷義智之

頭 同誓山河 赤鬼踐玄蘇之血 倘或遲回晚日 徵發誤機 有愧神祇 負
罪百世 將何面目 更立兩間 嗚呼 西關極天 北辰違所 摽搫罔極 奮
飛何綠 惟我湖南湖西曁嶺東嶺北 無遠無邇 汲汲貔狢之齊驅 自彼
自玆 續續腹背而直擣 俾探充斥之氣 乃奏廓淸之功 毋以賊而遺君
期奮忠而進討 有殺身而報國 庶免辱於退生

『송암집(松嚴集)』 권2[15] 【1592년】
강우 지역에 군량을 모집하는 통문

통강우모량문
通江右募糧文

이노李魯

百尺之木已拔 回生意於寸根 九仞之山將成 虧大功於一簣 義關
恢復 事急軍需 苟有利於國家 宜無惜於肌肉 嗚呼 夷狄之患 自古有
之 蹂躪之淫 無今若也 三都陷沒 漲腥穢於山河 一人播遷 接冠蓋於
道路 況此道之初犯 痛列郡之連屠 縱人謀之不臧 抑天命之靡特 何
幸忠憤之所發 聿覩布衣之興師 旣見招諭之重來 莫謂肉食之謀鄙
據要害於三處 俾保全乎十城 霣動風驅 雖未能埽淸區域 東掎北距
亦足以摧折兇鋒 紛獻馘之旣多 而射殪之亦衆 一旅興夏 猶成少康
之治 硯果回陽 豈有終剝之理 第念師老六朔 暴露難堪 食盡萬軍 苦
饑何狀 僅存六七邑倉庾竭輪 稍饒若干家釜秉罄入 公私俱匱 調度
末由 何以餉軍 非軍無以討賊 然則其將歸之於粮絶兵疲 而無所事
歟 抑將諉之以天時人事 而莫之爲歟 嗚呼痛哉 陟降無依 五廟之靈
誰慰 警蹕靡託 萬理之駕孰迎 寇滿四國 其忍共生歟 讎戴一天 其忍
不死歟 斯則據大據公而激以天理 亦有任小任私而切於人情 思父
母之惟均 愛妻子之無異 禍莫慘於戕戮 辱莫醜於奸淫 非惟不敢於
以臣以民 實甚難耐於爲魚爲肉 彼衆庶亦有彝性 矧多士素抱輪囷
當此急難之時 誰無感慨之念 有血氣之同憤 無智愚而共歟 雖然 空

談漫聒於村閭 徒誠何裨於敵愾 靜百思之無策 顧一得而爲言 失耕失耘 縱新收之無實 于甑于石 或舊儲之有遺 置谷媒偸 埋壤取臭 與其終歸於虛耗 曷若分補於軍資 細流集而成川 纖埃積而爲阜 雖月用之或歉 伊歲計之有餘 孝子爲親 祈延晷刻之命 烈士殉國 敢較成敗之機 秉彝之良 元無間於貴賤 募穀之請 其可區於士氓 施佛供僧 尙求福於身後 餉士卻敵 盍迎譽於目前 嗚呼 不汲汲兵食之是圖 柰奄奄餘邑之難保 民無噍類 境盡丘墟 父兄何歸 妻孥罔覿 塚墓崩坎 廬舍飛灰 於斯時也 雖或求活於深山 將擧何顔於白日 宸翰屢降於西極 睿望允切於南人 悔雖晩於輪臺 言實出於悃愊 讀數行之未了 淚萬滴之先零 君臣之倫 根於天性 精誠所感 格于鬼神 邇者偉哉皇敕 有隕自天 渺我東人 措躬無地 上責如此 下情若何 玆布一心 敢告同志 勖哉吾黨 勉爾所從

『송암집』 권2 【1593년】
왜장 가등청정(加籐淸正)에게 보내는 격문

격왜장청정문
檄倭將淸正文

이노李魯

天尊地卑 乾坤定矣 星分海隔 區域別矣 乾坤以定 貴賤位矣 區域
斯別 華夷判矣 貴賤之位 華夷之判 皆天之所爲也 天可逆乎 天不可
逆也 是故 莫貴於天子而普天下皆其臣 莫尊於中夏而率土濱皆其
地 君臣之義 賓服之禮 皆理之常然也 理可泯乎 理不可泯也 人無勝
天之理 理無終剝之時 自古兇逆 萬無一全 可不懼哉 可不懼哉 玆者
關伯秀吉這廝 以華種賊酋 猖猘桀驁 饕兇稔惡 旣奪源氏之國而有
之 自爲長雄於無禮義之邦 殺人無辜 嗜甚芻豢 臠人之膚 剔人之骨
剖人之腹 貫人之胸一以殘暴 脅制你國之人 你國熏灼其虐焰 疲於
調發困於戰鬥 啾啾怨讟 上干穹蒼 而環溟爲界 乘木乃行 有若鼎中
喁魚 逃無歸處 從其號令 豈其本心哉 其勢必不能久長 況今先張射
天之弧 要興無名之兵 敗與國之和好 芟仁覆之赤子 犯天人之殷怒
陷萬古之大戮 雖欲假息海島 苟廷時月 必不能待矣 欽惟我聖天子
高拱凝旒 本置你國於度外 貢之不許 皆你國自取 至誠請款 期於格
天 可也 不宜稱兵構逆 至此無厭也 以我國言之 修好百餘年 我無爽
矣 你國檣帆 織于海洋 迎送於蓬山 賓接於東平 宴慰於春官 享無不
備 儀無不盛 尙何負於你國乎 而忘我大德 反肆毒螫 苦是之酷歟 凡
我國含生食毛之類 其忍共戴一天而苟活耶 初之見刦 只緣恬嬉之
久 事出倉卒而然爾 今則不然 人孰無父母妻子之愛 田園産業之資

乎 痛切於人人 怨結於家家 皆思奮義而死 孰肯蒙恥而生 匹夫之怒
猶不敢當 擧國之怨 其何可弭 毋以前日之幸爲恃也 堂堂我聖天子
初出偏師於平壤 一擧鏖之 如摧枯拉朽之易 若於其時 乘破竹之勢
長驅直擣 則壓綿而擠之 如反手也 斂兵不進者 是不過姑震之 使你
輩怛威自遁 矧敢與之爭鋒角勝乎 王者之師 止戈爲貴 仁涵罔外 刀
莫畢屠 非力不足也 你猶不悛 夸誕求和 出不遜語 是何異翹句萌傲
霜雹 怒鷇嬲抗喬嶽乎 多見其不自量也 聖天子其肯許之乎 屯據海
岸 終欲何爲 古語有之 師直爲壯 師曲爲老 謀犯天朝 曲莫大焉 不
得已而應之 復君父之讎 何直若是 天道助順 人道助信 出爾反爾 往
無不復 天之亡你 不占而知 雖以你國言之 吾知其所得 不能補其所
失 是何我國之人 無貴無賤無長無少 以至十萬天師 皆佩你之刀劍
乎 以此益知你國之鰥寡孤獨 將不勝其叫啼呼籲於蒼蒼也 婦失壯
夫 母喪愛子 子不見父 則怨將何歸 衆口銷金 羣蚊成雷 民之所欲
天必從之 寧非惕歟 你等旣有心肝脾肺之臟 亦有食色好惡之念 余
言非誣 其熟察之 怒干上帝 怒干丘民 怒干鬼神 怒干天子 怒干鄰國
怒干四海之人 擧天下而讎之 若是而能保首領者 吾不信也 且你等
其以秀吉 爲你之君歟 秀吉其非簒賊之魁歟 你等若以秀吉爲君而
事之 則是亦簒賊之徒也 畢竟難道於天誅 豈不哀哉 倘爲威使所迫
雖隱忍聽命 苟能知秀吉之惡 將不容於宇宙之間 則捨逆取順 吉凶
所在 見機而作 日其可俟 去就之際 禍福之門也 人各有心 思之則得
矣 恭惟我國王 事大之忱 孚於天子 荷天子之寵而蒙上國之援 鄰國
之援 尙難易得 況上國之援乎 求賢之誠 格于上帝 帝乃默誘 夢賚飛
將 勇可追風 力能拔山 手揮二十尺長劍 肘掛一百斤鐵椎 躍馬於千
仞絶壁 立脚於千丈竿頭 兩腋扼虎 雙瞳閃電 雖古之名將 未有若此
之神籌者 主上得之 特賜之忠勇翼虎將軍之號 以爲先鋒 此殆天之

所以授我王也 非人之所能爲也 你等其未之聞歟 千羊不能抗一彪
百鶉不能當一鶚 至則靡耳 噫 天之生材 不以地而限 你等之中 亦豈
無察天人審時勢識向背之豪傑乎 苟能承天心順帝命因民願 回戈渡
海 聲秀吉之罪而討之 斷頭懸槊 而來獻于天子 則天子嘉你之績 賞
你之辛 勒銘於彝鐘 圖形於麟閣 策勳爲上柱國 進爵爲開國伯 封之
爲日本國王 許朝貢之路 得齒於畿外諸侯 世世稱孤 永爲東藩 騰于
萬口 天下誦之 書于太史 百世稱之 其與贊賊爲虐 甘犯天刑 自就勦
滅者 相去豈不遼哉 斯可與智者道 難與昏迷者說 勉思良圖 毋貽後
悔

『간이집(簡易集)』권1
통진 현감 이수준이 의병을 모집하는 격문

통진이현감수준의병격
通津李縣監壽俊義兵檄
이수준李壽俊 · 최립崔岦

國家有門庭之寇 況不啻於過之 臣子共君父之憂 寧毋爲之急者 義靡暇於度力 擧何羞於後人 維日本之距海疆 自古先而勤邊吏 高麗之浮艦五百 未踰漢津 乙卯之陷城二三 獨在羅徼 乃今之事 夫孰是圖 彼若掃境而來 我如無人以入 生聚敎訓 枉矣費力於廟謨 叫呼跳踉 徒然收功以兒戲 將軍微墨翟之守 司馬狃謝安之閑 適以聖人去邪之仁 姑從宰相幸蜀之議 西狩非須於載主 盖慮五廟之陸沈 東歸將見於冠猴 豈期十旬之濡滯 據拄國之邑 奏嘗用幷地之譎謀 飛假途之書 晉却無射天之兇計 恃天塹則漢已不能臨已不能 而迫之淇水 論地靈則華亦無賴松亦無賴 而窮于柳京 虔劉不專於交兵戈 汚辱尤極於略婦女 時雖愍於魯未可伐 禍豈究於周無遺民 行在捷晉之三傳 信疑稍定 皇朝震怒於一視 聲援載隨 軍從南來 失之前而庶收之後 士以義起 凡是役者同有是心 燕巢安而火至不知 其何能久 鼠夜動而晝猶莫伏 固已弗詳 如雷如霆以加 不日不月而克 顧惟京圻之內 尙少忠勇之興 豺虎縱橫 傷心五陵之路 弓刀寂寞 何處三輔之豪 二百年神聖之生成 澤在人則先被 一千里河山之環擁 利因地則素稱 泯泯于玆 忉忉可已 壽俊 靑袍縣宰 白面書生 乃父風乃祖風 知文武之俱殄 事主曰事毋日 敢短長之遽裁 無尋丈之城 共宜見恕於敗將 阻鼓鼙之野 始亦非嫌於逃夫 嘗膽臥薪 忍使君之再辱 隕

身橫草 毌與賊而竝存 計見糧之苟全 募散卒而復振 縣小猶多於三
戶 朋來寧間於四鄰 聞禹斯文之先獲心 折簡要約 承沈故相之遙主
議 具舟奉迎 豫空倉廐 金陵載浮之粟相恃 急斷津渡 月串已試之鋒
可因 何生陣中 多是超乘賈勇之伍 尹子部下 無非捄枊有神之工 慮
足以沈幾先 則有崔斂樞 才足以酬紛宂 則有尹正錄 同志非盡於記
名之內 勒移何妨於置帥之前 有或搢紳之流 後飛塵於扈駕 有或介
冑之輩 收驚魄於戰場 鹿走險之餘生 鳥擇陰之窔所 憂憤空勤而無
奈 炎涼愈邁而詎安 聲相應氣相求 正其時矣 兇未除恥未雪 何以生
爲 欲從軍爲國則從之 無受命於君猶受也 凡應施措 此不具詳 半夜
聞鷄 莫負劉琨之感慨 中流擊楫 願同祖逖之誓言

『충무공전서(忠武公全書)』권1
각 진영의 장병들에게 약속하는 글

약속각영장사문
約束各營將士文

이순신李舜臣

千古所未聞之凶變 遽及於吾東方禮義之邦 嶺海諸城 望風奔潰
致成席卷之勢 鑾輿西遷 生靈魚肉 連陷三京 宗社丘墟 惟我三道舟
師 莫不欲奮義效死 而機會不適 未展志願 今幸天朝遣大將軍李提
督 領十萬兵馬 掃蕩箕城之賊 已復三都 爲臣子者踴躍欣忭 不知所
言 又不知死所也 自上遣宣傳官 截殺大遁之賊 片帆不返 丁寧下敎
五日再至 正當奮忠忘身之秋 而昨日臨敵指揮之際 多有巧避逗遛
之形者 極爲痛憤 卽當按律 而前事尙多 又有三令之法 更敎以効力
亦兵家之長策 姑容其罪 不爲摘發 約束辭緣 一一奉行

『모촌집(茅村集)』권2
돌아다니는 왜인들에게 전하는 격문

전격유왜문
傳檄游倭文

이정李瀞

　　蓋聞天生萬民 必授之職 士農工商 勤於士農工商 富貴貧賤 行乎
富貴貧賤 各職其職 以享天祿 又聞萬物之中 惟人最靈 好生惡死 人
之常情 避凶就吉 易理固然 夫何貴邦 自絶交隣之誼 妄出無名之兵
干戈千□ 蔽海而來 魚肉我生靈 灰燼我京闕 播遷我至尊 東跳西踉
無所不至 皇天赫然斯怒 弔民伐罪 兵之驕者 安得不敗 武之黷者 安
得不亡 終使幾百萬無辜之兵民 盡化爲沙虫 屢巨億有限之金穀 浪
入於尾閭 是固自取復誰怨尤哉 於是 翳乘餓人 咸懷倒戈 垓營□卒
無面渡江 出沒邊徼 惟竊掠是事 或奪人財貨 或擒人子弟 無乃渡海
初心不在他而在此歟 吁 亦可哀也耳 嗚呼 人孰無父母 人孰無妻子
哉 而父而母 而妻而子 不知而死生 日夜倚候 但見海色蒼蒼 登音寂
寂 懷人不寐 五中寸斷 爲人之子 爲人之夫 爲人之父者 天涯漂泊
遙想此個情狀 則雖欲不長呼大咽 心絶氣死 其可得乎 推此情私 顧
念我被擒人之抑鬱　及其父母妻子之冤恨　不可一日羈留於貴邦也
明矣 且歷按古牒 雖以冒□之頑 荊蠻之□ 俘人之放還其國 自有已
例 須卽宣告于貴邦 斯速護送 勿貽後史中匈賊之名 至當至當 且以
若輩言之 凍舌之雀 猶樂其生處 首邱之狐 不忘其本元 矧以人彜不
知其父母妻子之情乎 亟回天心 蚤還本國 士農工商 各歸其業 富貴
貧賤 各安其分 則家和國平 百祿是降 如或逗遛不去 樂爲盜賊之事

則王師所至 剿滅爾種類 □粉爾骨肉 將風凄雨陰之夕 未歸孤魂 哀鳴
於瘴海之濱矣 生爲萬物之靈 好死惡生 抑何心腸 避吉就匈 亦何事理
乎 非我好辯 上天之言也 如不我信 問于司命 故玆諭示 想宜知悉

『태암집(苔巖集)』 권2
오도암(悟道庵)에 보내는 격문

격오도암문
檄悟道菴文

이주李輈

念玆賊變 言之痛矣 君父窘辱 臣子莫雪 則謂國有人乎 謂人有義
乎 河江西之多忠臣 而江東則闃然無聞也 如金佐郎沔郭義士再祐
糾資起義 固守要地 賊勢沮喪 士氣方振 武溪鼎津 賊船掃撞 由是賊
不敢犯 悉遁于左 雄據本州 屠掠無比 而孤軍莫抗 要得協助之勢 酒
者檄告隣郡 而或不肯附 或赴陣卽旋 賊探虛實 益肆逼迫 故計不出
已 妄自出兵背城一戰 追至江上 略有所斬獲 倘使力敵勢均 賊固不
足畏矣 諸君子 以奔竄窮峽 爲自得計 了無出力協討之意 此豈爲國
共憤敵愾同仇之意也 山南山北 距在咫尺 表裏相應 急難同聲 山南
急 山北來救 山北急 山南亦如之 則方有得於結爲唇齒擧義勤王之
道矣 方今賊兵一陣 退據八莒 登山窺覘 有若佯退圖襲者然 惟願諸
君子 糾合散卒 來赴南陣 合力勦賊 以效其扶顚持危之忱者 豈非今
日臣子道理乎

『난중잡록』권1[16) 【1592년】
여러 고을의 벗들에게 보내는 격문

격열읍제우문
檄列邑諸友文

임계영任啓英 · 박광전朴光前 · 김익복金益福 등

壬辰七月日 前縣監朴光前任啓英等 與綾城縣令金益福 謹再拜
奉書于列邑諸友 嗚呼 國家所恃而無虞者 三下道 而慶尙忠淸 旣已
潰裂 爲賊窟穴 獨此湖南 僅全一隅 軍糧歸輸 精卒徵發 皆倚一道
興復之機 實在于此 今者 以王城爲急 巡察領精兵 有從海道上去之
計 兵使領數萬兵 已越錦江 兩義兵 亦各勤王 已離本道 列邑將士
定將 尹圃嚴曰 定將二字 恐有誤 出去 所餘無幾 賊路咽喉 備禦極
疏 湖西之賊 已犯境上 席卷之勢將成 克復之望何恃 國家之事岌岌
乎 誠可痛哭 此義士奮發之秋也 下以思之 則賊至城下 屠戮丁壯 哀
我生民 措躬何地 室家置之何所 嶺南已朕之跡 耳所聞也 目所見也
林數竄伏之計 左矣 苟保性命之計 誤矣 等死耳 何不死於國事 況萬
一控扼要害 使賊勢沮遏 則死中救生 此其機也 雪恥復國 此其時也
凡我道內 必有遺漏之丁 散亡之卒 如使有識之士 相與召募勸勵 協
力奮起 自成一軍 視賊所向 固守要衝 則上可以爲王師之聲援 下可
以保一境之生靈 及此勉圖 無若嶺南人□ 嶺南之人 當賊之初 不思
一心捍禦 奉頭鼠竄 是雖蒼黃急遽 罔知所爲之致 而今日思之 必有
追悔矣 及其賊勢猖獗 宅舍灰燼 妻子汚辱 朕後義士奮起 多數斬獲

---

16) 이 글은『죽천집(竹川集)』권4에도 실려 있다.

雖曰差强人意 而亦已晚矣 伏願諸君咸創若時 化秀 尹圍巖曰 化秀
二字 恐誤 秀或是誘 偸惰 爭先振發 赴期不後 生等素乏弓馬之才
不知韜鈐之策 而制挺撻楚之計 可謂疏矣 區區倡首者 一以激義士
之志 一以奮勇夫之氣 人心所同狀者 未嘗泯滅 必有所興起矣 檄到
之日 卽與有志之人 曉諭一邑 開錄軍人 月二十日 來會寶城官門 一
失事機 後悔何及 主辱不救 何以爲人 咸思終始而倡義 僉君是圖

『난중잡록』권1 【1592년】
장흥 선비들에게 돌리는 격문

이장흥사자격
移長興士子檄

임계영任啓英 · 정사제鄭思悌

　　左義兵將任啓英移長興士子檄 義兵之擧 自儒生倡 則名參士類
者 固當奮起爲士卒先 而今雖庸愚之卒偸惰之輩 亦皆向義來赴矣
長興巨府也 同志一二人外 餘皆畏縮 不肯從事於此 不知僉君別有
何意也 當此之時 苟爲臣子 不可幸生 不知僉君獨不念君父乎 公論
一發 停擧緩矣 軍律至嚴 而今姑待之 須更思齊會 毋貽後悔 從事
正字鄭思悌撰後皆倣此

『난중잡록』 권1【1592년】
낙안군(樂安郡)에 돌리는 격문

이본군격
移本郡檄

임계영任啓英 · 징사제鄭思悌

國家今日之事 臣子所不忍言 錦山之敗 義氣消沮 更無可振之路
吾等不計迂疎 倡擧義旅 人心所同然者 庶有所興起矣 今者來駐郡
城 以待旁邑義士之來 而本郡之人 應募已矣 無一人出見 不知別有
何意耶 似聞當初義檄之來 本邑有却之之意 而未爲信也 以今觀之
果不虛矣 郡守之意 亦與郡人同 知其郡人之所囑也 吾等此擧 公耳
國耳 此邑視之以私 嗟呼此邑之人 獨無君父乎 於吾等無所損益 其
無公論於後日乎

『난중잡록』권1 【1592년】
순천부(順天府)에 돌리는 격문

이본부격
移本府檄

임계영任啓英 · 정사제鄭思悌

　擧義敵愾 人心所同 而東宮手札 獎勵義師 辭極懇惻 意甚哀痛 苟
爲臣子 孰不感慨隕淚欲效一分之力乎 而況倭賊爲天兵所驅 散下
南道 則困獸之鬪 不可當矣 焚掠之禍 到底皆然 室家財貨 將難保焉
與其一朝爲賊所有 寧費尺寸爲軍需一助乎 昇平巨府 物夥人富 又
當西成 禾稼如雲 豈可坐享豐有而置國事於相忘之域乎 名家右族
咸知國恩 亦審事體 不待告諭 至於閭巷凡氓 亦播此意 廣收勤聚 使
有司主之 及期繼援 則昇平一府 乃興漢之關中也 伏願僉君 勉旃無
怠

『난중잡록』 권1 【1592년】
여러 고을에 돌리는 격문

이격열읍
移檄列邑

임계영任啓英 · 정사제鄭思悌

　　擧義之辭 前檄盡之矣 想入僉照否 吾等選得數千精銳 方向賊所 與崔兵協力偕作 而調度方急 軍無見粮 辦自數邑 儒將無可繼之道 此非吾輩獨任之憂 諸貴邑許多知名士 曾莫與共分其責何哉 僉君 同有共戴之憤 其視此等擧事 安忍恝然於懷耶 況錦茂之賊 作爲巢穴 一道之勢 危若一髮 不知僉君有朝夕苟安之念乎 當此之時 苟爲 臣子 不敢有其身 況敢有其財産惜其尺寸乎 今雖責出 非一途 民間 困竭 而一息尙存 不容少懈 僉君雖或有牽於病故 不肯從事於此 至 於繼援兵食 猶可勉圖焉 想須移櫛沐行間之苦 思兒醜焚滅之禍 各 自奮勵 殫心竭力 于橐于囊 以濟不給 使吾等先勦境上之賊 終達勤 王之會 肅淸宮禁 奉還鑾輿 則給饋餉不絶粮道 昔日蕭何不獨專美 於漢室 伏惟勉旃無怠

『난중잡록』권1【1592년】
전라도 의병들에게 돌리는 격문

이본도제의병격
移本道諸義兵檄

임계영任啓英 · 정사제鄭思悌

　　全羅左義兵將任啓英 移本道諸義兵檄舉義興師　專爲國家也　爲討賊也 兇醜爲患 今旣閱月 而官軍屢潰 蕩掃無期 七道生靈 已爲魚肉 只有湖南一面僅得全保 今若失機 何以逮恢復之功 救孑遺之命 此政慷慨奮義之士 忘身報國之秋也 等 自龍城來駐居昌 方與嶺南諸賢 協討開寧星州等賊 而懸軍深入 勢孤力弱 難於直擣兇鋒 百爾思之 未得上策 公私俱急 坐待援兵 而迄未聞先聲將到此境 雖曰必有以也 而亦不能無愧於何多日也 開寧失險 則雲峰難守 雲峰一失 則更無用武之地 使兇虜長驅隳突 然後諸君雖竭誠罄力 捍禦充斥 率罷卒抗勁敵 不亦難乎 伏願諸君各統精銳 及期來援 輔車相資 魚鱗繼進 則聲威所曁 賊必摧膽 合勢齊擊 何堅不拉 蕩滌腥膻 遠遏開境 則湖南自爾完固 國業可以重恢 事機若是其可忽諸 更願諸君勉思良圖 毋貽後悔 臨機應變 兵家所貴 赴急乘勢 志士所尙 脫有遲留退托緩不及事 則非但失諸友之顯責 亦必有朝家之令典 可不懼哉

『정기록』[17] 【1592년】
여러 도(道)에 보내는 통문

통제도문
通諸道文

장하사張下士 · 고종후高從厚 · 유팽로柳彭老 등

竊以島夷不恭 乘輿遠狩 七廟灰燼 萬姓塗炭 此誠古今所未有之
變 而忠臣義士捐軀報國之秋也 然而方鎭重臣 觀望逡巡 徵兵之敎
非止一再 而未有一人北首死敵者 今日士大夫 可謂負朝廷矣 竊惟
湖南 素稱兵精 而勤王之師 纔到錦江 都城失守 訛言遠播 主將未暇
博詢衆議 而遽爾傳令罷陣 十萬之衆 無故空還 一道人心洶洶 恰如
狂瀾橫潰 及其再度調兵 而下民至愚 不從其令 漆室之憂 實有所不
忍勝言者 幸賴社稷之福 祖宗之靈 潰卒日集 軍聲大振 庶幾肅淸宮
禁 奉迎鑾輅 而人謀不臧 天禍未悔 零賊纔見 大軍又潰 委棄兵糧
反藉寇賊 嗚呼 我朝列聖數百年涵養之餘 豈無一介敵愾之臣乎 公
論在下 古人已稱其不幸 草萊倡義 亦知計非得已 君父在難 遑恤其
他 重念嶺南兩湖 寔爲我東根柢 而嶺南則義兵雖起 而隔絕賊藪 未
易直至京邑 以勤王室 湖西千里之地 又豈無義氣男子 慉於殺掠之
餘威 想亦自救之不暇 今日中外所恃 其不在於湖南一道乎 肆我幕
府 出萬死之計 鼓一方之衆 民心思漢 烈士雲集 步騎之多 已至五萬
二千 方將長驅北路 以掃妖孽 而千里運糧 私力難辦 如非好義諸君
子合力相扶 則非常之大功 何能盡出於一人之手乎 今日域中 莫非

---

17) 이 글은 『난중잡록』 권1, 임진 상(壬辰上)에도 실려 있다.

王土 兩湖之兵 足以興復 伏願諸公 共奮殉國之志 勉盡指困之義 各
出米粟以助軍食 則能言距楊墨者 是亦聖人之徒也 且念山谿險夷
道路迂直 苟不籍鄉兵而指導 亦難免倉卒之艱虞 召募土人以張吾
軍 不但廟社深羞 得以一洒 而父子兄弟之死於鋒鏑者 亦得瞑目於
九泉之下矣 今日之事 雖愚夫愚婦 亦皆痛心疾首 況列邑守宰 咸受
國恩 豈忍坐視秦瘠 必有投袂而起者矣 語曰 食人之食 死人之事 如
有聞風慷慨 領兵來赴者 願歃盤血 共從王事 或祇以糗糧資械 輸送
軍前 是亦一助 豈不美哉 海西關西雖曰 道路不通 各募可信之人 從
間道而出 次次相傳 毋滯一刻 則遠近聞之 或將恃而不恐矣 通文到
日 列邑鄉校堂長有司 各謄一本 傳諭境內士衆 使之無不通知事

『난중잡록』 권1 【1592년】
경상좌도의 여러 고을 수령 및 사림 군자들께 알리는 격문

격고우좌도열읍수재급사림제군자
檄告于左道列邑守宰及士林諸君子

정경세鄭經世

　　慶尙道咸昌義兵召募官前奉教鄭經世　檄告于左道列邑守宰及士林諸君子　不弔昊天　亂靡有定　三時已窮　而寇讎尙熾　刻平恢復　殆無定期　臣民戴天之痛　想惟彼此同心　非惟不忍言　蓋亦不須言也　吾儕小人　自揣甚熟　極知無以有爲　而奮意所激　不能量力　團聚之擧　始自初秋　而兵勢單弱　尙未能衝破一壘殲滅一陣　區區斬討之多　雖至半百　而銜石塡海　未見其平　此間痛悶之懷　如何可言　加以彌年兵燹之餘　沿路一帶　公私蕩然　兵粮掃地　辦出無路　百計經營　僅僅支撐　今已六箇月矣　四顧茫然　無可控告　將士飢疲　勇無所施　睢陽之卒　僅免掘鼠　東郡之兵　特未煮鎧　無左餐右粥之樂　有朝潰夕散之憂　若此而不以告于諸君子　則是吾儕之罪也　竊惟江左諸邑　雖經兵火　賊未久留　收穫之豐　無異平日　況又有賊未所到者乎　分餘波以救板蕩　破家業以佑軍興　此正諸君子致力之地也　嗚呼廟社丘墟　玉輦泥露　半秦殘民　害爲異物　全齊地保　存者幾城　數千里祖宗疆場　二百年衣冠文物　盡付之卉服之手烈炎之中　凡食於此土　而爲李氏臣民者　孰不欲枕戈嘗膽少洩窮天之痛也耶　此則不待縷縷　而諸君子沫血之誠久矣　衛靑一賤隷也　猶曰凶奴未滅　無以爲家　卜式一野人也　猶言有財者輸于官　有勇者死於邊　則凶奴可滅　當漢之時　凶奴無必討之罪　而爲臣子者　能爲其君　勵志之勤如此　故武帝攘夷拓土之功　前史無比　況

玆今日之辱 實有臣子所不忍言者 而方來之患 又將有甚於今日 則
今日之事 誠不可少緩 而吾黨之誠 能如古人 則又豈有賊不滅功不
立之理耶 惟願檄到之日 多少隨力 各出粮資 以助軍餉 使此糾合之
卒 不至潰散 召募之士 幸保始卒 千萬幸甚 嗚呼 北闕哀痛之敎 皆
臣子扙血之言 東海未蹈之前 及吾黨致命之日 想惟樂聞 故玆忠告

『우복집(愚伏集)』 권14 【1592년】
대중에게 맹세하는 글

서중문
誓衆文

정경세鄭經世

事重則盟 古之道也 吾黨何盟 爲討賊也 夫人無秉彝則已 有則
今日之盟 烏可緩也 嗚呼 國運丁厄 島夷稱亂 屠夷我城邑 蹂躙我旄
倪 侵突我郊畿 穢辱我鍾簴 社稷失守 鳳輦蒙塵 聖祖神孫二百年鞏
固之基業 遑遑焉僅保於一隅 言之至此 可勝長慟 念惟吾黨孰非李
氏臣民 涵濡盛化 各安閭井 自祖父以來凡幾年于玆 而其間或有派
連璿系 休戚同於國家者 或有身叨鵷路 望日月之淸光者 當此危難
之際 挺身奮義 思赴君父之急 以圖雪羞於萬一者 乃人之至情 而力
之彊弱 事之利鈍 皆有所不暇計者矣 嗚呼 殘兵單卒 □□以討强梁
之賊 設令除一零賊 得一兇首 亦無益於國家之成敗 而猶且爲此者
誠以愛君憂國之彝 人所均秉 而沬血枕戈之憤 不謀而同 非强而使
之 非有爲而爲之也 吾黨同盟之意實出於此 而又有一事不容默而
不言者 吁 我生人孰無父母兄弟 孰無妻子親黨 而虜鋒所及 率皆糜
爛 吾黨之中連罹慘禍者亦多 國恥私讎 皆在必洗必報之地 情理到
此 寧復他慮 凡我同盟之人 旣盟之後 一心戮力 惟討賊爲急 至於利
不利 時也 吾爲所當爲者而已 嗚呼 北闕哀痛之敎 皆臣子扶血之言
東海未蹈之前 乃吾黨致命之日 如所否者 有如皇天后土

『우복집』권14
진잠(鎭岑) 고을에 드리는 글

여진잠일향문
與鎭岑一鄕文

정경세鄭經世

　　慶尙道昌義軍召募官鄭經世 血泣百拜 致書于鎭岑一鄕諸君子座下 不弔昊天 亂靡有定 歲律已窮而虜氛猶盛 想惟諸君子憂國之念 必不以吾境界獨完而少弛于食息之頃也 經世在公有君父之辱 於私有母弟之讎 致死之義萬倍平人 而技非命中 勇非超乘 冒犯鋒鏑 徒死無益 積痛在心而洩憤無路 託事於人 已踰六朔 兵非不精 志非不勤 射殪斬獲 亦頗有數 循此不已則雖不能殲滅强寇 掃淸妖祲 尙可以少快窮天之痛 而其於臣子分義 亦庶乎無大愧矣 第以彌年兵燹之餘 沿路一帶公私蕩然 而尙州咸昌聞慶尤甚 經世等起事適在其地 糧餉器械辦出無計 百方措劃 支過累月 今則匱竭已極 更無奇策 雖欲有爲 正猶無麴之不托 張巡之卒 僅免掘鼠 少卿之士 漫張空拳 潰散之形 迫在朝暮 此間憫慟之懷 如何可言 近因道路 敬聞諸君子 相爲約束 各傾貲産 合備精箭 多至數千鏃 欲以惠義兵之窘乏者云 竊承下風 不勝欽歎 目今當賊之逼 無過弊陣 而矢盡之患 又如所陳 若使諸君子知此曲折 則必且惻然以憂 盡然以悲 盡其有以相助矣 若然則又安得不以告于諸左右 而先自絶於高義耶 爲國討賊 無間遠近 以力助人 當分緩急 伏冀諸君子更加商量 特以周急 千萬幸甚 嗚呼 主辱而臣猶活 親亡而子獨存 與賊同天 頭顱尙完 一死非難而二讎未復 泣血摧心 無面對人 此則經世之私冤 而諸君子仁恕所發

想或垂涕憐憫 思有以救之矣 近當躬詣門屛 面稟可否 而搪揬是懼
敢以書先之 伏惟諸君子合議而進退之

『우복집』권14 【1598년】
군량을 모집하는 글

모속문
募粟文

정경세鄭經世

我國家遭天不弔 罹前古未有之兵禍 我聖上沫血飮泣 枕戈嘗膽
七年于今 而兵疲財竭 國之削亡 日以益深 殆不能自振 幸賴我聖天
子惻然以愍 赫然以怒 前後大發兵馬 一大捷於平壤 再大捷於稷山
三大捷於蔚山 使倭奴退屯海上 不敢長驅 使我生民得免於糜爛 以
保有今日 皆天兵之力也 目今天朝大將領大兵列屯于兩南者 星羅
棋布 震疊威靈 守有在山之勢 戰有壓卵之期 頃日以來 倭奴大怖 方
修城理寨 僅爲自保之謀 而不復縱兵侵突 蕩擾我邊疆 掃平兇醜 澄
豁妖氛 將自此機始 豈不快哉 所慮行師十萬 日費千金 大兵所駐 糧
餉難繼 聖天子爲此慮 發天朝米載七十萬石 今已積置于義州 海運
至江華 聖上爲此慮 京倉米豆 亦令船運至忠州 由鳥嶺以下陸續相
繼 特患道內官糧 所在不敷 不足以支大兵旬月之用 後頭運來之粟
又因路遠民疲 不得及期 諺所謂遠水無救於近火者 正今日之憂也
惟我本道士民等 素以忠義爲勸 去冬大兵下來時 各出其所有以供
兵 以累萬計 此則非特聖上嘉之 總督經理御史天朝各衙門 無不義
而美之矣 今則節晚穀貴 民老懸磬 雖欲竭力助餉亦如去冬之爲 其
可得乎 其間大家巨族 儲峙尙多 至有盈園滿庾者 若於此時 捐出此
粟 以爲軍需 則其功於國家爲如何 而國家之酬報亦當如何 嗚呼 天
兵萬里遠來 連年戍守 好逸惡勞 人情所同 離父母棄鄉井 暴露於矢

石之場 豈其所欲 特爲拯濟我邦 存活我民 捍我寇賊 復我讎怨 而久此長征之苦 我乃藉其聲威 退坐其後 以享其安 而顧愛食餘之粟 不以供天兵 則揆之事理 豈宜如此 矧惟糧餉不繼 則兵爲亂兵 雖以天將法令嚴明 到此地頭 亦難禁其搶掠 發村閭 遍搜山谷 破其財産 辱及婦子 其害將有不可勝言者 與其若此而財終不保 曷若今日早自捐之爲有光於公私耶 然此猶淺之爲害矣 食盡則兵不可留 兵撤則賊必更肆 更肆則其所聚有不爲大盜積者耶 而男女老弱 擧將不死則俘 當此之時 雖無悔其不供天兵以取此禍 亦不可得矣 此皆立至之事 而不待明者而知 實非敢故爲縱橫之說以誑誘于士民也 唯以利害言之耳 尤有甚於此者 君臣大倫 天經地義 主憂臣辱 主辱臣死乃亘古亘今不易之大方 苟有恝於此者 卽人理絶矣 土疆日蹙 國勢危急 憂莫有如今日之憂 社稷成灰 國陵不保 辱莫有如今日之辱 凡我人民 有勇者死於邊 有財者輸之官 以報我先王我聖上深仁厚澤正在今日 其又可忽耶 今宜急速應募 各罄所有 納之官倉 以補軍餉其貧而小資者 亦當相爲奬勸 隨力收合 則聚塵成山 積涓爲海 其於繼糧之助 豈不多哉 如有重財忘義 徇家亡國 吝惜積聚 不肯納官 則是爲安國家之危亡 而甘折入於倭奴 鄕黨所共棄 刑章所不容 然人有秉彝 天下寧有如此之人耶 況我國素以禮義稱 寧復有如此之人耶 況本道素以忠孝文雅稱 寧復有如此之人耶 爲此軍餉不敷 事勢甚急 披瀝心肝 徧爲曉諭 兩心相感 共濟大事 深有望於士民

『우복집』권16
군량을 모집하는 격문

모량격
募糧檄

정경세鄭經世

醜虜逞豺豕之毒 有生方憤於共天 疲兵急庚癸之呼 相死敢望於
同志 聽下風而慕義 託簡書而傳情 興言社稷之深羞 罔極臣民之長
痛 腥煙燻染於鍾簴 漂泊十一廟英靈 殷血濺汚於衣冠 板蕩二百年
文物 金城失千雉之壯固 玉輦困一隅之風霜 戎疾不殄於讎邦 傷心
肆郊多壘 皇天尙慳於悔禍 瞥眼三時已窮 顧惟環海蒼生 本是誰家
赤子 揮涕戀行在 雖切少陵之忠誠 仗劍出全師 奈無丞相之權力 糾
合摧山之健卒 額不滿千 捕斬陸梁之兇徒 馘纔半百 縱不能扶天傾
而雪主辱 亦庶幾有進死而無退生 第此兵燹之彌年 正値民産之掃
地 箕斂給餉 敢言居有積倉行有裹糧 道乞而炊 其奈軍無見糧士無
生氣 愁看楚卒之半菽 願借周瑜之一囷 竊聞諸君 義不後君 忠思益
國 玆念秦飢 幸勿越視 胡命其能久 是稔惡就誅之辰 富人不愛錢 乃
撥亂戡禍之策 嗚呼 一片葵藿誠悃 非緣食祿不食祿而有淺深 七尺
草芥身軀 當看除賊未除賊而爲生死 未洩公私之積痛 更立天地而
何顔 一膝難屈於讎庭 已分寧蹈東海 鱗方困於涸轍 惟願急激西江

『난중잡록』 권1 【1592년】
통문

통문
通文
정염丁焰

　貳極手札之敎　有如是企渴　而至於主上　自將向都城　則爲臣子者
豈可寢食私室　觀勢之自至如何而已矣乎　下帖所謂或赴義兵　或固
戰守之志云者　隨分所措　不過如此　但今人家　固未有全然無事者　只
守城立駄等役　亦不暇及　且出氣下手　豈可責之於人人　强驅懶弱之
人　納之鋒刃之中乎　竊伏思之　良家子弟　稍解操弓者　丁壯之脫漏簿
籍者　未可誣以必無　坊出一二人應之　亦不爲無助　能勿爲苟循人情
落於舊規　而旣募得此等人　則一坊合力資送　庶不負國家之望也　焰
之老謬　非敢自爲之勉勵　旣承城主下帖　粘付鄙意　不知僉諒否乎

『난중잡록』 권3 【1598년】
합세할 일로 보내는 글

위수합사문
爲收合事文
정엽丁焰 · 양경우梁慶遇 등

右文收合事 嗚呼 以國家今日之勢論之 爲臣民者 固當投名於干
戈 與讐賊決一朝之戰 而天經地義之所不可已也 强弱不同 戰必死
矣 賊來空虛 不戰亦死 戰死不戰死 其死等耳 然且戰則幸生 不戰則
必死 方今凶賊有壓境之勢 而士民無臨敵之役 是不戰也 不戰則必
死也 而何幸不戰而有生之道者 其不在於天兵之守禦乎 若然則天
兵之去住 而我士民死生決焉 爲今之計 接餉天兵之外 更無餘策矣
目今在府之兵六千有餘 劉爺大軍 朝夕將至 本道刳兵之後 財力已
盡 將何以接支兩月 以承新穀之登乎 吾州板蕩 道中爲最 賦出民間
不一其路 固知村閭缾罃俱罄 升斗聚粮 不亦難矣乎 然且不已者 公
威所制 毫髮可惜 義氣所使 軀命不顧 此人情之所必然也 願境內諸
士子民丁 尊卑互勉 老幼相勵 升斗勿限 麥黍幷合 坊面則有司存焉
府中則都廳設焉 各畢心力 期於速就 湖嶺固士子窟穴 凡此義擧 倡
無不動 故一紙通書 已播列邑 而吾州士子無不幷錄其名姓矣 嗚呼
國家之所以爲基本 則不分湖嶺爲二 而嶺南財渴 與我道何異哉 多
士倡聲 小民和附 旬日之間 積米萬斛 名登細氈 聲聞天將 去冬今春
如此者再 同爲王民 等患此賊 而士氣民風 大有彼此之相懸 則上何
以報國恩 不亦爲中國人所擯斥乎 謹具諸條如左

『난중잡록』권1【1592년】
강우 지역의 선비들에게 알리는 통문

통유강우사우
通諭江右士友

정인홍鄭仁弘 등

嗚呼 惟我宗社 爲灰燼爲丘墟者 今幾月矣 惟我聖上 狩關西寄一隅者 今幾月矣 亂之初生 意謂醜虜汚穢我禮樂文物 天將悔禍而誘衷 旣非我族類 又肆殺掠 人孰不思漢 廓妖氛定兩京 當不久矣 噫未聞有社稷之臣 能回奉天之駕 干城之將 能辦郭李之忠者 自古變亂之時 必有應世之才 今獨不然者何歟 吁鍾簴投地 尊俎蒙塵 祖宗陟降之靈 踞蹐而疇依乎 讎賊尙熾 殄殲無日 主上枕戈之志 何嘗頃刻而少弛也 間者伏覩敎旨末云 地維已盡 予將何歸 思歸一念 如水滔滔 凡有人心者 孰不悲感而洒涕乎 仁弘等愚衷所激 不自揆度 倡義聚兵 以圖恢復 提軍半歲 謹守一區 尙未能討殄留屯之賊 悲憤轉苦 如焚灼 今者任崔二君以討賊初無彼此 率精兵數千 來駐近地 欲與仁弘等共擊星開之賊 烈烈義氣 聳動瞻聆 實天贊國家 恢復疆宇之兆也 第以軍粮告匱 辦措無計 彼數千之兵 將何以饋之耶 嶺之南五十餘邑 皆赤地千里 唯江右六七邑 秋稼稍稔 而官庾新糶之粟 只餉吾軍 猶恐不贍 況能給於湖之兵乎 傳云 食不足則無可固之地 粮資不繼 則雖湖之義兵 亦未免於潰散 爲恢復者 可不慮所以給軍餉乎 念我士友 旣乏弓馬之才 馳騖矢石之場 射一賊以效敵愾之志則已矣 而所可補報於萬分者 其惟瞻兵之事乎 伏願諸君 通諭同志 殫誠出粟 積少而成多 瞻湖兵數月之粮 俾成恢復之策 不其美歟 主辱

臣死 其身之不足惜 況敢吝其財乎 側聞湖南義士 仰念行在經費之
匱 傳相勉諭 聚米數萬斛 名之曰義穀 載船車運關西 其忠誠至矣 顧
惟江右之多士 其財力固不逮於湖南之全盛 雖未效義穀之盛擧敢不
師其美意 隨力所及 用冀涓埃之補乎 且列邑之中 能有倡起者 同聲
之應 而自有不期而至 以故敢於列邑 定有司記姓名 其倡之有道 至
誠感神 況於人乎 況於人之知義理者乎 諸君其勉之

『난중잡록』 권1【1592년】
호남에 의병을 요청하는 글

청호남의병문
請湖南義兵文

정인홍鄭仁弘 등

　嗚呼 海寇憑陵 屛翰無人 七路山河 盡淪賊手 惟我湖南 獨免荐食
祖宗疆場 至今依舊者 何莫非一二義將激勵忠奮糾合義士之力也
龍錦數城 已爲賊藪 而旋卽殲剿 完山一府 幾被呑噬 而畢竟保守 捷
音屢飛 醜徒褫魄 一道生靈 賴以奠居 他日恢復 於是根基 而敵愾豐
勳 可紀太常 高風攸曁 孰不聳慕 顧惟仁弘等奮起於列邑瓦解之餘
收拾於將卒波潰之後 間關招集 僅得一旅 鷸蚌相持 自夏徂冬 師老
河上 食少祈山 而諸城雄據之賊 環列左右 道路往來之倭 充斥於遠
邇 以瘡殘餓羸之卒 抗方張隳突之賊 蓋亦難矣 近日以來 賊勢益熾
隣境蟻屯者 上道鶴退者 咸萃星城 寔繁有徒 闌入之患 非朝卽夕 今
或失禦 則僅存八九餘邑 將次第不守 長駈蹂躪之禍 亦湖境之所同
慮也 下陽一擧 虞虢隨亡 邯鄲固守 趙魏以全 弊邦之於湖南 卽虞虢
之下陽 趙魏之於邯鄲 無嶺南則無湖南矣 幕府烏得恝視其存亡而
不爲之動念哉 顧惟幕府不待平原之使 欲援江黃之危 桓桓貔貅來
駐局地 此實審脣齒之勢 而能急困之義者也 然救邢書次 麟經所譏
機不可失 古史攸戒 如或擁衆遲回 遠爲聲援而已 則藜藿之採 雖憚
於在山之虎 張鎬之救 無益於睢陽之敗 緩不及事之責 有所歸矣 況
今任崔兩將遠赴隣急 新鋒方銳 疲卒賈勇 三捷之期 指日可待 伏願
幕府快決雄圖 亟賦無衣 來與二帥 協謀共力 則弊邦士氣 有所恃而

自倍 湖路兵勢 亦相依而震疊 疏勒孤堞 不爲醜虜之呑 卽墨餘城 可
復亡齊之業矣 豈不偉歟 嗚呼 廟貌風塵 汎掃無期 金輿霜露 回蹕何
時 四望慟哭 無淚可揮 康王被留於金營 丞相見俘於五坡 主辱如此
義固當死 枕戈之憤 彼此攸同 疆界雖分於湖嶺 形勢相須於輔車 後
時不及 噬臍何益 父老手額 方伫高子之來 叔伯多日 無蹈衛人之愆
言出肺肝 勖哉夫子

『대소헌일고(大笑軒逸稿)』 권1[18] 【1592년】
의병을 일으키는 글

창의문
倡義文

조종도趙宗道 · 이노李魯 등

急君父之病 而攘夷狄之禍者 義之先也 圖國家之危 而忘死生之
患者 貞之大也 靈萬物而爲人 秀齊氓而爲士 何謂靈 爲其有君臣父
子之倫也 何謂秀 爲其識義理向背之分也 旣食毛之皆臣 寧肥祿之
獨死 匪茹至太原 古或有之 直斥犯京師 今其極矣 乘輿播越 漠風之
何處 宗廟震驚 哀陟降之誰依 鼠竄鳥伏 率多林翼之投戈 殺妾食馬
未聞張巡之守死 此豈臣子之可忍 斯實人理之難堪 二百年之培養
安在 六十州之忠義掃如 哭大荒而無歸 擧白日而何顔 父母有疾 寧
委命而不藥 大勢旣去 或賴天而克復 死誰可樂 網天地而無逃 生縱
欲偸 屈犬豕而忍活 等其死也 寧死於義 敢望生乎 捨生於仁 背國事
讐 其可安歟 髡頂染齒 其可耐歟 官軍逋散 咸怖刑而不出 義旅興聳
庶奮忠而爭赴 況主上西幸之日 下哀矜惻怛之敎 別揀致命之臣 特
遣招諭之使 綸音纔降 聞者莫不墜淚 星諭所及 見者應思殞首 良願
諸君子 讀書平日 皆懷報國之志 臨危此時 宜豎死君之節 其各敦勸
父兄 激勵子弟 徵起鄰里 獎率奴僕 或帶弓矢 或佩刀劍 團結作隊
踊躍鼓動 以應招諭 以灑國恥 玆豈邦本之幸 亦祛門庭之寇 且逃軍
避卒 若能自現聚屯 則非惟前罪盡貰 亦復後賞可期 更冀十分開諭

---

18) 이 글은 『난중잡록』권1; 『송암집(松巖集)』권2; 『낙재선생일기(樂齋先生日記)』
    권2에도 실려 있다. 『난중잡록』에 실린 제목은 「모병통문(募兵通文)」이다.

俾知順逆 千萬幸甚 誠如是也 生爲烈夫 死作英魂 葬刻鮑信之形 陵
圖龐德之狀 與其巽懦而生 曷若慷慨而死 倘緣義徒之勤王 得見天
路之再淸 未必皆歸於淪沒 胥將共享乎中興 豈不休歟 宜各勉之 嗚
呼 天理民彝 有不容泯 天綱人紀 寧肯永墜 觀此一張通文 必有千聲
痛哭

『중봉집(重峰集)』 권13 【1592년 6월 12일】
의병을 일으켜 왜적을 토벌하자는 격문

기의토왜적격
起義討倭賊檄

조헌趙憲

　前提督官銀川趙憲　敬告于八道文武同僚·林堅諸同志僧民父老
豪傑等　天地之大德曰生　思萬物各得其所　神人之共懤者賊　矢同仇
不返其鄕　凡百瞻聆　庶幾憤疾　顧玆島夷之爲寇　甚於苗民之蔑義　弑
君長如獵狐兎　罪通于天　殺人民若刈草芥　怨盈一國　泯㝃劓之靡極
知亂流之鮮終　昧寒浞之自顚　動逆亮之遠伐　甘言詐計　初要啗利而
罔人　匿跡潛師　終欲越海而有地　昇平之久　雖曰扞禦之無能　蹂躪之
深　不圖猖獗之匪茹　悲鳥嶺之失守　悶龍興之遠遊　痛耀兵於漢中　悵
望辰於塞北　豈料數十州縣　終欠一箇男兒　舞鋟劍而侵陵　歷淳古而
希罕　孤人子寡人妻　猶謂傷和而致異　屠民族焚民産　寧不念惡而速
辜　日積黎氓之怨〔冤〕月增義士之憤　矧容臣妾之逋匿　甚於禽獸之
淫㜚　有人形斯有人心　不思惻隱與廉恥　奉天命必行天討　寧畏堕突
而强梁　善戰者服上刑　先白起兮賜死　好殺者犯大辟　後黃巢兮敗殲
故聞華夏蠻夷　咸思此賊之顯戮　抑必山川鬼神　已議醜類之陰誅　顧
念行師之近規　類非大人之元吉　執黃金之橫帶　徒白麻之重宣　迂回
嶺湖　不知君父之憂急　逗遛畿甸　坐致仇虜之壁堅　擁三道　不救先登
因一敗　永失後擧　論厥養寇之巨罪　豈合分閫之大權　隔廟堂兮遙遙
嘆軍聲之屢挫　圍賊藪兮疊疊　絶民生之再蘇　若許剪滅不休　必至爛
爛乃已　將使箕範之餘化　永爲鴃舌之一區　天祐朝鮮　尙全湖海一域

民思周道 豈無楚戶三良 頃見羽檄之過江 果知片言之重趙 高東萊
審於料敵 金水原長於行師 郭將軍提兵嶺南 有桓桓之壯氣 金提督
飛箋湖右 飽烈烈之威光 是皆幹時之英材 必有動人之妙術 佇見犰
狄之盛集 而致狗鼠之消亡 況以湖西之士風 爭懷敵愾之志 如信鄧
君之雅意 豈無垂帛之勳 請勿憚於一勞 期有成於三捷 宜同聲之相
應 知普天之遙孚 用仁憲之奇謀 定致孫寧之剝面 思武穆之妙算 須
見兀朮之劓鬚 志不懈則神感人隨 事欲成則天助地佑 肯使無道之
殘賊 久容不蹟於明邦 元冲甲一鼓鷹揚 摧哈丹於雉岳 金允侯一箭
豕殲 退蒙兵於黃城 寔爲儒而或僧 非尙武與著將 由一念之享上 留
千古之令各 睠玆土之山河 實人材之府庫 前朝之季 屢有海寇 而憑
先輩而却之 乙卯之夏 忽起邊塵 而因後傑以靜也 今焉休養之百歲
詎無胸藏乎萬兵 或外百步而穿楊 或遵大陵而掖虎 視文武爲異岐
可嗟廟謨之失宜 念國家如一身 難見臣職之盡道 遇患而寧忽悠後
鑑古者固宜懲前 苟有旋乾轉坤之儔 寧惜帶河礪山之誓 合三道之
力 以解危急 此維其時 罄一生之才 弘濟艱難 當及是日 願我同志之
士 惜此難得之幾 周曉赳赳之武夫 期續炎炎之大命 張我弓挾我矢
先射拔都之喉 稱爾戈比爾干 繼斫拐子之足 則賊自驚散之不暇 民
應還集之有期 芸田者庶遂晚農 伐木者求集爇舍 廓開湖嶺之一路
永通商旅於四方 迎聖主於三巴 當下哀痛之敎 明舜朝之四目 繼進
藥石之言 昔日之弊瘼自除 昭代之恩澤可究 是知致力於一戰 乃爲
垂裕於後昆 檄至之辰 當思十分商議 爲國討賊 各用心力 有識慮者
期悉謀猷 有膽勇者期盡膂力 有積財者期補軍餉 有幹奴者期補軍
容 卽告有司 成籍公文 勿復猶豫 留意殘草 擬待南軍之至 大爲夾擊
之謀 有不合力攻倭 如善山金海者 指以助賊媚盜 事定之日 謂當論
其罪罰 殊厥井疆 而里發遊民 常遠斥堠 賊行蹤跡 莫不豫知 少則伏

銳士密擒　多則通數郡合擊　勿貪小利而折我精卒　勿惑浮論而沮我
軍機　誓滅卉裳於境中　期扶李氏之宗社　幸甚幸甚　若或留時待天　聽
賊出境　則無乃漸肆焚掠　一如西原諸豪傑之同被禍亂乎　此憲之血
誠籲告　冀勿失幾會　必討此賊者也　言之支離　僉須加憐　謹告

『중봉집』 권13 【1592년 8월 1일】
왜적에게 포로로 잡힌 조선인들에게 알리는 글

고유본국인위왜소로군문
告諭本國人爲倭所擄君文

조헌趙憲

爾以祖宗赤子 叛附倭奴 殺戮人物 或有甚於彼賊者 爾罪應死矣
抑有所不得已者乎 比聞聖敎丁寧 深有悔過之意 憐爾無歸 反依彼
賊 不思彼賊之屠戮爾種 實無異於赤子無知而陷於水火之中 此實
有司奉職不謹 不能撫養爾輩之罪 爾有何幸 今玆殘賊所爲 尤有甚
於禽獸者 斬刈天民 不分老幼男女 暴殄天物 悉焚家舍糧饌 路遇一
婦 十夫爭洼 是乃極天所覆 百蠻之不爲 而禽戰無知 尙或不爲者也
昇平日久 雖無敢格 而天地山川之神 悉議陰誅 華夏蠻貊之人 皆思
顯戮 雖其假氣遊魂之際 能殺吾民 而天定人勝之日 自伏其罪 近觀
向北之賊 死於鐵嶺 南下之寇 殲於洛江 凶穢之餘 不可勝數 則狡虜
積惡之極 必至於殄滅無遺類矣 爾以吾民目覩此賊形狀 極於殘虐
而猶或相從者 非是畏彼之强也 實爲彷徨無地之可歸也 今因上敎
與爾約束 斬獻一首者 許復故業 二首者 如徐林之例 三首者 竝子孫
許通 斬將者 錄勳而迢陞 是則以爾之殺賊益多 而驗爾之嚮國誠深
矣 我是王之舊臣 何敢爲爾食言 其各信之勿疑

『중봉집』 권13 【1592년 8월 1일】
일본군을 따라다니는 병졸 등에게 알리는 글

고유일본종행사졸등문
告諭日本從行士卒等文

조헌趙憲

天生萬物 莫不好生 而爾國之賊 偏嗜殺戮 爾雖偏邦之産 而尙有
人形 肖天俿地 其可逆天地生物之心乎 爾國上世 則人不好殺 故多
有壽考康寧 永享福祿 自源平互攻以後 人多好殺 而招禍愈促 戰爭
相尋 或無遺種 一朝之忿 雖至輕生 爾父母抱養之初 豈欲爾不壽乎
由其利欲之心 害其良心 故殺人無忌 終致滅族 頃於高麗之末 爾國
爲賊者 歲入三邊 殺掠無窮 而及其罪大惡極 則鬼議陰誅 天降大罰
故什勝之餘 一敗塗地 海曲孤城 莫不有爾邦白骨纍然積堆 在古已
然 謂今可免乎 爾於吾邦 蹂躪極矣 三江五關 恣其陵駕 七道三都
欲畢窺覦 爾之賊心 必自謂雄快無此矣 第於攻一城之際 殺人幾何
焚一邑之時 蕩産幾何 天生我民 而爾盡殺之 天養我民 而爾悉焚之
爾之所爲 實悖天心 天之不佑 爾可返國乎 孟聖有言曰 殺人之父 人
亦殺其父 殺人之兄 人亦殺其兄 爾於我國 殺老幼無量 而其父子兄
弟 切齒腐心 咸欲爲其親報仇 還途險塞 鋒鋩森列 洛東獻馘 無慮數
萬 鐵嶺殘魂 骨委林莽 積惡之極 其報不遠 雖以蘇僧之姦義智之猾
知不可自脫 況爾貪婪殘毒 甚於禽獸 恢恢天網 疏而不漏 豈容爾輩
之利涉江海乎 適聞濟牧之報 琉球有約 乘虛擣爾 期與兩南兵水使
潛師滅爾 爾之婦子 望爾久矣 爾欲不死 惟有一事 秀吉悖亂 弑君虐
下 爾之從征者 豈盡爲平氏之族乎 或有滅國戮親 而强脅役屬耳 實

爾大讐 而非固心服也 盍於此日圖滅平氏之族 函首以來乎 吾將告
于吾王 奏于天子 隨其功多少 永爲爾國君長 掃除源平殺戮之習 因
漸吾邦禮義之俗 則父子與孫 永享天年 無滅族殄種之患矣 利害之
極 人所易曉 爾須洞思

『중봉집』 권13 【1592년 8월 10일】
일본 적승(賊僧) 현소에게 알리는 글

유일본적승현소문
諭日本賊僧玄蘇文

조헌趙憲

蘇僧蘇僧 爾何不道之甚 蹂躪人國 至於此極 殺戮人民 至於此極
耶 我國李監司先生贈爾以詩曰 水鏡胸中照古今 匡廬勤苦效成針
爾乃下床拜稽云 吾嘗信爾以爲知古今識事理者也 乃今觀之 則爾
之所爲 乃有禽獸之所不爲者 尙何照古今之有哉 禽獸出入 尙以其
時 而爾於人國 恣行奪掠 因廢彼此三農 則禽獸之不若也 禽獸孳育
尙有其耦 而爾取人女 恣行姦穢 至缺十夫幷亂 則禽獸之不若也 禽
獸啄牧 止充其腹 而爾取人産 恣行焚蕩 至使暴殄天物 則禽獸之不
若也 禽獸飛走 尙知仰天俯地 而爾於上國 欲肆覘覬 至於彎弓射天
則禽獸之不若也 禽獸無知 猶不踐昆虫 爾於人物 恣行屠戮 至使無
有噍類 則禽獸之不若也 禽獸無知 猶知仰秣聽琴 而爾取聖賢之書
盡行毀棄 甚於呂政焚坑 則禽獸之不若也 持此六不若之惡 久居有
道之邦 至使明王賢佐之神 泣愬九天 忠臣義士之徒 怨於穹林 必致
父兄之爲子弟報怨 子弟之爲父兄復讐 至將淬礪鋒刃 陰伺山野 自
我國至于日本 幾四千餘里 孤寡泣血者 無不爲爾之敵讐 則爾果終
保其生還乎 自古以來 曷嘗有深入人國 而能保其好還者乎 自古以
來 曷嘗有盡殺敵人 而能保其善終者乎 爾之君臣 獲罪天地 已無限
量 山川鬼神 無不議爾陰誅 不待我國人齊聲致討 而爾魄已散 爾其
自省 爲惡之極 速死無惜 我之銛鋒 不欲汚爾腥血 況可仰勞乎天兵
也耶 吾言不再 爾其念之

『중봉집』 권13
승려들에게 알리는 통문

통유석도문
通諭釋徒文

조헌趙憲

　　湖西義兵將 爲通諭釋徒事 倭奴肆毒 蹂躪我國 殺戮人民 焚蕩家産 七道三都 皆被屠陷 宗廟社稷 咸受汚穢 至於巨刹名寺 亦所焚燬 豈徒忠義之士憤起思戰 至於奴隷之賤 痛心謀殺 爾獨何心 共戴一天 況爾緇流 遊手遊食 依我士農 偏受國恩 當此急難之秋 正宜圖效萬一之功也 近聞燕岐之傷 奮身斬賊 已振將軍之號 甲寺和尙 出入虎窟 又得義僧之名 豈於他寺 獨無聞風而感激者乎 倘於諸刹之中 有濟衆生之心者 傳相告引 千百爲聲 助義鼓威 殲滅兇醜 則豈徒燕公之僧 獨擅義聲 雖古允侯之功 恥居於右矣 惟願爾輩各礪義氣 通文所曁 響應雲集 如何

『난중잡록』 권1 【1592년】
통문

통문
通文
한명윤韓明胤

　　謹告于兩南湖西列邑明府　及各村大小僉尊侍　倭賊一犯　陷沒王京　車駕西遷　廟社丘墟　北望摧心　不勝慟哭　一國人民　職當效死　顧我無狀　智暗挈瓶　慮昏藭茅　迄與此賊幷生一天　痛哭之怨　想此彼同　夫復何言　第我縣士　不揆鄙拙　推爲義將　感士討賊之心　不有當仁之讓　敢以急務　輒爲仰喋　蓋討賊莫先於足食　戰勝要在於兵利　食不足則賊不可討　兵不利則戰不可勝　於斯二者　不可闕一　而推我守縣　素以十室　介在西南　爲賊要衝　上下京城之賊　必由於是　往來錦溪之寇　亦路於此　焚蕩之慘　倍於他邑　農務之廢　甚於列郡　四面無懸罄之室　百畝乏半穗之稼　武庫爲燼　兵器掃地　常平回祿　廩兵無路　公絶私貸之望　士有飢色　人無舍拔之才　誰揚我武　況此賊變　自夏至秋　或爲邀擊　或爲夜驚　不計衆寡　退逐後已　一擊之後　弓破矢盡　隨無卽備　財殫力竭　又於向之夜擊　幷盡餘存之弓矢　苟當此日　賊若衝突則手張空拳之士卒　誰能犄角　腹腦雷鳴之軍民　敢望折衝　使散而之四方　則國讎未報　合聚而伏要害　則兵粮俱竭　百爾思之　罔知所措　玆爲不得已之擧　遍告僉尊侍之左右　伏願僉君按堵全邑　恤我斗沙之悶　念我曳柴之意　優公私之錢穀　共濟飢師　多出箭鏃與魚膠　俾造兵器　則其爲討賊誠心　想與親犯矢石者一也　古人云　人有急　我不克救　則我或有急　人誰救之　是以登山而呼庚癸　申叔糶糧　臨陣而告兵盡　却完助

兵 況當今日國賊未減 一乃財力 不計彼此 胡盡勦滅之秋 特垂兵粮
之惠 共解倒懸之急 則不勝幸甚 瞻望西關 無淚可揮 何當徵會傾告
此意 臨楮哽咽 姑此不煩

『난중잡록』 권1【1592년】
복수할 일로 보내는 글

<h1>위복수사문</h1>
<h2>爲復讎事文</h2>

홍계남洪季男

　昊天不弔 亂如此膴 鑾蹕西巡 萬姓無依 擧目山河 其誰不肝蝕而
腸裂 食土含氣者 皆當枕戈嘗膽 爲君父復讎 而吾不幸遭此鞠凶 兇
鋒之下 父兄俱殞 豈容苟求生活 與此賊共一天乎 因念遠近士民 同
我慘慟者 必不啻百千而止 玆欲鳩募諸士 聚爲一隊 揭之以復讎之
軍 而以復父兄之深讎 未知諸君以爲何如 而父而兄而妻而子 肝腦
塗地 骸骨暴野 冤魂無依 九地遑遽 而我獨晏然退縮 無異恒人 不思
所以復讎 則泉靈有知 其敢曰我有子有弟乎 念到于此 毛髮洒晢 諸
君如以爲可 其有父兄妻子讎者 宜各自徵募 鳩聚戎械 刻日起程 庶
洩終天之痛 無負春秋之義何如 右移八道

『추포집(秋浦集)』권2
호소사 황정욱을 대신하여 삼도(三道)에 보내는 격문

대호소사황정욱격삼도문
代號召使黃廷彧檄三道文

황신黃愼

蓋聞樂人之樂者 憂人之憂 食人之食者 死人之死 勉諭具服 共遵
格言 今當國破家亡之時 詎忘主辱臣死之義 叢爾小醜 讎我大邦 始
因隣好之修 窺覘我虛實 繼要信使之遣 欺侮我朝廷 敢逞射天之謀
陰試假道之術 天經地緯 豈可移易 大分正名 亦甚森嚴 我則拒之有
辭 賊乃越玆而蠢 蜂蠆益肆其毒 犬羊長驅其群 遽陷釜山東萊 只有
一臣之戰死 忽踰洛江鳥嶺 連致大兵之潰奔 闒師藩臣 蓋有坐而視
者 鎭將邑宰 太半委而去之 死中求生 誰肯援桴先士卒之伍 草間圖
活 率多全軀保妻子之徒 諸陣望風而土崩 三軍不戰而瓦解 金湯失
險 侵鎬之辱彌深 車駕蒙塵 去邠之擧斯亟 忍見萬姓之魚肉 奈此七
廟之丘墟 廟堂力主和金 秦檜之肉足食 奸兇首唱幸蜀 國忠之頭可
懸 斯乃公卿大夫所共羞 抑亦忠臣烈士所深痛 祖宗傳葉十一世 旣
有遺澤之猶存 國家養士二百年 寧無義兵之先唱 今則檢察使視師
漣邑 都元帥駐兵臨津 江原咸鏡之軍 黃海平安之卒 皆以勤王而方
集 可待殲賊之有期 獨爾三道雄藩 寂無一人義士 偸生可愧 若王室
何 見義不爲 非丈夫也 公等 或處方面 或據專城 或世受國恩 或身
居宰列 逮邦家多亂之日 正臣子效命之秋 胡爲河上乎翺翔 罔念泥
中之陷溺 不爲奮發直前之計 自速逗遛不進之誅 臨危視路人 是可
忍也 以賊遺君父 於汝安乎 縱無意竹帛之芳名 獨不畏斧鉞於他日

祖士雅過江擊楫　何不速渡乎漢流　庾元規洒泣登舟　早宜進泊於城
下　軍事有前而無退　益勵死綏之心　忠臣先國而後身　宜殫殞首之報
某等　元勳老物　厚祿餘生　受命於播遷之中　募兵於潰散之後　方期廓
淸赤縣　得見民物之再安　必欲恢復舊都　更致廟貌之如故　苟能同心
而協力　何有撥亂而興衰　但少絶裾投袂之人　益切嘗膽泣血之憤　願
卽赴湯而蹈火　共圖旋乾而轉坤　義山恨不救故君　討賊當急於一日
伯玉恥獨爲君子　擧義勿後於諸公　檄到如章　書不盡意

『난중잡록』 권1 【1592년】
경상도 관찰사가 복수할 일로 보내다

경상감사위복수사
慶尙監司爲復讎事

경상감사慶尙監司

兇賊得志之後 各處所掠人物 入送日本 逐日絡繹爲如乎 今則京
賊倍前流下 繫纍男婦 不知其數 路上哭聲 日夜不絶 行過邑里 則必
呼曰 我乃某道某官某人之父母妻妾子女 我乃京城某洞內文武官某
之父母妻妾子女 棄我鄕土 離我父母 爲賊所驅 遠入他國 皇天哀我
圖我生還 將士憐我 戮力殲賊亦云云是如爲臥乎所 搶掠之慘 雖不
言知之 而今聞此言 肝腸欲裂 本道官義諸軍 雖經崩潰 而莫不痛憤
爭先邀擊 期於隻輪不返爲去乎 各道諸將 激勵軍人 協力復讎事 右
關兩湖

『난중잡록』 권1 【1592년】
팔도(八道)에 전하는 격문

전팔도격문
傳八道檄文

도원수都元帥

興師直爲壯 方恢討賊之謨 急病義之先 敢緩勤王之擧 凡我同志
各肩一心 惟我國家 聖繼神承 重熙累洽 浹仁澤於黎庶 先陰雨而綢
繆 數千里玉燭均調 二百年金甌無缺 將期內寧而外安 反致文恬而
武嬉 蠢玆海島中黠夷 實是天地間醜種 始挾憾於上國 欲彎射天之
弧 終嫁禍於我邦 敢鼓噬人之吻 吠堯之犬 謂秦無人 夕烽纔徹於漢
宮 妖氛已纏於商嶺 長江失險 諒由師律之不嚴 仙仗蒙塵 足見廟算
之非吉 廟社灰燼 朝市變遷 茶毒遍及於閭閻 淫穢彰聞於遠邇 神人
之憤已極 君父之讎可忘 尤可痛者 列城土崩 唯知開門而迎拜 群將
膽破 孰能賈勇而先登 失我固守之心 助彼長驅之勢 使柱屬而及見
奚待舊知 如眞卿之復生 當作何狀 況今彼賊 猖狂驕惰 浮寄孤懸 力
已疲於戰攻 勢必難久 欲惟在於摽掠 志亦可知 思漢者競效謳吟 附
賊者亦多潰散 已爲送死之寇 莫保偸生之謀 歲星守箕 知福德之有
兆 皇天祚宋 詎恢復之無期 今我濫承推轂之恩 專委除凶之責 以兼
諸道都巡察使 領兵三千 本月初十日 拜辭行在所 直指京城 洛下超
乘之士 半在褊裨 關西蹶將之才 盡屬部伍 三軍之氣漸振 萬姓之心
稍蘇 此誠一國臣子 協心戮力 忘身殉國之秋也 惟各道觀察使節度
使等 或專屛翰之權 或授閫鉞之寄 提重兵於一道 寧忘捍衛之勤 望
美人於西方 想切洒泣之痛 宜率貔貅之旅 共掃蛇豕之群 首尾夾攻

迭爲犄角之勢 東西並進 用作脣齒之援 穴蟻可逃 鼎魚將爛 裂裳裹
足 奚憚千里之勞 被髮纓冠 當急同室之救 各酬不世之遇 懋建非常
之勳 勗哉無違 時乎難得

『난중잡록』권1 【1592년】
합세할 일로 보내는 글

위합세사문
爲合勢事文
상의대장尙義大將

　　當封豕嘷突之日　痛連鷄不棲之患　敢將一得之愚　謀裨萬全之計
竊惟討賊之方　雖非一二　而揣以今日之勢　撮其最急之務　不過曰合
勢而力戰而已　方今官軍義旅　在處蜂起　而各有盟主　分立旗幟　軍令
無統　衆情不一　欲以擊左　則甲者憚於赴援　欲以擊右　則乙者辭以越
境　彼此之間　頓無唇齒之勢　前後之陣　莫有手足之捍　甚至越視秦瘠
坐而不救者有之　輔車無依　而終乎敗衄者有之　留時引日　馴養賊勢
今日不戰　明日不戰　漸歸朘削　如火燒膏　遂使兵火連埊　而北風之雨
雪已迫　大駕遷次　而西塞之泥露　亦久豈非社稷之深羞　臣民之長痛
乎　夫漢賊强弱　雖似相懸　而若以數陣之力　同殲一隊之賊　是猶擧炎
火而焫飛蓬　惟彼假氣遊魂之徒　當盡殲於一麾耳　不然而猶以設伏
爲先務　未有攔截巢穴之擧　則雖有一二措補之功　譬如何濱之人捧
土而塞孟津　其何補於賊禍之日熾乎　圖大功者　不恤目前之小利　建
奇策者　必有意外之深思　討賊之方　豈止於設伏而已也　勢弱則受制
於巨力　援孤則見挫於兵多　是固愚智之所共見　而猶且狐疑於成敗
之數　狼狼〔狽〕於利鈍之形　持以一年之久　而未效九伐之快　徒有輓
粟之費　而不見獻捷之期　一國半爲左衽之鄕　萬姓擧爲炎幕之鷰　若
此不已　則愚未知國事之有濟也　古之忠義之士　當國事板蕩之際　不
以摧敗而自沮　不以勢弱而不戰　姑以諸葛武侯之事斷之　則以一隅

彈丸之國 當三都鼎峙之際 東征西伐 前後百戰 故其自言曰 漢賊不
兩立 王業不偏安 又曰 與其坐而待亡 孰若伐之 況以十倍之衆 謀截
一部之賊 初不至甚難 而外此他求 則無復有可爲之事矣 當其來犯
則極力以備 及其退去 則合勢進攻 有迭戰隷敵之功 無玩寇畜盜之
患 此實今日之急務也 相持蚌鷸之勢 尙稽鯨鯢之誅 日爾日日 復此
數月之久 則軍粮已罄 民散殆盡 雖欲固守 亦不可得 而賊徒之雄據
我土 則猶夫前日也 乘我軍食盡之後 肆彼冠吞噬之患 則誰復有彎
弓而抗敵者哉 興言及此 夢悸食噎 伏願諸君子義不後君 忠則盡命
奮心射天之兒 擬辦取日之功 是實國家之干城 中流之砥柱 無諸君
一日 則無人道一日 一國之人 孰不曰微管仲吾其左衽也 包胥一身
尙能存楚 而一旅之衆 足以興夏 則今之兵力之强 有能十倍於前日
而諸君子奮忠之節 又豈下於古人哉 但以陳師有日 策勳無期 良由
領兵之人 各自爲心 不能合勢力戰而然耳 兵貴拙速 不尙巧遲 時事
之急 有同救焚 幸勿猶預 速建鴻圖 流聞近地留屯之賊 屢徑夜斫 遒
遁居牟 加以羽毛零落 天寒近緊 巢穴涼薄 裸壤之俗 耐其非習 赤身
凍死 道路相繼 意者兇狡獷醜 稔惡已極 而人謀不臧 勦滅無期 天必
假手 欲以殲殄而無餘流也 然則狂寇之淹留我土 已經冬月者 亦安
知非國家不幸中之幸 而禍淫之天意 亦可卜也 天時有可爲之機 而
賊胡能久其命乎 當此苦寒 急擊勿失 此其時也 兩陣通信 一書足矣
而委付召募官 通達丁寧之意者 可謂僅矣 前日會盟之時 適因事機
未會大擧 思之未嘗不痛恨也 更將苦意 敢此傳致 其詳在口悉 各盡
蚍蜉之力 共猷鷄狗之血 勿使城下之盟 同歸灞上之戲 伏惟諸君其
各勉旃勉旃

『난중잡록』권2【1593년】
통문(1)

통문(1)
通文(一)

호남사자湖南士子

今者天兵南下 所向靡波 浿城餘孽 已歸於夷芟 松都假息 殄殲於
一蹴 雄威電振 兇魄自褫 東迎乎車駕 西掃乎園陵 曉夕佇見 則此誠
三韓所未有之慶事 其迓續旣絶之命 拯救水火之恩 有不可形容矣
臣民於此邦者 將何以報答哉 固當食乎簞漿乎壺 郊迎之不暇 雖割
肌膚 有何惜焉 念我本道 猶繁於旣枯之荑 尙肉於久素之骨 比之七
道之板蕩 猶有饘粥之資 倘不自此道爲之倡以爲犒餉之所 則勞來
之誠 將何以露 歡忭之意 無因以著 其可慮徐於曷飮 不急於何食 而
負今日所當爲之事哉 官軍之資 義兵之供 固知閭巷之一空 財力之
旣渴 而如或念及於吾其被髮左衽之歸 則雖愚夫愚婦 亦且蹈舞而
爲之 況在士子之列 而不極力於此哉 各於其官 別定有司 使之遍諭
人民 隨其貧富 米聚其白 牛牽其肥 月三五前急會于帶方 東踰而犒
之道左 則雖不足答皇恩之罔極 亦足以寓我國臣民知感之意矣 豈
不美哉 唯諸君子勉旃勉旃

『난중잡록』 권2 【1593년】
통문(2)

통문(2)
通文(二)
호남사자湖南士子

　國運不幸 禍亂孔棘 隔君父於兵塵 千里之外 大小遑遑 奔走道路
兩歲于玆矣 幸賴民思漢室 天佑唐祚 龍馭初旋 再造舊物 迺命鶴駕
撫軍南國 周官盛儀 庶幾得見 我民其蘇 慶實無前 扶老携幼 赴慰闕
下則已矣 吾君之子 遠臨玆土 惟我南中父老民庶 戴香盈路 展謁於
旌旗之下哉 玆欲聚諸境上 以伸我臣民後后之情 僉須來會礪山 無
或後期何如　草萊之臣亦不勝忭慶敢以犬馬之誠聊吟糟粕之句曰南
土遺氓望北雲吾君之子建奇勳撫軍靈武由宸命監國臨安倣典墳地
轉天旋迎鶴馭壺漿簞食戴香盆后來蘇我其無罰勿遄回旋救溺焚

『난중잡록』권1 【1592년】
좌의병의 통문

좌의병통문
左義兵通文

미상未詳

調度之急 書以馳告者屢矣 曾未見答 深用愧怪 恐或中滯 未入僉
雅照 故輒忘煩瀆 更有所言 夫擧義討賊 專爲國家 則饋餉一事 無分
彼此 惟視緩急而已 今者我軍所處 乃是湖嶺咽喉 而星山雄據之賊
勢將充斥 若此失守 雲峯以下更無險阻可以控禦 我道之危 將不能
救 克復之基 亦無所倚 機關之重 固不在此歟 吾輩用是 有事於此
且戰且守 擊殺居多 殲醜之勢 已在吾目中矣 第以嶺南淪蕩之餘 給
餉無策 吾輩所辦 亦已告匱 垂成之功 一朝將廢 此豈吾輩獨任之憂
同道有識 所當寒心者也 大抵食在兵先 無食則兵不能自爲 此所以
興漢之功歸美於蕭何歟 況今儒林擧事 行者致力行間 居者爲兵謀
食 一是公義 臨機制勝 我當其資 不絶粮道 誰任其重 以諸賢公耳之
心 想必是究是圖 廣收勒聚 亦聞有設廳指備 將有所待矣 我軍之急
旣如是 諸賢所謀亦如是 一心相濟 機不可失 當此之時 不敢有其身
況敢有其財乎 私財且不敢有 況校院所有 乃是儒家公物 而今置之
於無用者哉 伏願諸公 或公或私 隨其所有 電輸星送 以解如渴之望
則此事克終 何莫非諸賢之力耶 伏願諸賢詳察而勉圖之

저자 박정민

경북대학교 한문학과를 졸업하고 동 대학원 한문학과에서 문학박사 학위를 취득하였다. 현재 경북대학교 인문대학 한문학과 강사로 재직 중이다.

논문과 역서로「조선 전란기 지식인의 고뇌와 문학적 표현」,『금주선생문집』외여러 편이 있다.

전쟁과 한문학 Ⅰ

격동의 산문, 임진왜란기 격문

2020년 10월 20일 초판 1쇄 펴냄

지은이 박정민
펴낸이 김흥국
펴낸곳 보고사

책임편집 이소희
표지디자인 오동준

등록 1990년 12월 13일 제6-0429호
주소 경기도 파주시 회동길 337-15 보고사
전화 031-955-9797(대표), 02-922-5120~1(편집), 02-922-2246(영업)
팩스 02-922-6990
메일 kanapub3@naver.com / bogosabooks@naver.com
http://www.bogosabooks.co.kr

ISBN 979-11-6587-110-9   93810
ⓒ 박정민, 2020

정가 18,000원